David Klass
Ihr kennt mich nicht!

David Klass,
aufgewachsen in New Jersey, stammt aus einer Schriftstellerfamilie.
Er studierte zunächst Geschichte und Literatur in Yale
und wechselte dann an eine Filmhochschule in Kalifornien.
Dabei hielt er sich mit dem Schreiben von
Jugendromanen über Wasser – und hatte Erfolg.
Heute lebt er als Buch- und Drehbuchautor in New York.
Ihr kennt mich nicht! ist sein erstes
ins Deutsche übersetzte Buch.

David Klass

Ihr kennt mich nicht!

Roman

Aus dem Amerikanischen
von Alexandra Ernst

Die Originalausgabe erschien 2001
unter dem Titel »You don't know me«
bei Farrar, Straus and Giroux, New York
Copyright © 2001 by David Klass
Published by arrangement with
Farrar, Straus and Giroux, LLC., New York

In neuer Rechtschreibung

1. Auflage 2001
Für die deutschsprachige Ausgabe:
© 2001 by Arena Verlag GmbH, Würzburg
Alle Rechte vorbehalten
Aus dem Amerikanischen von Alexandra Ernst
Einbandgestaltung:
knaus. büro für konzeptionelle und visuelle identitäten
Gesamtherstellung: Westermann Druck Zwickau GmbH
ISBN 3-401-05328-0

Inhalt

1 Wer ich nicht bin

Du kennst mich nicht.

Nur ein Beispiel: Du glaubst, dass ich oben in meinem Zimmer sitze und meine Hausaufgaben mache. Falsch. Ich bin nicht in meinem Zimmer. Ich mache nicht meine Hausaufgaben. Und selbst wenn ich in meinem Zimmer wäre, würde ich nicht meine Hausaufgaben machen und du würdest immer noch falsch liegen. Und es ist auch nicht mein Zimmer. Es ist dein Zimmer, denn es ist auch dein Haus. Ich wohne nur zufällig gerade darin. Es sind auch nicht meine Hausaufgaben. Mrs Mondgesicht, meine Mathelehrerin, hat sie mir aufgegeben und sie wird sie auch überprüfen. Also sind es ihre Hausaufgaben.

Ihr Name ist übrigens nicht Mrs Mondgesicht. In Wirklichkeit heißt sie Mrs Gabriel, aber ich nenne sie Mrs Knoblauchatem, es sei denn, ich nenne sie Mrs Mondgesicht.

Verwirrt? Dein Problem.

Du kennst mich überhaupt nicht. Du weißt nicht das Geringste über mich. Du weißt nicht, wo ich gerade bin, während ich dies schreibe. Du weißt nicht, wie ich aussehe. Du hast keine Macht über mich.

Was glaubst du denn, wie ich aussehe? Schmächtig? Mit Sommersprossen? Eine Brille mit Metallrahmen vor braunen Augen? Nein, das glaube ich nicht. Schau lieber noch mal hin. Genauer. Es ist wie bei einem Kaleidoskop, nicht wahr? Jetzt bin ich klein und im nächsten Moment bin ich groß, einmal sehe ich aus wie ein Bodybuilder, dann wieder wie ein Hanswurst. Meine Gestalt verändert sich ständig und das Einzige, was so bleibt, wie es war, sind meine braunen Augen. Die dich beobachten.

Richtig. Ich beobachte dich in diesem Augenblick, wie du auf dem Sofa neben dem Mann, der nicht mein Vater ist, sitzt und so tust, als würdest du ein Buch lesen, das kein Buch ist, und darauf wartest, dass er dich wie einen Hund tätschelt oder dich streichelt wie eine Katze. Sei doch ehrlich, der Mann, der nicht mein Vater ist, ist kein sonderlich netter Mensch. Nicht nur weil er nicht mein Vater ist, sondern weil er mich schlägt, wenn du nicht in der Nähe bist, und er sagt, wenn ich dir davon erzähle, würde ich ihn erst richtig kennen lernen.

Das sind seine Worte: »Du wirst mich kennen lernen, John. Leg dich nicht mit mir an oder du wirst es bereuen.« Netter Typ.

Aber jetzt erzähle ich dir davon. Hörst du mich nicht? Er tätschelt mit seiner rechten Hand, die zufällig jene Hand ist, mit der er mich immer schlägt, deinen Kopf, so wie er es bei einem Hund tun würde. Wenn er zuschlägt, ballt er seine Hand nicht zu einer Faust, denn das würde Spuren hinterlassen. Er schlägt mich mit der flachen Hand. KLATSCH. Und jetzt sehe ich, wie er mit genau diesen Fingern über deine Wange streichelt. Er hält mich mit seiner linken Hand fest, wenn er mich schlägt, damit ich nicht weglaufen kann. Und jetzt legt er diese linke Hand zärtlich auf dich. Ich erzähle dir das alles, während ich dich durch das Fenster beobachte. Aber deine Augen sind geschlossen und es ist dir völlig egal, weil er dich streichelt, wie er eine Katze streicheln würde. Ich wette, du schnurrst.

Du kennst mich überhaupt nicht.

Du glaubst, ich sei ein guter Schüler. Ha!

Du glaubst, ich hätte Freunde. Ha!

Du glaubst, ich sei glücklich mit diesem Leben. Ha, ha!

In Ordnung. Jetzt legst du das Buch zur Seite, das kein Buch ist. Es ist ein Reader's-Digest-Band, ein Literatur-Kondensat, was dasselbe ist wie Orangensaft, der aus Konzentrat gemacht wird. Er hat kein Fruchtfleisch. Alle wichtigen Vitamine sind herausgefiltert worden. Du lehnst deinen Kopf gegen seine Schulter. Ich kann sehen, wie deine Zehen sich in deinen pinkfarbenen Socken auf dem Sofatisch bewegen. Was bedeutet diese Zehenbewegung? Ist es Leidenschaft oder Gymnastik? Es sieht so aus, als würde dich etwas stark jucken.

Jetzt legt der Mann, der nicht mein Vater ist, sein Buch weg, das ein richtiges Buch ist, denn er ist kein dummer oder beschränkter Typ, sondern nur grausam und eigensüchtig. Er küsst dich lang und feucht auf deine Lippen, dann auf die Seite deines Halses. Und du wirfst einen nervösen Blick nach oben, denn du glaubst, dass ich in meinem Zimmer sei und meine Hausaufgaben mache. Du weißt nicht, dass ich sechs Meter über unserem Hinterhof hänge und diese Demonstration deiner törichten Zuneigung beobachte.

Nein, ich schwebe nicht. Ich habe keine geheimen Flügel, die es mir ermöglichen, zu fliegen. Ich bin kein Vampir. Ich hänge nicht mit meinen Füßen am Dach und klammere mich auch nicht an die Regenrinne.

Wo also bin ich?

Du kennst mich gar nicht.

Was sagst du dazu? Ich sitze im Apfelbaum, der kein Apfelbaum ist. Der Mann, der nicht mein Vater ist, bezeichnet ihn als Apfelbaum, aber er hat niemals auch nur eine einzige Frucht getragen, die einem Apfel ähnlich gesehen hätte. Es hängen auch keine Pfirsiche daran, also ist es auch kein Pfirsichbaum. Und ich habe auch noch nie eine Ananas daran gesehen, deshalb ist es auch kein Ananasbaum. Das Einzige, was an ihm sprießt, sind dünne graue Blätter. Deswegen werde ich ihn Graublattbaum nennen.

Hier bin ich also. Ich sitze im Graublattbaum. Heute ist Vollmond, und wenn ich ein Werwolf oder ein Vampir wäre, würde es mich jetzt nach Blut und lebendem Fleisch dürsten. Aber ich bin voll von klebrigen Spagetti und Fleischklopsen, so hart wie Golfbälle, die es zum Abendessen gab. Die einzige Wirkung, die der Mond auf mich hat, ist, dass ich an Mrs Mondgesicht denken muss und die fünf Seiten Algebrahausaufgaben, die in Wahrheit ihre Hausaufgaben sind, nur dass ich aus irgendeinem Grund derjenige bin, an dem sie kleben geblieben sind.

Mrs Mondgesicht gibt uns nur deshalb so viel Hausaufgaben auf, weil sie einsam ist und sich elend fühlt. Ich habe ein Gedicht für sie geschrieben. Es ist kein besonders gutes Gedicht, aber das ist mir egal. Die erste Strophe geht so:

> *Mrs Mondgesicht, such dein Leben,*
> *lass dich piercen, lern Drachenfliegen,*
> *find 'nen Freund, lass mal die Sau raus,*
> *bloß lass es nicht an mir aus.*

Der Mann, der nicht mein Vater ist, knipst die Lampe aus. Jetzt ist unser Haus dunkel, bis auf das Licht in meinem Zimmer, das kein Zimmer ist und wo ich nicht meine Hausaufgaben mache. Nur dass ich in Wahrheit tatsächlich in meinem Zimmer sitze und meine Hausaufgaben schreibe. Hast du wirklich geglaubt, dass ich da oben im Geäst des Apfelbaums hocken würde? Nicht nötig. Man muss die Dinge nicht sehen, um zu wissen, dass sie geschehen. Außerdem klettere ich nicht gern auf Bäume. Es ist eine kalte Herbstnacht. Der Wind heult ums Haus wie ein lebendiges Tier.

Ich löse die letzte Algebraaufgabe. Lege meinen Stift hin.

Von unten dringt das Quietschen der Sofasprungfedern zu mir herauf. Der Mann, der nicht mein Vater ist, sagt mit Leidenschaft in seiner Stimme deinen Namen. Aber es ist gar nicht dein

Name, obwohl er dir gehört. Es ist der Name seiner hübschen ersten Frau, Mona, die bei einem Autounfall gestorben ist, fünf Jahre, bevor er dich kennen lernte und sich entschloss in dein Haus einzuziehen und die Pflicht auf sich zu nehmen, deinem Sohn Disziplin beizubringen.

Und nun wiederholt er deinen Namen und denkt dabei an Mona.

Und du hörst ihm zu und denkst an meinen Vater.

Und ich bin überhaupt nicht in diesem Haus. Ich stecke mitten in einem Hurrikan. Der Donner über mir und unter mir klingt wie Beckenteller, die aneinander geschlagen werden. Der Blitz lässt mir die Haare zu Berge stehen. Die Winde wirbeln mich wie einen Korken herum. Glaubst du wirklich, dass ich morgen früh zum Frühstück herunterkommen und den Mann, der nicht mein Vater ist, Sir nennen werde? Glaubst du, ich werde morgen zur Schule gehen und Mrs Mondgesicht meine Hausaufgaben überreichen? Morgen werde ich nicht einmal mehr in dieser Hemisphäre sein. Dieser Sturm kann mich überall hintreiben.

Niemand weiß, wo ich landen werde.

Die gute Nachricht ist, dass du zwar meine Vergangenheit geprägt und meine Gegenwart versaut hast – aber über meine Zukunft hast du keinerlei Kontrolle mehr.

Du kennst mich gar nicht.

2 Anti-Schule

Dies ist keine Schule, dies ist eine Anti-Schule. Wenn eine richtige Schule und dieser Ort jemals aufeinander träfen, gäbe es eine Explosion, die das ganze Universum in die Luft jagen würde.

Woher ich weiß, dass es eine Anti-Schule ist?

Schule macht Spaß, und dies hier ist die Hölle.

Schule ist ein Ort, an dem man lernt, und hier wird man dumm.

Dieser Ort hat nicht einmal eine Bibliothek, und wer hat schon jemals von einer Schule ohne Bibliothek gehört?

Ich sitze mitten in der dritten Anti-Schulstunde, im Anti-Matheunterricht, und lausche Mrs Mondgesicht, die die Aufgaben vorliest. Sie sagt Folgendes:

»Der Koeffizient von a multipliziert mit dem Divisor von c liefert das Ergebnis der Variablen.«

Und das sagt sie wirklich:

»Ich will nicht Mrs Mondgesicht sein und ich hasse Algebra genauso wie ihr. Ich möchte viel lieber ein Hollywoodstar sein und meinen eigenen Wohnwagen mit verspiegelten Wänden haben, zu dem mir ein gut aussehender Mann namens Jacques stündlich ein Tablett mit belegten Brötchen bringt.«

Mrs Mondgesicht, aus Ihnen wird niemals ein Filmstar werden. Sie könnten uns sechzehntausend Seiten mit Algebra als Hausaufgaben aufgeben und wären immer noch kein Star. Sie sind Mrs Mondgesicht, von mir so benannt nach der Oberfläche des Mondes, aus Gründen, die etwas mit der Farbe Ihrer Haut und der Rundlichkeit Ihres Kinns zu tun haben.

Neben mir sitzt Billy Banane, dessen richtiger Name Bill Beanman ist, den ich aber in Banane umgetauft habe, weil seine Nase dreimal so lang ist wie alle anderen Nasen. Manchmal nenne ich sie Beanmans Banane. Er könnte ein Erdferkel sein, so eine Art Ameisenfresser, oder ein Faultier, das mit dem Kopf nach unten frisst, schläft und sich auch so vorwärts bewegt. Aber er ist weder ein Erdferkel noch ein Faultier. Er ist Billy Banane, mein Freund, der kein Freund ist.

Er ist nicht mein Freund, weil wir beide in dasselbe Mädchen verliebt sind. Ihr Name ist Glory Halleluja und sie ist das hässlichste Geschöpf in unserer ganzen Anti-Schule. Sie ist so hässlich, dass ihr Spiegel morgens versucht ihrem Blick auszuweichen. Ihr Haar ist so fettig, dass die Läuse darauf Schlittschuh laufen. Sie ist außerdem das dümmste Mädchen der ganzen Anti-Schule. Sie ist so dumm, dass sie mich vielleicht sogar mögen könnte.

Okay, ich sage dir lieber die Wahrheit. Denn das ist wichtig. Ihr Name ist nicht Glory Halleluja, sondern Gloria. Sie ist ganz und gar nicht hässlich. Vielmehr ist sie das allerschönste Mädchen in unserer Anti-Schule. Außerdem hat sie einen messerscharfen Verstand, was immer das auch bedeuten mag. Ich tue nur so, als sei sie hässlich, weil ich mir überlege, ob ich sie um eine Verabredung bitten soll. Wenn sie Nein sagt, will ich mir einreden können, dass ich in Wahrheit gar nicht mit ihr ausgehen wollte, weil sie so hässlich ist.

Billy Banane plant ebenfalls sie einzuladen, aber er ist sich der Wirkung seiner langen Nase nur zu bewusst, um sich wirklich zu trauen.

»John«, sagt Mrs Mondgesicht, »könntest du uns die kleinste Primzahl nennen, die als Faktor in der Zahl achtundvierzig steckt?«

Nein, Mrs Mondgesicht. Ich kann Ihnen zwar eine ganze Menge

Tatsachen berichten, aber das nicht. Ich könnte Ihnen zum Beispiel genau beschreiben, wie Glory Hallelujas Fesseln in diesem Moment gekreuzt sind, der rechte Fuß über dem linken, bedeckt von weißen Strümpfen, die fast bis zu ihren Knien hochgezogen sind. Ich könnte Ihnen erzählen, dass Billy Banane gut daran tut, sie nicht um eine Verabredung zu bitten, weil sie ihn nur auslachen würde, während sie niemals über mich lachen würde, selbst wenn sie ablehnen würde, was sie niemals täte, weil ich nie den Mut finden werde, sie zu fragen.

»John, denkst du nach? Drehen sich die kleinen Rädchen?«

Ich könnte Ihnen auch von diesem afrikanischen Stamm berichten, Mrs Mondgesicht, über den ich im *National Geografic* gelesen habe. Der Stamm nennt sich Lashasa Palulu und seine Angehörigen laufen zu Hause nur auf den Händen, damit sie keine Fußspuren auf dem Boden hinterlassen. Nein, das ist gelogen. Einen solchen Stamm gibt es nicht. Aber es ist keine schlechte Idee. Der Mann, der nicht mein Vater ist, WHUMMPFte mich gestern, weil ich mit meinen Schuhen Schlammspuren auf dem Boden der Küche, die keine Küche ist, gemacht habe.

Es ist keine Küche, weil dort kein anständiges Essen gekocht wird. Nichts, was einer essbaren Mahlzeit ähnlich sieht, wurde jemals dort zubereitet. Wenn es eine Küche wäre, würde schließlich irgendwann etwas Gutes zu essen dort herauskommen. Das ist doch die Definition von Küche. Es muss ein Schlafzimmer sein oder ein Badezimmer, das sich als Küche tarnt. Das ist das Problem mit meinem Zuhause. Keiner der Räume ist, was er zu sein scheint. Mein Schlafzimmer, zum Beispiel, ist kein Schlafzimmer, denn ich kann darin nicht schlafen. Ich habe eher den Verdacht, dass sich eine Abstellkammer dahinter verbirgt, weil es so klein ist.

»John, wir können nicht ewig warten . . .«

Wie auch immer, Mrs Mondgesicht, ich lief also durch die Küche, die keine Küche ist, als der Mann, der nicht mein Vater ist, mich packte, mir seine Finger in die Schulter bohrte und schrie: »Schau dir an, was du angerichtet hast, verdammt!«

Ich blickte nach unten. Auf dem Linoleum prangten vier oder fünf schmutzige Fußabdrücke, und der Zufall und mein Pech wollten es, dass sie genau dieselbe Größe hatten wie meine Füße. Also, wenn ich ein Lashasa Palulu wäre, wäre mir das nie passiert, denn dann würde ich auf meinen Händen laufen. Aber da ich bin, wer ich bin – eine Person, die Sie nicht kennen und niemals kennen werden –, waren die Spuren da und ich wurde geWHUMMPFt. Ein KLATSCH ist ein Schlag auf die Arme oder den Körper, und so ein KLATSCH ist schon schmerzhaft genug, aber ein WHUMMPF ist ein fester Hieb auf den Hinterkopf, der deine Augen rote und gelbe Farbkreise sehen und deine Ohren klingeln lässt.

»So«, sagte der Mann, der nicht mein Vater ist. »Jetzt wirst du es dir wohl zweimal überlegen, bevor du den Boden wieder so dreckig machst.«

Wenn ich ein Lashasa Palulu wäre, hätte ich ihm wahrscheinlich die Nase eingetreten, denn ein Vorteil davon, auf Händen zu laufen, ist, dass man die Füße frei hat, um sich zu verteidigen, aber da ich nicht in diesen Stamm hineingeboren wurde, der gar kein Stamm ist, war alles, was ich tun konnte, zu weinen, weil der WHUMMPF so weh tat.

»Ja, heul nur weiter«, sagte der Mann, der nicht mein Vater ist. »Du machst mich krank.«

Also weinte ich weiter, denn ihn krank zu machen schien die einzige Möglichkeit, es ihm heimzuzahlen, und ehrlich gesagt konnte ich auch gar nicht aufhören. Es tut weh zu weinen, wenn man nicht weinen will, noch dazu vor jemandem, den man hasst.

Jede Träne brennt.

»Schau dich an«, sagte der Mann, der nicht mein Vater ist. »Schau dich doch bloß an. Aus dir wird niemals ein Mann. Hör auf zu heulen. *Ich sagte, hör auf!*« Und er WHUMMPFte mich wieder, diesmal noch fester.

»John?«, sagt Mrs Mondgesicht. »Bist du anwesend? Bist du irgendwo auf der Milchstraße unterwegs? Wir haben nicht den ganzen Tag Zeit.«

Mrs Mondgesicht, ganz offensichtlich kann ich Ihre Frage nicht beantworten, denn meine Ohren klingeln immer noch von den WHUMMPFs. Also warum suchen Sie sich nicht ein anderes Opfer aus den Reihen der Zuhörer aus? Der Mann mit dem Hut vielleicht oder die Frau mit den falschen Zähnen?

»John? Hörst du mir überhaupt zu? Fühlst du dich nicht wohl?« Billy Banane stößt mir seinen harten Ellenbogen in die Rippen. »Du Dämlack, sag einfach, du weißt es nicht. Du machst dich hier zum Idioten.«

Aber glücklicherweise eilt in diesem Moment Glory Halleluja zu meiner Rettung herbei. Sie hebt ihre Hand, ruft gleichzeitig die richtige Antwort auf Mrs Mondgesichts Frage und bewahrt mich damit vor ewiger Dämlackigkeit.

»Das ist korrekt«, sagt Mrs Mondgesicht und wirft Glory Halleluja einen lobenden Blick zu.

Glory Halleluja lässt sich nicht anmerken, dass sie weiß, dass sie soeben mein Leben gerettet hat. Sie sieht mich nicht an. Sie sagt kein Wort zu mir. Aber im nächsten Moment streicht sie sich mit der linken Hand ihr blondes Haar aus dem Nacken, eine Geste, die ich nur als geheimes Signal an mich deuten kann.

Ich kratze mich am rechten Ohr, als ein ebenso geheimes Zeichen meiner Dankbarkeit.

Und das ist der Moment, in dem ich beschließe, dass ich sie fragen werde.

3 Orchesterprobe

Ich spiele nicht die Tuba. Die Tuba spielt mich.

Meine Tuba ist eigentlich keine Tuba, denn sie hat noch nie einen Ton von sich gegeben, den man als musikalisch bezeichnen könnte. Sie ist in Wirklichkeit ein riesiger Frosch, der nur vorgibt eine Tuba zu sein. Häufig vergisst er allerdings, dass er so tut, als sei er eine Tuba, und spuckt ein raues Krächzen aus, bei dem Mr Steenwilly so abrupt seinen Kopf herumreißt, dass er sich beinahe den Hals ausrenkt. Er schaut mich an mit dem Taktstock in der Hand und sein Schnurrbart zittert auf seiner Oberlippe. Ich weiß, was er denkt. »Du mordest dieses Musikstück«, denkt er. »Du ermordest dieses Lied. Die Musikpolizei sollte dich festnehmen. An einem Notenständer sollte man dich aufhängen.«

Mr Steenwilly, ich kann Ihnen nicht widersprechen – ich ermorde dieses Stück tatsächlich. Das ist eine Tatsache, über die sich nicht streiten lässt. Aber Sie müssen doch verstehen, dass ich unmöglich einem Ding, das in Wahrheit ein Riesenfrosch ist, der vorgibt eine Tuba zu sein, einen musikalischen Ton entlocken kann. Ich bewege meine Finger und puste mir meine Lunge aus dem Leib. Von Zeit zu Zeit krächzt er.

Man kann niemandem einen Vorwurf machen.

Darüber hinaus, Mr Steenwilly, will ich genauso wenig hier sein wie Sie mich hier haben wollen. Eine Orchesterprobe ist nicht gerade das, was ich unter der Rubrik Vergnügen eintragen würde. Die Musik liegt mir nicht im Blut. Ich singe nicht unter der

Dusche. Ich pfeife nicht im Dunkeln. Ich kann nicht in der richtigen Tonlage singen. Ich kann nicht einmal in der falschen Tonlage singen. Mr Steenwilly, ich kann nicht singen, ich kann nicht pfeifen und ich kann unmöglich eine Tuba spielen, die keine Tuba ist.

Sie werfen mir schon wieder diesen Blick zu, weil die Tuba, die keine Tuba ist, gerade einen Ton gespielt hat, der kein Ton ist. Ich glaube vielmehr, es war das Blöken eines Ochsenfrosches, der mir sagen wollte: »Ich habe Hunger. Wo sind die Insekten in diesem Teich?« Ich gebe ja zu, dass in diesem Marsch von John Philip Sousa hungrige Ochsenfrösche nichts zu suchen haben, aber der Punkt ist vielmehr: Es ist nicht meine Schuld.

Lassen Sie mich das noch einmal sagen, denn dieser Satz ist eine wichtige Botschaft an die ganze Welt: ES IST NICHT MEINE SCHULD.

Der Frosch in meinen Armen scheint eingeschlafen zu sein, und die Tuba, die keine Tuba ist, gibt keinen Mucks von sich. Ich werde weiter meine Backen aufblasen und meine Finger bewegen, aber dies ist eine gute Gelegenheit, um mich mit Ihnen auszusprechen, Mr Steenwilly, und Ihnen zu erklären, warum ich hier bin.

Der einzige Grund für meine Anwesenheit ist die Regel dieser Anti-Schule, dass jeder an irgendeiner freiwilligen Aktivität teilnehmen muss. Leider kann ich nicht im Footballteam mitspielen und auch keine andere Sportart betreiben, denn ich bin viel zu stark und zu schnell und besitze eine absolut perfekte Körperbeherrschung. Ich würde all die anderen Sportler in den Schatten stellen und alle Mädchen würden mir zu Füßen liegen. Alle würden mich hassen, weil ich so ein toller Typ bin.

Ich kann mich auch nicht der Schülervertretung anschließen, die keine richtige Schülervertretung ist, weil sie noch nie die Interessen eines Schülers vertreten hat und noch niemals für irgendjemanden irgendetwas erreicht hat. Es ist vielmehr eine Gruppe von Schülern, die niemand leiden kann und die für alle möglichen, völlig belanglosen, aber wohlklingenden Posten kandidieren, damit sie später »Führungsqualitäten« in die Anmeldeformulare der Universitäten eintragen können. Billy Banane ist in der Schülervertretung. Er und ich bewarben uns beide als Vertreter für unsere Klasse, aber weil jeder wegen seiner langen Nase Mitleid mit ihm hatte, gewann er und ich verlor. Natürlich bin ich froh darüber, weil ich sowieso nicht in der dämlichen Schülervertretung sitzen will.

Auch kann ich nicht im Chor *Freudengesang* mitsingen, denn Freude geht mir völlig ab. So viel ich weiß, gibt es nichts, was ich mit dem Begriff *Freude* gemeinsam haben könnte. Aber selbst wenn ich Freude hätte, würde ich dem *Freudengesang* nicht beitreten, denn Freude ist wie Geld – wenn man es hat, muss man es verstecken, es auf der Bank deponieren und nicht freizügig damit herumwedeln.

Aber ich habe keine Freude. Geld übrigens auch nicht.

An dem Französisch- oder dem Spanischkurs kann ich nicht teilnehmen, weil ich mehr als genug Schwierigkeiten habe, die Tücken meiner Muttersprache zu meistern.

Ich könnte endlos so weitermachen, Mr Steenwilly, aber ich denke, Sie können sich jetzt Ihr eigenes Bild machen. Der Grund dafür, dass ich hier im Musikzimmer sitze und einen riesigen Frosch im Arm halte, der so tut, als sei er eine Tuba, ist: Das Ausschlussverfahren hat mich hierher geführt. Es gibt nichts, was ich besser kann, als nicht diese Tuba zu spielen, die keine Tuba ist.

Bemitleidenswert? Vielleicht. Aber wahr.

Sie dagegen haben die Möglichkeit, an vielen anderen Orten zu sein als an diesem. Ich weiß alles über Sie, Mr Steenwilly. Ich habe einen Artikel über Sie in der Zeitung gelesen. Sie haben an einem berühmten Konservatorium studiert. Sie waren ein brillanter Pianist. Was also machen Sie hier an unserer Anti-Schule mit Schülern wie mir und Violet Hayes, die vor mir sitzt und versucht Saxofon zu spielen? Mein Spitzname für sie ist Wilde Violet, weil es immer so aussieht als wolle sie ihr Saxofon strangulieren, bevor es sie umbringt. Doch vielleicht tut sie genau das Richtige, denn ich habe den Verdacht, dass ihr Saxofon gar kein Saxofon ist. Und dieser Verdacht rührt daher, dass ihr Saxofon noch nie wie ein Saxofon geklungen hat. Ich glaube vielmehr, dass es eine Waranechse ist, die allen weismachen will, sie sei ein Saxofon.

Hier stehen Sie also, armer Mr Steenwilly, wippen mit dem Fuß und schwingen Ihren Taktstock, während Ihnen der Schweiß über Ihren kahler werdenden Haaransatz strömt, und in Ihrem Kopf hören Sie die lieblichen Klänge John Philip Sousas. Aber an Ihre Ohren dringen quietschende Reifen und krachendes Blech und krächzende Frösche und kreischende Echsen. Ich glaube wahrhaftig, Sie befinden sich auf einem Kreuzzug, aber Sie sind zum Scheitern verurteilt.

Es wird Ihnen nicht gelingen, dieser Anti-Schule die Erleuchtung zu bringen. Vielmehr wird die Dunkelheit auch Sie noch verschlingen. Machen Sie, dass Sie hier rauskommen, solange Sie noch können.

Wir haben John Philip Sousa hinter uns gelassen. Jetzt sind wir bei einem anderen Stück angekommen, komponiert von Arthur Flemingham Steenwilly. Ihre Eltern müssen Sie wirklich verabscheut haben, dass sie Ihnen einen solchen Namen gegeben haben.

Das Stück, das Sie für uns geschrieben haben, heißt *Die Tollerei der Karibus*. Also wirklich, Mr Steenwilly, ich will ja nicht meckern. Was ich über Musik weiß, könnte man in einer Nussschale unterbringen und dann wäre immer noch genug Platz für die

Nuss. Aber ich habe *Tollerei* im Wörterbuch nachgeschlagen, und es bedeutet *verspielt herumhüpfen oder springen*. Es heißt auch *herumtoben oder tollen*.

Karibus sind große, schwerfällige, wollige Rentiere.

Sie tollen nicht herum. Sie toben nicht. Sie springen nicht umher. Und sicherlich hüpfen sie auch nicht. Es wäre bestimmt ein interessanter Anblick, wenn eine Herde Karibus über die Tundra hüpfen würde, aber, Mr Steenwilly, das wird niemals geschehen. Sie könnten ein Stück schreiben mit dem Titel *Die Karibus, die herumstehen und sich den Hintern abfrieren*. Oder *Der Marsch der Karibus*. Oder sogar *Die wilde Flucht der Karibus*. Aber *Die Tollerei der Karibus* ist nichts, woraus man ein Musikstück machen sollte.

Ich hoffe, ich habe Sie nicht gekränkt, Mr Steenwilly. Aber ich glaube, in dieser Hinsicht haben Sie ein Problem. Denn vor einigen Monaten ließen Sie uns eine weitere Ihrer Originalkompositionen spielen, die Sie *Der Schlachtruf des Vogel Strauß* nannten.

Der Strauß ist ja wahrhaftig ein faszinierender Vogel, allerdings nicht gerade bekannt für seine Vorliebe für kriegerische Attacken. Wenn ein Strauß angegriffen wird, bekommt er solche Angst, dass er es nicht ertragen kann, dem Feind ins Angesicht zu schauen, deshalb steckt er seinen Kopf in ein Loch im Boden und ergibt sich seinem Schicksal – blind, taub und am ganzen Leib zitternd.

Es mag ja schon sein, Mr Steenwilly, dass der Strauß da unten in seinem Loch schreit, aber ich halte es für viel wahrscheinlicher, dass er sich vor Angst die Lunge aus dem Leib brüllt, anstatt einen Schlachtruf auszustoßen. Wenn Sie Ihr Stück *Die Panikattacke des Vogel Strauß* genannt hätten, hätte ich nichts gesagt. Oder *Der letzte hysterische Quietscher des Vogel Strauß*.

Jetzt wedeln Sie mit Ihren Armen und wir erreichen das letzte

Crescendo der *Tollerei der Karibus.* Die Karibus in Ihrem Kopf müssen ja ganz hübsch tollen und toben. Aber hier im Musikzimmer hört es sich an wie in einem Katastrophenfilm. Vor mir versuchen die Wilde Violet und ihr Saxofon, das in Wahrheit eine Waranechse ist, sich gegenseitig an die Gurgel zu gehen. Hinter mir schlägt Andy Pearce auf seine Trommeln, die keine Trommeln sind. Sie klingen wie eine Massenkarambolage. Ich kann hören, wie sich die Kotflügel verkeilen und wie das Blech zerreißt.

In der Zwischenzeit ist der Frosch in meinen Armen erwacht. Er bläst einen Ton in den Raum, der noch nie im Musikkanon der westlichen Welt zu vernehmen war. Tatsächlich hört es sich viel eher nach etwas an, was gerade aus einer Kanone geschossen wurde. Ist das der Grund, warum Sie Ihren Kopf so schnell hochreißen, dass Ihr Schnurrbart förmlich auf Ihr Kinn rutscht, Mr Steenwilly? Haben Sie Angst, Sie würden von einer Kanonenkugel getroffen? Die gute Nachricht ist, dass Sie keinerlei Angst vor militärischen Projektilen irgendwelcher Art haben müssen.

Die schlechte ist, dass sich die letzten Passagen Ihrer musikalischen Komposition nicht anhören wie eine Herde Tiere, die fröhlich hin und her hopsen. Sie klingen eher wie eine Lawine, die in einem Kriegsgebiet abgeht.

Und obwohl einige der schrecklichsten Töne, die das menschliche Ohr wahrzunehmen fähig ist, aus meiner Richtung kommen, bin nicht ich es, der diese Töne verursacht. Es ist allein dieser Frosch, der so tut, als sei er eine Tuba. Ich habe mich immer gefragt, warum er sich eigentlich im Musikzimmer versteckt hält, aber mittlerweile habe ich eine Theorie entwickelt, die das erklären könnte.

Der Riesenfrosch glaubt vielleicht, er spiele in einem Orchester und ich sei die Tuba. Manchmal spüre ich, wie er die Luft durch das Mundstück zurückbläst und wie er mit den Tasten meine

Finger bewegt. Das ist auch der Grund, warum ich abstreite eine Tuba zu spielen – die Tuba spielt mich.

Die Orchesterprobe ist vorbei. Bitte gehen Sie in Ihr Büro und genehmigen Sie sich eine schöne heiße Tasse Tee, Mr Steenwilly. Bitte stehen Sie nicht da und starren mich an. Bitte kommen Sie nicht auf mich zu, wie Sie es jetzt tun. Ich werde meine ganze Aufmerksamkeit darauf richten, meine Tuba, die keine Tuba ist, in ihren Kasten zu packen und so Ihre Wut von mir abprallen zu lassen. Warum starren Sie nicht stattdessen die Wilde Violet an, die gerade knapp eine weitere Schlacht mit ihrem Saxofon überlebt hat.

Sie bleiben vor mir stehen. »John, ich würde dich gerne in meinem Büro sprechen.«

»Ja, Mr Steenwilly, ich würde auch gerne mit Ihnen sprechen, aber ich habe Chemie in der nächsten Stunde und das Labor ist am anderen Ende der Schule und . . .«

»Wir machen heute fünf Minuten früher Schluss. Du hast jede Menge Zeit. Lass uns miteinander reden. In meinem Büro. Jetzt.«

4 Lasst mich hier raus

Ich habe Kapitel vier die Überschrift *Lasst mich hier raus* gegeben, denn genau das denke ich jetzt, als Mr Steenwilly mich in sein Büro scheucht und die Tür hinter sich schließt.

Er lächelt, was ich als schlechtes Zeichen deute. »Bitte setz dich, John«, sagt er.

Also setze ich mich.

»Du hast eine ungewöhnliche Technik mit deiner Tuba«, sagt er mit einem Grinsen.

Ich nicke.

»Sehr ungewöhnlich.«

Ich nicke. »Vielen Dank.«

»Ich weiß, das hört sich verrückt an, aber manchmal könnte ich schwören, dass du mit ihr redest und ihr drohst, als wäre sie lebendig.«

Ich schaffe es, zurückzulächeln. Ich erzeuge sogar ein winziges Lachen. Mr Steenwilly, Sie sind viel zu clever, um an unserer Anti-Schule zu unterrichten, und ich kann Ihnen in einem Gespräch von Mann zu Mann nicht das Wasser reichen. Dies wäre eine gute Zeit für einen Feueralarm – oder eine Sintflut.

»Du übst wohl nicht viel zu Hause, oder?«

»Wahrscheinlich nicht so viel, wie ich sollte.«

»John, es geht mich zwar nichts an, aber ist alles in Ordnung bei dir zu Hause?«

»Klar«.

»Klar« ist ein sehr gutes Wort für Situationen wie diese hier. Es ist wie eine kleine Schaufel, mit der man sich aus jedem Loch freischaufeln kann.

»Es ist nur, weil du letztens ein T-Shirt getragen hast, und ich war mir fast sicher, dass ich da rote Stellen an deinem Arm und an deiner Schulter gesehen habe. Es sah ganz so aus, als hätte dich jemand gepackt. Und ich habe mich gefragt . . . Ich meine, bist du ganz sicher, dass alles in Ordnung ist?«

»Klar.«

»Denn wenn irgendetwas los ist und du Hilfe brauchst, möchte ich, dass du weißt, dass du damit zu mir kommen kannst.«

»Klar. Vielen Dank, Sir. Jetzt sollte ich aber wirklich zum Chemielabor . . .« Ich stehe auf.

»John, zur Hölle mit dem Chemielabor.«

Ich setze mich hin. Wir sehen einander an.

»Du hast traurige Augen, John«, sagt Mr Steenwilly schließlich.

»Du erinnerst mich daran, wie ich in deinem Alter war – obwohl ich dir meine Jugend nicht wünschen würde, John.«

Ich Ihnen meine auch nicht, Mr Steenwilly.

»Ich möchte dir etwas aus dieser Zeit erzählen. Mein Vater wollte, dass ich Arzt werde. Aus mir wäre allerdings kein besonders guter Arzt geworden, John. Ich verabscheute den Anblick von Blut. Ehrlich gesagt, fühlte ich mich damals ein bisschen verloren. Ich hatte kaum enge Freunde. Die meiste Zeit verbrachte ich in meinem eigenen Kopf.«

Das ist außerordentlich faszinierend, Mr Steenwilly, aber vielleicht sollten Sie das besser für sich behalten. Ich will nichts über Ihre Kindheit hören. Sie denken, ich sei so eine Art Seelenverwandter, aber das bin ich nicht. Sie kennen mich doch gar nicht.

»Das waren wichtige Jahre, John. Nun, eigentlich habe ich mich mehr schlecht als recht durchgemogelt und sie haben mir keinen richtigen Spaß gemacht. Die Kindheit ist eine goldene Zeit.

Ich will damit nicht sagen, dass du ein Kind bist, aber ich glaube wirklich, dass jeder mit Licht erfüllte Tag kostbar ist, wie die alten Griechen sagen. Und sie sind besonders kostbar, wenn man jung ist. Es ist eine sehr wichtige Zeit.«

Mr Steenwilly, bei den Lashasa Palulu wird die Kindheit, wie Sie das nennen, als ein langer Hindernislauf betrachtet, den es zu überleben gilt. Es gibt Kriege mit anderen Stämmen, bei denen die Köpfe der Kinder als hoch geschätzte Trophäen betrachtet werden. Es gibt kalte Winter. Glühende Sommer. Leoparden, die im Dschungel leben und sich von den jungen Männern und Frauen ernähren, die nicht schnell genug laufen können. Wenn ein Lashasa Palulu das Erwachsenenalter erreicht, spricht er nie mehr über seine frühen Jahre. Er denkt nicht einmal mehr daran. Die Kindheit ist wie ein leeres Loch, eine große, runde Null. Wichtig ist nur, dass man sie überlebt.

»John, hörst du mir zu?«

»Ja, Sir.«

»Du hast so ausgesehen, als wärst du ganz weit weg. Du musst mich auch nicht Sir nennen. Wir sind hier schließlich nicht bei der Armee.«

»Nein, Mr Steenwilly. Ich höre Ihnen zu.«

»John, ich glaube nicht, dass es gut ist für einen jungen Menschen, wenn er so viel Zeit im Inneren seines eigenen Kopfes verbringt. Das habe ich aus eigener Erfahrung gelernt. Weißt du, um einen Weg aus dieser Falle zu finden, musst du eine magische Tür zur Außenwelt öffnen. Für mich war die Musik diese magische Tür, John. Ergibt das alles eigentlich für dich einen Sinn?«

Mr Steenwilly, um ehrlich zu sein, ich will nur hier raus. Ich nicke und höre zu und sage »Klar«, aber die einzige magische Tür, die mich im Moment interessiert, ist die, die aus Ihrem Büro herausführt.

»Als ich die Musik fand, John, eröffneten sich alle möglichen Dinge für mich. Die Welt wurde zu einem wunderbaren Ort, zu einem wärmeren Ort. Ich bekam mehr Selbstvertrauen. Ich fand leichter Freunde. Sogar Freundinnen.« Haben Sie mir gerade zugeblinzelt, Mr Steenwilly, oder haben Sie da etwas im Auge? »Aber der eigentliche Grund, warum das alles passierte, war, dass ich mein Leben genoss. Verstehst du, was ich damit meine?«

Mr Steenwilly, ich sehe, dass Sie zwischen zwei großen Postern sitzen, eins mit dem Konterfei von Beethoven und das andere mit dem Bild von Brahms, und ich muss Ihnen sagen, dass Sie auf mich noch immer keinen sonderlich glücklichen Eindruck machen. Ihre Augen sind immer noch traurig. »Klar, Mr Steenwilly. Ich muss jetzt aber wirklich gehen.«

»Ich wusste gar nicht, dass du von Chemie so begeistert bist.«

»Ich will nur nicht zu spät kommen. Sonst bekomme ich einen Verweis.«

»Du hast immer noch genug Zeit, John. Bevor du gehst . . . gibt es irgendwas, was du mir sagen willst?«

Ich suche krampfhaft nach einer guten Antwort. Finde nichts in meinen Taschen. Kein Ass im Ärmel. Die Sekunden ticken dahin.

»Ich bin froh, dass Sie die Musik gefunden haben, Mr Steenwilly. Ich bin mir nicht sicher, ob ich jemals so gut werde wie Sie.«

»Ich möchte dir etwas vorschlagen. Das nächste Mal, wenn du spielst, betrachte das Stück nicht als eine Ansammlung von Noten. Stell dir vor, es sei eine Geschichte. Verpacke sie in deinem Kopf in Worte, wenn dir das hilft. Oder male sie in Bildern, wie in einem Film. Oder denke sie dir als eine Abfolge von Farben oder Gefühlen. Wirst du das versuchen?«

»Klar.« Ich stehe schon. Ich habe mich schon fast aus dem Loch geschaufelt.

»Gut. Wir werden nämlich bald ein neues Stück einstudieren und du wirst ein Solo spielen.«

Mr Steenwilly, haben Sie den Verstand verloren?

»Ich weiß, dass du das schaffst.«

Sie haben den Verstand verloren. Nächste Frage: Warum muss ausgerechnet ich das Opfer Ihres Wahnsinns werden?

»Das war's John. Ich wünsche dir noch einen schönen Tag. Und wenn du jemals irgendwelche Probleme zu Hause hast – du weißt, mit wem du darüber reden kannst.«

»Klar.«

5 Mit einer Schnauzenlänge geschlagen

Wir hängen im Bay-View-Einkaufszentrum herum und mein Freund Billy Banane, der kein Freund ist, redet vom Essen. »Ich bin so hungrig, ich könnte ein ganzes Pferd verspeisen«, sagt er. »Von der Schnauze bis zum Schwanz.« Dies ist ein weiterer Grund, warum Glory Halleluja nie mit ihm ausgehen würde. Billy Banane redet ständig vom Essen. Wenn er an einem Hühnerschenkel knabbert, wirft er schon ein Auge auf den nächsten Schenkel auf dem Teller. Beim Mittagessen redet er bereits davon, was es zum Abendessen geben wird. Ich habe einmal gesehen, wie er eine große Peperoni-Pizza gegessen hat, danach eine Schüssel Spagetti Bolognese und noch einen Laib Knoblauchbrot, und als er vom Tisch aufstand, sah er immer noch hungrig aus. Er ist ein Fass ohne Boden.

Trotz der Tatsache, dass Billy Banane die ganze Zeit futtert, bleibt er so dünn wie ein Bleistift. Dies widerspricht einer ganzen Reihe von grundlegenden physikalischen Gesetzen. Wenn jede Aktion eine Reaktion hervorruft, müsste auch jeder Bissen Gewicht produzieren. Meiner Theorie nach wird jeder Brocken, den er zu sich nimmt, von einem Vakuum in seiner langen Nase aufgesaugt und von dort in die Weiten des Universums geschleudert.

Billy Banane hat Hunger, während er, Andy Pearce und ich mit dem Aufzug des Einkaufszentrums nach unten fahren. Sein Bauch knurrt wie ein Wolfsjunges in einer Schneehöhle.

Das Einkaufszentrum wird Bay View genannt, obwohl es keine

Aussicht auf das Meer hat. Eigentlich hat es überhaupt keine Aussicht. Drinnen gibt es zwei Kaufhäuser, ein Dutzend Spezialitätengeschäfte, eine Tierhandlung, ein Kino und eine Lebensmitteltheke.

Der Aufzug spuckt uns vor der Lebensmitteltheke aus und Billy Bananes Zunge leckt seine Oberlippe ab. Seine Augen beginnen zu glänzen. Wir gehen am Hotdog-Stand vorbei. Wir gehen an *Luigis Pizza* vorbei. Wir gehen an *Wong Chongs chinesische Spezialitäten* vorbei, wo ein Koch Frühlingsrollen auf einem heißen Blech an der Theke stapelt.

Billy Banane ist völlig pleite. Ich merke, wie er mit den Fingern in den hintersten Winkeln seiner Hosentaschen herumwühlt, aber da ist nichts. Nicht eine Münze. Nur Fusseln.

»Du glaubst wohl, ich mach nur Spaß, aber wenn du mir ein totes Pferd besorgst, ein Messer und eine Kochplatte, ich schwöre dir, ich würde kein Stück Fleisch übrig lassen«, sagt Billy Banane und lässt die Frühlingsrollen keine Sekunde aus den Augen. »Pferdesteak schmeckt vermutlich genauso wie Rindfleisch. Ich bräuchte nur ein bisschen Barbecue-Soße, um die Sattelnarben zu überdecken. Die Hufe könnte man wie Schweinshaxen zubereiten. Sie marinieren und das Fett heraussaugen. Ich könnte frittierte Pferdeaugen essen, so wie Kürbiskerne, in heißem Öl gebacken, und sie zwischen meinen Zähnen zermahlen. Ich könnte sogar die Schnauze verdrücken.«

»Pferde haben keine Schnauzen«, sagt Andy Pearce. Andy ist der Trommler unseres Schulorchesters und er hat die einzigartige Begabung, das Finale jedes Musikstücks so klingen zu lassen wie einen Auffahrunfall. Für ihn habe ich keinen Spitznamen, denn an Andy ist rein gar nichts bemerkenswert. Er trägt immer die gleichen Klamotten – Jeans und ein ausgewaschenes T-Shirt. Alles, was er hört, nimmt er wörtlich und alles, was er sagt, hat nur eine einzige, ganz offensichtliche Bedeutung. Er ist nicht dumm, aber sein Getriebe hat nur einen Gang, und das ist auf die Dauer etwas ermüdend.

Du hast wahrscheinlich schon erraten, dass ich mit ihm und Billy Banane nur herumhänge, weil mir die beiden Leid tun.

»Wenn Pferde keine Schnauzen haben, womit, glaubst du, riechen sie dann?«, will Billy Banane wissen.

»Nasen. Pferde haben Nasen«, klärt ihn Andy Pearce auf. »Schweine haben Schnauzen.«

Billy denkt darüber nach, während er eine riesige Brezel in der Auslage der Bäckerei fixiert. »Was weißt du denn schon über Pferdenasen, Schwabbelhirn?«

Andy Pearce zuckt mit den Schultern. »Beim Pferderennen heißt es immer: ›Er hat mit einer Nasenlänge gewonnen.‹ Sie sagen nie, dass er mit einer Schnauzenlänge gewonnen hat.«

»Wann warst du jemals beim Pferderennen?«

»Ich habe sie mir im Radio angehört oder im Fernsehen angeschaut und sie sagen nie, dass einer mit einer Schnauzenlänge gewonnen hat. Sie sagen ›Er hat mit einer Nasenlänge gewonnen‹, weil Pferde nun einmal Nasen haben.«

Es ist unmöglich, bei einem Streit mit jemandem wie Andy Pearce die Oberhand zu gewinnen. Er schlägt jeden mit der Absolutheit seiner Aussagen nieder.

Billy Banane kann die Versuchungen der Lebensmitteltheke nicht länger ertragen. Mit einem letzten Blick auf Wong Chongs Frühlingsrollen schiebt er uns in Richtung Fahrstuhl, der uns schließlich ins Erdgeschoss bringt und direkt gegenüber von *Tonys Tierhandlung* ausspuckt.

Im Schaufenster von *Tonys Tierhandlung* sitzen drei Katzenbabys und vor dem Fenster stehen drei Mädchen in unserem Alter und betrachten die Kätzchen. Wir drei steigen aus dem Fahrstuhl und betrachten die Mädchen.

Wir kennen diese Mädchen nicht und sie kennen uns nicht. Sie müssen aus einer anderen Stadt kommen und auf eine andere Schule gehen. Daher können sie auch nicht wissen, dass sie eigentlich bei unserem Anblick die Beine in die Hand nehmen und so schnell die Flucht ergreifen müssten, wie sie nur können. Sie bemerken allerdings, dass wir sie aus etwa fünfzehn Metern Entfernung beobachten. Sie flüstern miteinander und tun so, als würden die Katzen ihre ganze Aufmerksamkeit beanspruchen.

»Volltreffer – drei süße Miezen«, verkündet Billy Banane mit einem aufgeregten Flüstern. Offenbar hat ihn der Anblick der Mädchen von seinen Fressgelüsten abgelenkt. »Die haben ein Auge auf uns geworfen, klarer Fall.«

»Nein, sie betrachten die Katzen«, korrigiert ihn Andy Pearce.

»Und warum, glaubst du, tun sie so, als würden sie diese dämlichen Viecher betrachten, du Dumpfbacke?«, fragt Billy Banane.

»Vielleicht wollen sie eine Katze kaufen«, spekuliert Andy mit der ihm eigenen Logik. »Sie überlegen wahrscheinlich gerade, für welche sie sich entscheiden sollen.«

»Sie überlegen sich gerade, wie sie sich entscheiden sollen, ganz recht«, stimmt Billy Banane zu. »Aber ich wette mit dir, dass es dabei nicht um die Katzen geht.«

»Warum sollten sie sonst das Schaufenster einer Tierhandlung betrachten?«

Billy Banane gerät in Rage. »Weil sie nicht wollen, dass wir merken, dass sie uns beobachten. Hast du's?«

»Habe ich was?«

»Hast du nicht irgendwann mal von dir selbst die Nase voll?«

»Nein, meine Nase ist nicht voll.«

Wenn eine Gruppe junger Männer bei den Lashasa Palulu auf Raubzug geht und ein Streit ausbricht, hat ein Mitglied dieser Gruppe die Pflicht, die Ordnung wiederherzustellen. Gewöhnlich ist das die Aufgabe des Häuptlingssohns oder eines anderen Mannes von herausragender Intelligenz und Würde.

Es ist eindeutig Zeit, dass ich die Sache in die Hand nehme und zwischen Andy und Billy Banane vermittele – sozusagen Ordnung aus Chaos erschaffe. »Sie haben die Kätzchen schon betrachtet, bevor wir ankamen, also ist es gut möglich, dass sie eins kaufen wollen«, sage ich. »Aber sie beobachten auch uns und versuchen rauszufinden, ob wir ihrer würdig sind.«

»Na ja, ich überlege mir gerade, ob sie meiner würdig sind«, sagt Billy Banane. »Ich glaube nicht, dass eine von denen einen Schönheitswettbewerb gewinnen würde, und wenn sie zu nah an dem Schaufenster stehen bleiben, könnte jemand auf die Idee kommen, sie zu kaufen.«

In diesem Moment verschwinden die Mädchen in der Tierhandlung. »Kommt schon«, sagt Billy Banane. »Sie wollen, dass wir ihnen nachlaufen.«

Wir folgen ihm hinüber zu *Tonys Tierhandlung* und gehen hinein. Es ist kein großer Laden. An einer Wand stehen Aquarien, in denen Fische schwimmen. An der hinteren Wand sieht man Vögel in Käfigen. An der dritten Wand sitzen Reptilien und Schildkröten in Terrarien. Und in der Mitte steht ein Schaukasten, der in kleine Plastikboxen mit Glastüren und Spielzeugmöbeln unterteilt ist. In diesen Kästen sitzen die Hunde- und Katzenbabys.

Die drei Mädchen stehen vor den Reptilien und betrachten eine Grasschlange. Die Größte von ihnen sagt: »Iiiiihh, schaut euch an, wie schleimig die ist. Ich glaube, die kaut gerade auf einer Fliege herum. Ist das nicht der Kopf einer Fliege, der da aus dem Maul hängt?«

»Ich glaube, das ist eher eine Kakerlake«, sagt ihre Freundin, die eine Zahnspange trägt.

»Bäh, wie widerlich. Eklig«, sagt die Dritte mit einem verstohlenen Blick auf uns drei. Ich hoffe, sie meint damit die Schlange. Wir stehen vor einem Aquarium und tun so, als würden wir die

Neonfische betrachten. »Die mögen uns!«, flüstert Billy Banane. »Die stehen voll auf uns, erste Sahne! Wir sollten rübergehen und das Eis brechen.«

»Ich sehe hier kein Eis«, sagt Andy Pearce.

»Wir sollten rübergehen und mit ihnen reden, Sumpfhirn, bevor wir unsere Chance verpassen«, sagt Billy Banane. Er würde gerne selbst zu ihnen gehen und etwas Eis hacken, aber seine große Banane macht ihn verlegen. Und da mir niemand den Umschlag mit dem passenden Eröffnungssatz zugesteckt hat, halte ich mich auch zurück. Ich rede mir ein, dass ich Glory Halleluja treu bleiben muss. Ich kann nicht in Einkaufszentren herumlaufen und wildfremde Mädchen ansprechen.

»Ich werde gehen und mit ihnen reden«, sagt Andy. »Das ist doch keine große Sache.« Und er steuert direkt auf sie zu.

Billy Banane schießt mir einen Blick zu, der so viel sagt wie »Gott allein weiß, was jetzt passieren wird!«, aber er folgt Andy. Ich trabe hinter ihnen her und versuche den perfekten Abstand zu halten. Wenn Andy Pearce Erfolg haben sollte, will ich als Teil der Gruppe angesehen werden, aber wenn er sich zum Trottel macht, was wahrscheinlicher ist, soll es so aussehen, als würde ich nicht dazugehören.

Andy Pearce hat keine Angst. Er stellt sich neben sie. »Hallo«, sagt er zu den drei Mädchen. »Wollt ihr diese Schlange kaufen?«

Die Große sieht ihn an. »Auf keinen Fall! Die ist doch widerlich. Warum in aller Welt glaubst du, dass wir dieses Ding haben wollen?«

»Weil ihr vor ihr steht und sie betrachtet«, erwidert er.

Das große Mädchen ist einen Moment lang verwirrt.

»Und dies ist eine Tierhandlung«, fährt Andy Pearce fort. »Hier gibt es Tiere zu kaufen.«

Billy Banane und ich tauschen einen Blick aus. Vielleicht weiß Andy, was er da tut. Vielleicht interpretieren die Mädchen seine

Bemerkung als Sarkasmus oder coolen Charme. Vielleicht nehmen sie aber auch die Beine in die Hand und rennen davon.

Das Mädchen mit der Zahnspange kommt ihrer Freundin zu Hilfe. »Und was machst du hier?«, fragt sie.

»Ich rede mit euch«, antwortet Andy Pearce mit dem Scharfsinn eines Vulkaniers.

Das dritte Mädchen schenkt Andy ein kokettes Lächeln. »Na, und bist du eine Schlange?«

»Nein, ich bin ein menschliches Wesen«, entgegnet Andy.

Die drei Mädchen kichern und werfen einander gleichzeitig besorgte Blicke zu. Sie haben keine Ahnung, was sie von Andy halten sollen. »Und warum habt ihr drei menschlichen Wesen euch zu uns drei menschlichen Wesen herübergewagt?«, fragt ihn das dritte Mädchen.

Andy Pearce zögert eine Sekunde. »Mein Freund sagte, ich solle zu euch gehen und das Eis brechen«, sagt er schließlich. »Aber hier ist gar kein Eis.«

Jetzt sehen die drei Mädchen so aus, als sei ihnen ein übler Geruch in die Nase gestiegen. Aber sie sind sich immer noch nicht sicher.

»Er macht nur Spaß. Er ist ein echter Witzbold«, sagt Billy Banane und versucht dem Gespräch neues Leben einzuhauchen. Aber genau diesen Moment sucht sich sein Magen aus, um zu knurren. Es ist ein lautes und Ekel erregendes Geräusch. Es klingt nicht länger wie ein Wolfsjunges in einer Schneehöhle, sondern eher wie ein rasender Eisbär in einem Pinguingehege. Billy Banane legt eine Hand auf seinen Bauch, als wollte er die Explosion abdecken, und schaut gleichzeitig zur Seite, um den Verdacht von sich auf die Reptilien zu lenken.

Die drei Mädchen sind sich nicht sicher, wie sie diese Eruption im Gedärm deuten sollen, und sie können auch Andy Pearce immer noch nicht recht einschätzen.

»Deine Bemerkung über das Eis – sollte das irgendwie cool sein?«, fragt das große Mädchen Andy.

»Nein, ich bin nicht cool«, erklärt Andy. Eine erwartungsvolle Stille breitet sich aus. Sie schauen Andy an. Warten darauf, dass er etwas nachschiebt. Ich sehe ihm an, dass er keinen blassen Schimmer hat, was er als Nächstes sagen soll. »Aber ich weiß, dass man Eis am ehesten in einer Eismaschine findet«, sagt er endlich. »In diesem Laden gibt es keine Eismaschinen.« Jetzt hat er ein Thema gefunden, mit dem er sich auskennt. Andy legt los. »Der beste Ort für eine Eismaschine ist ein Hotel. Die Leute wollen, dass ihnen Eis aufs Zimmer gebracht wird. In Eiskühlern.«

Und jetzt haben die drei Mädchen kapiert, dass Andy weder süß noch clever und auch nicht sarkastisch ist. Er ist einfach nur er selbst und sie gehen in die Startlöcher. Man kann es von ihren Gesichtern ablesen. »Wir müssen jetzt gehen«, sagt die Große.

»Ja«, fügt ihre Freundin mit der Zahnspange hinzu. »Draußen wartet jemand auf uns. Macht's gut.«

»Wenn du das Eis findest, pass auf, dass du nicht einbrichst«, sagt die Dritte zu Andy. Sie hasten aus *Tonys Tierhandlung* und brechen in schallendes Gelächter aus, sobald sie draußen sind.

Und wir drei stehen nun alleine da und starren die Grasschlange an. Ich glaube, das Insekt, das aus dem Mund der Schlange ragt, ist ein Käfer. Wir können die Mädchen noch lachen hören, während sie davonrennen. Billy Banane droht Andy mit dem Zeigefinger. »Du bist nicht von diesem Planeten. Du kommst vom Mars. Was hast du da bloß gemacht?«

»Ich habe ihnen was über Eismaschinen erzählt«, antwortet Andy Pearce.

»Ja, und das hast du ganz prima gemacht«, sagt Billy. »Du hast selbst das Gehirn einer Eismaschine.«

»Lass ihn in Ruhe«, sage ich. »Wenigstens hat er sich getraut mit ihnen zu reden. Das ist mehr, als man von uns behaupten kann.«

Billy Banane kann die Wahrheit nicht vertragen. »Ich hätte schon was gesagt.«

»Nein, hättest du nicht«, widerspreche ich. »Und ich auch nicht. In dieser Beziehung sind wir beide Feiglinge. Also lass ihn in Ruhe.«

»Ich bin kein Feigling«, behauptet Billy Banane. Anscheinend habe ich seinen Stolz verletzt. »Du wirst schon sehen, was für ein Feigling ich bin, und zwar gleich morgen früh. Ich verschwinde jetzt von hier.«

Die Mädchen sind weg. Die Luft ist rein. Wir verlassen *Tonys Tierhandlung*. Billy Banane und ich gehen auf den Fahrstuhl zu. Andy Pearce folgt uns auf dem Fuße.

»Was passiert morgen?«, frage ich.

Billy wirft mir einen langen Blick zu. Eine deutliche Warnung steht in seinem Gesicht geschrieben. Mein Freund, der kein Freund ist, gibt mir zu verstehen, dass er etwas tun will, was mir nicht gefallen wird. »Es gibt schon Karten für den Abschlussball.«

»Na und?«

»Ich werde Gloria fragen, ob sie mich begleiten will«, verkündet Billy Banane.

»Du bringst doch nie den Mut auf, sie zu fragen, ob sie mit dir zum Ball gehen will.«

»Richtig. Aber ich werde sie auch nicht sofort zum Tanzen einladen, Matschbirne. Ich werde sie fragen, ob sie Lust hat, am Freitagabend zum Basketballspiel zu gehen. Unsere Schule gegen Fremont Valley High. Und sie wird Ja sagen, denn sie ist verrückt nach Basketball.«

»Woher willst du das wissen?«, frage ich gleichmütig, aber jetzt bin ich wirklich besorgt. Denn Billy Banane hat einen Plan. Einen raffinierten Plan. Einen Plan, der gelingen könnte.

»Ihr Bruder war ein Star im Schulteam und spielt jetzt an der Universität«, sagt er. »Und ich habe gehört, wie sie zu Valerie Voss sagte, dass sie unbedingt zu dem Spiel am Freitag gehen will. Ich hab schon so gut wie gewonnen.«

Einige Sekunden lang schweige ich meinen Freund, der kein Freund ist, an. Wir blicken uns nur in die Augen. Ich denke nach.

»Gloria kann gar nicht mit dir zum Abschlussball gehen, denn ich werde sie begleiten.«

»Ich werde sie morgen in der ersten Stunde fragen«, entgegnet er. »Du siehst sie nicht vor dem Matheunterricht in der dritten Stunde. Bis dahin sind wir bereits ein Gespann. Finde dich damit ab.«

Ein Gespann? Das klingt so, als würden zwei Ackergäule eine Bierkutsche ziehen. »Ich mag Gloria schon viel länger als du«, sage ich. »Ich habe dir doch zuerst von ihr erzählt.«

»Pech«, sagt Billy Banane, während wir aus dem Aufzug steigen. »Ich habe halt Frühlingsgefühle. Außerdem ist im Krieg und in der Liebe alles erlaubt. Weil wir gerade vom Frühling sprechen: Ich werde mir jetzt eine von Wong Chongs Frühlingsrollen besorgen.«

»Das kannst du nicht«, sagt Andy Pearce, der sich neben uns gestellt hat. »Du hast kein Geld.«

»Es gibt mehr als einen Weg zu einer Frühlingsrolle«, erklärt ihm Billy. Wir nähern uns der Lebensmitteltheke. Billy senkt seine Stimme. »Also, du machst jetzt Folgendes«, instruiert er Andy. »Geh rüber und frag den Typ, wie viel eine Chop-Suey-Platte kostet.«

»Ich will aber keine Chop-Suey-Platte«, sagt Andy.

»Irgendwann vielleicht schon«, gibt Billy zu Bedenken.

»Ja, vielleicht.«

»Und dann fragst du ihn, was das Huhn mit Cashewkernen kostet. Und so weiter. Frag ihn einfach nach allem. Los jetzt.«

Bei den Lashasa Palulu macht die bloße Gewissheit, dass eine illegale Handlung begangen wird, den Wissenden noch lange nicht schuldig. Erst wenn er in irgendeiner Form an dieser Handlung teilnimmt, kann man ihm Schuld zuweisen. Deswegen beobachte ich aus gebührender Entfernung, wie sich die Sache entwickelt – unschuldig und neugierig.

Andy stellt sich vor den Koch bei *Wong Chongs chinesische Spezialitäten* und fragt, was eine Chop-Suey-Platte kostet. Und während sich das abspielt, tritt Billy Banane unauffällig an die andere Seite der Theke, dort, wo die Frühlingsrollen auf einem heißen Blech liegen.

»Chop-Suey-Platte vier Dollar«, sagt der Koch.

»Wie viel kostet das Hühnchen mit Cashews?«, fragt Andy.

»Vier Dollar. Willst du Hühnchen mit Cashews?«

»Nein«, sagt Andy. »Aber was kostet Hühnchen à l'Orange?«

»Kein Hühnchen à l'Orange.«

»Nennen Sie es Hühnchen à l'Orange wegen der Farbe oder wegen des Geschmacks?«, will Andy wissen.

»Kein Hühnchen à la Orange. Willst du Hühnchen mit schwarzer Bohnensoße?«

Im Schatten dieser erhabenen Diskussion sieht Billy Banane seine Chance gekommen. Er streckt seinen langen Arm über die Theke und greift sich eine Frühlingsrolle vom Blech.

Zum Unglück für Billy Banane steht das Blech auf einer heißen Platte. Einer ziemlich heißen Platte. Was bedeutet, dass auch die Frühlingsrolle kochend heiß ist. Billy verbrennt sich die Hand und schreit auf. »Aaaah!«

Es ist kein lauter Schrei, aber laut genug für den Koch von Wong Chong, der herumkreiselt und ruft: *»Halt! Dieb! Du hast meine Frühlingsrolle gestohlen!«*

Da er auf frischer Tat ertappt wurde, gibt es für Billy Banane eigentlich nur zwei Möglichkeiten. Er kann die Frühlingsrolle auf die Theke fallen lassen und Fersengeld geben. In diesem Fall würde ihn der Koch von Wong Chong wohl kaum verfolgen. Oder er kann seine Brieftasche hervorziehen und so tun, als wollte er die Frühlingsrolle bezahlen. Selbstverständlich hat er kein Geld, aber es ist kein Verbrechen zu vergessen, dass man pleite ist.

Billy Banane entscheidet sich für die dritte Möglichkeit. Er behält die Frühlingsrolle in der Hand wie ein Staffelläufer seinen Stab, dreht sich um und rast davon.

Wie ein Turner auf dem Seitpferd macht Wong Chongs Koch einen behänden Satz über die Theke und jagt schreiend hinterher. *»Halt! Dieb!«*

Billy Banane ist nicht besonders schnell, aber auch der Koch bricht nicht gerade einen Geschwindigkeitsrekord. Beide scheinen im Zeitlupentempo zu laufen, während sie hintereinander um die Lebensmitteltheke hetzen. Sie prallen gegen Tische. Sie rennen Stühle um. Sie schlagen fast eine alte Frau bewusstlos. Die Frau fängt an zu schreien und löst den Feueralarm aus.

Billy Banane steuert auf den Aufzug zu. Die Fahrstuhltüren schließen sich gerade. Wenn er hineinkommt, dann hat er es geschafft. Wenn nicht, gibt es keine Fluchtmöglichkeit mehr. Seine Arme pumpen auf und ab wie ein Uhrwerk. Er wirft sich nach vorne. Fast glaube ich, dass es ihm gelingt. Aber genau in dem Moment, als er den Fahrstuhl erreicht, schließen sich die Türen vor seiner Nase. Er schlägt mit der Faust dagegen.

Der Koch von Wong Chong packt ihn am Arm. Billy wehrt sich und tritt ihm ans Schienbein, aber der Koch, der den ganzen Tag damit verbringt, Enten zu zerlegen und Schweinefleisch zu hacken, hat einen eisenharten Griff.

Ich stehe etwa fünf Meter von ihnen entfernt. Obwohl mir Billy Banane vor einigen Minuten etwas von »Pech« und »Frühlingsgefühlen« erzählt hat, bin ich gewillt ihm zu helfen. Wenn ich nur wüsste, wie. Leider fällt mir nichts ein. In diesem Moment kommt ein großer, fetter, kahlköpfiger Sicherheitsbeamter angewatschelt. »Was ist hier los?«

»*Er hat meine Frühlingsrolle gestohlen!*«, brüllt der Koch von Wong Chong.

»*Niemals!*«, brüllt Billy zurück. »*Das stimmt nicht!*«

Der Sicherheitsbeamte blickt nach unten zu Billys Faust, die noch immer die Frühlingsrolle umklammert. »Hast du die bezahlt?«

»Nicht direkt«, antwortet Billy.

»Und wie kommt sie dann in deine Hand?«

Billy steckt in der Klemme. »Ich weiß nicht«, sagt er. »Es ist irgendwie passiert. Ich meine, sie ist jetzt in meiner Hand, aber ich will sie gar nicht.« Er versucht dem Sicherheitsbeamten die Frühlingsrolle aufzudrängen. »Hier, nehmen Sie sie.«

Der Sicherheitsbeamte wirft einen Blick auf die Frühlingsrolle. Seinem Körperumfang und dem Ausdruck in seinen Augen nach zu urteilen hätte er nichts gegen einen kleinen Imbiss einzuwenden. Aber leider ist er ja im Dienst. »Wollen Sie Anzeige erstatten?«, fragt er den Wong-Chong-Koch.

»Ja. Er hat mich getreten. Ich erstatte Anzeige.«

In diesem Augenblick tritt die alte Dame hinzu. »Dieser Kerl hat mich über den Haufen gerannt«, behauptet sie. »Ich habe alles mit angesehen. Das ist ein richtiger Randalierer. Ich werde ebenfalls eine Anzeige erstatten.«

Der Sicherheitsbeamte zieht ein Paar Handschellen hervor. Billy Banane beginnt zu schluchzen. Der Sicherheitsbeamte drückt Billy gegen die Tür des Personalaufzugs, zieht ihm die Arme auf den Rücken und lässt die Handschellen zuschnappen.

Armer Billy Banane. Obwohl er mir den Rücken zudreht, kann ich erkennen, dass er plötzlich furchtbare Angst hat. Seine Knie schlagen gegen die Fahrstuhltür. Wenn er nur einen Schritt

schneller gewesen wäre, hätte er es noch in den Aufzug geschafft und wäre mit seinem Vergehen davongekommen.

Aber er hat es nicht geschafft. Er hat verloren. Geschlagen mit
einer Schnauzenlänge.

6 Abendvorstellung

Ich sitze an unserem Tisch, der kein Tisch ist, bemühe mich einen Truthahnbraten zu essen, der kein Truthahn ist, und ignoriere das Chaos. *Chaos* ist meine Bezeichnung für den vergnüglichen und unterhaltsamen Dienstagabend, den der Mann, der nicht mein Vater ist, zu unserer Zerstreuung und unserer Belehrung bestimmt hat – was immer er darunter versteht. Er sitzt zu meiner Rechten und säbelt an einem Truthahnschenkel, der kein Truthahnschenkel ist, und hält seine Augen fest auf den Fernsehbildschirm gerichtet.

Das Fleisch auf seinem Teller – und traurigerweise auch das auf meinem – kann nie im Leben ein Truthahnbraten sein, denn es erfüllt keine der grundlegenden Anforderungen an ein solches Gericht. Es schmeckt nicht nach Truthahn, es sieht nicht aus wie Truthahn und riecht auch nicht nach Truthahn. Es hat nicht einmal die Konsistenz eines Truthahnbratens. Es schmeckt auch nicht nach Hähnchen. Es schmeckt eigentlich gar nicht so, als würde es zu der großen und vielfältigen Familie der Geflügel gehören. Und es schmeckt auch weder nach Rind, Schwein oder Lamm, noch nach einem vegetarischen Gericht, das geschickt versucht sich als Truthahn zu tarnen. Ich kann mir nicht vorstellen, dass das, was ich gerade esse, jemals gelebt hat. Weder als Tier noch als Pflanze, in keiner denkbaren Form, nicht einmal in der eines Virus oder einer Bakterie. Ich vermute, das, was auf unserem Tisch steht, der kein Tisch ist, ist ein extrem seltenes, weißlich graues Mineral, das sich als Truthahn maskiert hat.

Unser Tisch ist kein richtiger Esstisch, denn richtige Tische sind waagrecht. Dieser hier aber hat Schlagseite so wie das Deck eines langsam sinkenden Schiffs. Jede Woche holt der Mann, der nicht mein Vater ist, seinen großen Werkzeugkasten hervor und verlängert ein Tischbein oder sägt ein anderes kürzer, um dann mit stolzgeschwellter Brust eine ebene Tischplatte zu präsentieren. »So«, sagt er dann, »das Problem hätten wir gelöst. Ha!« Aber da unser Tisch kein richtiger Tisch ist, sondern vielmehr ein Schiff, das langsam in unseren Esszimmerboden versinkt, hat er schon bald wieder Schlagseite.

Aus dem Fernseher schallt Gebrüll. Das Chaos nimmt zu.

Seit der Mann, der nicht mein Vater ist, vor sechs Monaten eingezogen ist, ist der Fernseher zur alleinigen Majestät in unserem Haus erhoben worden. Früher hatten wir einen kleinen Apparat, der auf einer Kiste in der Ecke des Wohnzimmers stand. Als der Mann, der nicht mein Vater ist, seinen Fuß über unsere Schwelle setzte, brachte er als einziges Möbelstück einen brandneuen Fernseher mit Großbildschirm mit, der jetzt von seinem eigenen Eichengestell über uns regiert wie ein König auf seinem dunklen Holzthron.

Ich sitze neben dem Mann, der nicht mein Vater ist, und versuche einige Stücke des Truthahnbratens, der kein Truthahnbraten ist, herunterzuwürgen und gleichzeitig zu ignorieren, dass Tiger Jones dem kleinen Vinny the Fox die Nase gebrochen hat.

»Yeah, sie ist gebrochen«, sagt der Moderator mit offensichtlicher Befriedigung. »Ich habe den Knochen knacken gehört. Da werden die Leute aus seinem Team richtig was zu tun haben. Er hat Glück, dass Doc Whittaker dabei ist – einer der besten Knocheneinrenker im Osten. Und den wird Vinny the Fox auch brauchen, denn das Blut schießt ihm jetzt förmlich aus der Nase und aus den Augen.«

Du kennst mich immer noch nicht, obwohl du dir vielleicht mittlerweile ein Bild von der lächerlichen Welt machen kannst, in der ich lebe. Daher werde ich dir jetzt ein Geheimnis verraten, das dich überraschen wird: Trotz meiner Unzulänglichkeiten und meiner menschlichen Schwächen bin ich nicht besonders zart besaitet. Ich falle bei dem Anblick von Blut nicht in Ohnmacht, es sei denn, es ist mein eigenes. Bilder von Brutalität und Grausamkeit bereiten mir keine Probleme, es sei denn, diese Brutalität ist gegen mich selbst gerichtet. Aber trotz dieser Tatsache halte ich es für ein elementares Grundrecht, dass niemand während des Abendessens gezwungen sein sollte, mit anzusehen, wie einem Mitmenschen die Nase gebrochen wird. Die Glocke kündigt das Ende der fünften Runde an. Der arme Vinny the Fox taumelt in seine Ecke zurück, wo er von Doc Whittaker wieder zusammengeflickt und -geklebt wird. Die Kamera fährt dicht an Vinnys Nase und seine Augen heran.

Ich versuche nicht hinzusehen, aber es gibt nur eine begrenzte Anzahl weiterer Punkte, auf die ich in diesem Esszimmer, das kein Esszimmer ist, meine Augen richten kann. Es ist kein Esszimmer, weil hier noch nie eine gute Mahlzeit verspeist wurde. Ich glaube, es ist stattdessen ein Kotzzimmer – wenn du mir diesen Ausdruck verzeihst –, das sich als Esszimmer verkleidet. Ich denke, dass ich damit ziemlich richtig liege, denn mir wird regelmäßig hier drin beim Essen schlecht. Auch jetzt, während sich meine Augen bemühen dem Bildschirm auszuweichen und nach weiteren Blickmöglichkeiten suchen, wird mir übel.

Ich könnte auf das weißliche Mineral auf meinem Teller schauen, das vorgibt ein Truthahn zu sein. Allerdings wäre dies keine geeignete Therapie gegen Übelkeit, denn das weiße Mineral wirkt auf mich eher wie ein starkes Brechmittel. Ich könnte auch den Mann, der nicht mein Vater ist, ansehen. Er ist fast fertig mit seinem Truthahnschenkel, obwohl er kaum etwas davon gegessen hat. Eine Menge Fleisch ist von seiner Gabel auf den Tisch gefallen, wo es sich dekorativ in kleineren und größeren Fetzen um seinen Teller gruppiert, so wie der erste, zögerliche Schneefall an einem frühen Wintertag. Größere Stücke klammern sich, aus Angst, verschlungen zu werden, verzweifelt an seinen Schnurrbart oder haben sich zwischen seinen unregelmäßigen Zähnen verhakt wie Bergsteiger, die in Schneehöhlen Schutz suchen.

Der Mann, der nicht mein Vater ist, spürt meinen Blick.

»John, setz dich gerade hin«, bellt er. Aber in Wirklichkeit sagt er: »Wer bist du eigentlich, dass du es wagst, mich anzustarren? Hast du vergessen, wer in dieser Herde der Leithengst ist? Sobald uns deine Mutter den Rücken zudreht, kann ich es dir mit einem einzigen Schlag meiner rechten Hand beweisen.«

»Okay, Entschuldigung«, sage ich und initiiere eine minimale Veränderung an der Linie meines Oberkörpers, gerade genug, um ihn zufrieden zu stellen. Was ich jedoch tatsächlich sage, ist: »Ich werde weder die Hacken zusammenschlagen, noch werde ich dich ›Sir‹ nennen, was du liebend gerne von mir hören würdest. Du magst größer, älter und gemeiner sein als ich und du magst mein persönlicher Quälgeist sein und der Mann, der es nicht im Geringsten geschafft hat, den Mann zu ersetzen, der mir meinen Namen gab, aber ich werde dir auf keinen Fall den Rang eines kommandierenden Offiziers zugestehen. Doch ich werde aufhören dich anzustarren, denn die Art, wie du einen Truthahn isst, der kein Truthahn ist, dreht mir den Magen um.«

Also wende ich meinen Blick von dem Mann, der nicht mein Vater ist, ab und schaue stattdessen auf unseren Hund Sprocket. Es ist eine der größten Ironien meines Lebens, dass Sprocket tatsächlich ein Hund ist. Er riecht wie ein Hund, benimmt sich wie ein Hund und ist treu wie ein Hund. Als mich der Mann, der nicht mein Vater ist, das erste Mal schlug, knurrte Sprocket ihn an. Der Mann, der nicht mein Vater ist, verpasste Sprocket einen Fußtritt an den Kopf. Obwohl ich es noch nie mit angesehen habe, weil ich einen Großteil des Tages in der Schule verbringe, vermute ich, dass der Mann, der nicht mein Vater ist, Sprocket noch regelmäßiger und noch brutaler verprügelt als mich. Ich habe bemerkt, dass Sprocket einen immer größeren Bogen um den Mann macht, der nicht mein Vater ist.

Sprocket liegt jetzt zusammengerollt neben der Tür. Seine Augen sind geschlossen und er lauscht unseren Kaugeräuschen. Wenn wir tatsächlich Truthahnbraten äßen, würde Sprocket unter dem Tisch sitzen, mit dem Schwanz wedeln und sabbernd um seinen Anteil betteln, aber da wir uns nur an einem Mineral gütlich tun, das so tut, als sei es ein Truthahn, ist Sprocket nicht im Mindesten interessiert.

Heute allerdings kann ich Sprocket nicht lange ansehen. Seine Hundeschnauze ruft in mir die Erinnerung an meinen Freund Billy Banane wach, wie er vor knapp einer Stunde von zwei Sicherheitsbeamten und einem Polizisten mit Abzeichen und Dienstwaffe aus dem Einkaufszentrum geführt wurde. In diesem Moment, während ich meinen Truthahn esse, der kein Truthahn ist, wird Billy Banane wahrscheinlich von den gewieftesten kriminologischen Experten unseres Staates verhört.

Das könnte ebenfalls ein Grund für den Aufruhr in meinem Magen sein.

Billy Banane könnte zusammenbrechen.

Er könnte Namen nennen.

Er könnte meinen Namen nennen.

Billy Banane kennt mich ebenso wenig wie du, aber er weiß, wie ich heiße und wo ich wohne.

Es stimmt zwar, dass man bei den Lashasa Palulu nicht für ein Verbrechen verantwortlich gemacht werden kann, an dem man nicht selbst aktiv teilgenommen hat, aber leider stehe ich nicht unter der Gerichtsbarkeit dieses Stammes, der kein Stamm ist.

Ich behaupte gar nicht, dass ich ein Experte in den Verschwörung-zum-Diebstahl-einer-Frühlingsrolle-Gesetzen dieses Teils der westlichen Hemisphäre wäre. Es wäre durchaus denkbar, dass meine bloße Anwesenheit im Einkaufszentrum, in Begleitung von Billy Banane, mich in ernste Schwierigkeiten bringen könnte. Vielleicht schließt sich gerade in diesem Moment die Zellentür hinter Andy Pearce, weil er die Rolle des Ablenkers gespielt hat, und ich bin dann das nächste Dominosteinchen, das umfällt. Es ist mir sogar schon in den Sinn gekommen, dass Billy Banane versuchen könnte die Schuld von sich abzuschieben oder sie zumindest gerecht zu verteilen.

Ich warte auf ein Klopfen an unserer Haustür. Meine Ohren sind gespitzt, ob sie nicht Sirengeheul vernehmen, das die Stille der Nacht durchschneidet. Ich wäre nicht überrascht, wenn plötzlich die bunten Lichter eines Streifenwagens eine Weihnachtsdekoration auf unsere Vorhänge am Fenster malen würden.

Aus all den oben genannten Gründen widerstrebt es mir, zu lange auf Sprocket und seine Hundeschnauze zu blicken, die in Form und Größe eine so frappierende Ähnlichkeit mit Billys Banane aufweist, dass man in Versuchung geraten könnte, zu spekulieren, ob nicht Billys Vorfahren durch einen unvorstellbaren und totgeschwiegenen Fehltritt irgendwo hündische Gene aufgeschnappt haben könnten.

Daher gibt es nur noch einen Punkt, auf den ich meinen Blick richten kann, während ich meinen Truthahnbraten herunterwürge, der kein Truthahnbraten ist, und mich bemühe nicht am Schicksal von Vinny the Fox Anteil zu nehmen, der gerade seines physischen Leibes beraubt wird.

Ich schaue dich an.

Du kennst mich nicht, aber ich kenne dich. Ich kenne dich gut. Jede Falte und jede Kerbe in deinem unglaublich müden Gesicht ist mir vertraut, ebenso die Art und Weise, in der du dein gesamtes Essen zunächst in kleine Stückchen schneidest, bevor du es verzehrst, gerade so als ob dich deine Lebenskraft langsam verließe und du die Schwerstarbeit zuerst erledigen müsstest, bevor du dich mit den Häppchen stärken kannst.

Es liegt ein Schleier über deinen Augen. Im Gegensatz zu mir hast du kein Problem mit der Frage, wohin du deinen Blick während dieses Abendessens, das kein Abendessen ist, richten sollst. Das Chaos rundherum ist dir kaum bewusst. Die Tischmanieren des Mannes, der nicht mein Vater ist, können dich gar nicht abstoßen, weil du ihn nicht einmal deutlich sehen kannst. Du siehst ihn nur durch einen Schleier von Müdigkeit und Nostalgie, der ihn dir als den Mann erscheinen lässt, den du geheiratet hast, als du zwanzig Jahre alt und voller Hoffnung warst.

Ich kenne das Hochzeitsbild, auf dem du neben dem Mann stehst, der mir meinen Namen gegeben hat.

Auf diesem Foto, das jetzt weggeräumt ist, bist du mehr als nur voller Hoffnung. Du bist sogar mehr als jung und schön. Du bist froh. Deine Augen strahlen.

Ich kannte dich damals noch nicht, aber ich kenne dich jetzt, und ich sehe deutlich, was dich am Boden des langen Abhangs, den du heruntergerutscht bist, erwartet. Du hast die weiße Flagge gehisst. Du hast dich widerstandslos dem Feind ergeben.

Ich frage mich nur, ob deine Kapitulation überhaupt zu rechtfertigen ist und du daher mein Mitgefühl verdienst, oder ob sie nicht vielmehr eine feige und verachtenswerte Handlung war.

Eine schwierige Frage. Wenn ich nach einer Antwort suche, darf ich das nicht kaltblütig tun oder aus reiner Selbstsucht und ohne Verständnis für deine Opfer und deine Qual.

Du denkst, ich weiß nicht, was für ein Gefühl das ist, wenn dich der Mann, den du liebst, verlässt? Ha! Ich weiß es ganz genau. Dein Schluchzen mitten in der Nacht hat es mich gelehrt. Ich verstehe dich, denn auch mir hat der Mann, der mir meinen Namen gegeben hat und dann verschwunden ist, ein Loch ins Herz gerissen.

Du denkst, ich weiß nicht, wie es ist, eine Doppelschicht am Fließband in der Fabrik zu schieben? Ha! Ich weiß es ganz genau, denn ich kenne dich ganz genau. Ich merke es an der ganzen Art, wie dein Körper in sich zusammensackt, seine Spannung verliert bis in die Fingerspitzen, die kraftlos das Besteck halten. Ich höre es an der Art, wie du atmest, wenn du nach Hause kommst, höre es in den vielen kleinen Seufzern, so als ob selbst deine Lungen erschöpft wären. Ich spüre es in deinem Bedürfnis nach dem Streicheln und Tätscheln des Mannes, der nicht mein Vater ist, ich kann es sogar verstehen. Es ist erbärmlich, aber nachvollziehbar.

Ja, ich verstehe es. In gewisser Weise hast du sogar mein Mitgefühl. Aber die Wahrheit, die ganze Wahrheit, so wahr mir Gott helfe, ist doch: Eine bedingungslose Kapitulation kann und darf nicht ohne eine Beratung mit allen Offizieren deiner Armee beschlossen werden.

Ich bin nicht bloß ein Teil dieses Hauses. Ich bin kein Stein in der Mauer und kein Balken im Dachstuhl und auch nicht der Fußabtreter, der so ausgefranst ist, dass das Wort *Willkommen* darauf aussieht wie *Nichtkommen*.

Ich bin auch nicht die Türklingel oder der Klopfer, der so aussieht wie ein Löwenkopf, obwohl beide durchaus in der Lage sind, Töne von sich zu geben. Ich bin ebenfalls nicht der Hund, der vor der Wohnzimmertür liegt und der immerhin lebendig ist. Und ich bin auch nicht der Fernseher, obwohl der auf Rollen steht und uns durch das Haus jagen kann und der einzige Altar ist, auf dem der Mann, der nicht mein Vater ist, seine Opfer darbringt.

Ich bin mehr als das alles. Ich bin ein Mensch, ein Mensch, den du offensichtlich nicht kennst und niemals kennen wirst. Ich habe eine Stimme hier. Ich habe Rechte hier. Es mag dein Haus sein und dein Zimmer, in dem ich lebe, aber ich habe Rechte und ich will gehört werden!

Das Chaos schwillt plötzlich zu einem Brausen an. Der Mann, der nicht mein Vater ist, lehnt sich mit seinen Ellenbogen auf den Tisch und rülpst laut.

Vinny the Fox wird ausgezählt. Der Schiedsrichter schwenkt die Arme und signalisiert, dass der Kampf vorbei ist. Vinny gibt kein sichtbares Lebenszeichen von sich. Doc Whittaker klettert in den Ring und beugt sich über Vinny, aber es gibt nichts, was er tun kann. Er ist Arzt und Vinny the Fox sieht eher so aus, als brauche er einen Totengräber.

Unser Abendessen, das kein Abendessen ist, ist vorbei.

Ich stehe auf und räume meinen Teller weg. Ich räume auch den Teller des Mannes, der nicht mein Vater ist, ab. Und ich nehme deinen Teller mit. Ich trage Teller, Besteck und Gläser in unsere Küche, die keine Küche ist, und spüle und schrubbe und stapele und trockne ab.

Du packst den Rest Truthahn für zukünftige Mahlzeiten, die keine Mahlzeiten sein werden, ein. Wir sind allein in der Küche. Der Mann, der nicht mein Vater ist, hält nichts von gerechter Arbeitsteilung. Er sitzt immer noch am Tisch, der kein Tisch ist, und wartet darauf, dass Vinny von der Matte gekratzt wird, damit der nächste Kampf beginnen kann.

Hast du auch nur ein einziges Wort gehört, das ich gesagt habe, oh du meine müde und erschöpfte Mutter? Ich bin hier, direkt neben dir. Ich kann dich so deutlich sehen – wie kommt es, dass du mich nicht siehst? Bist du so blind und taub und so erledigt? Oder entspricht es vielmehr den Tatsachen – wie ich schon seit langem vermute –, dass du überhaupt nicht weißt, wer ich bin?

7 Insel des Schreckens

Es ist schon komisch, wie ein ganzer Tag oder sogar eine ganze Woche durch ein einziges Ereignis bestimmt wird.

Ich sitze in der Anti-Schule, im Anti-Matheunterricht, mit einem Stück Papier in der Hand. Nein, es ist nicht meine Algebraaufgabe. Es ist keine mathematische Gleichung, die ich gelöst habe und die darauf wartet Mrs Mondgesicht überreicht zu werden. Es hat überhaupt nichts mit dem Unterricht an dieser Anti-Schule zu tun. Es ist nicht einmal ein richtiges Stück Papier.

Es ist in Wirklichkeit mein Schicksal, das sich als Papier verkleidet hat.

Meine rechte Hand ist schweißnass. Ich wusste gar nicht, dass meine Hand in der Lage ist, so viel Schweiß zu produzieren. Ich habe das Stück Papier, das in Wahrheit mein Schicksal ist, zu einem kleinen Quadrat gefaltet und halte es jetzt in meiner feuchten Faust. Ich warte.

Ich sitze neben Glory Halleluja und warte auf den geeigneten Moment. Mrs Mondgesicht steht vor der Klasse und ergeht sich in Ausführungen über ganze Zahlen. Ich höre kein Wort von dem, was sie sagt.

Sie könnte jetzt statt ihres Vortrags über ganze Zahlen einen Can-Can tanzen oder einen Rap singen und ich würde es trotzdem nicht bemerken.

Sie könnte mich aufrufen und jede beliebige Frage zwischen Himmel und Erde stellen und ich wäre nicht in der Lage, ihr zu antworten. Wenn sie mich fragen würde, welche Farbe Gras hat oder wie viele Ohren mir aus dem Kopf wachsen, ich würde die Antwort nicht wissen.

Aber glücklicherweise fragt sie mich nicht. Ihr Computerprogramm ist auf *Reden* eingestellt. Sie hält ein Stück Kreide in der rechten Hand. Sie schwingt es umher wie einen Dolch, während sie in rasender Geschwindigkeit Algebra-Kauderwelsch ausspuckt.

Ich höre nichts. Die Klangwellen teilen sich, bevor sie mich erreichen, und formieren sich hinter meinem Rücken neu. Algebra hat nicht die Macht, meinen fiebrigen Schutzwall zu durchbrechen.

Ich bereite mich darauf vor, Glory Halleluja um eine Verabredung zu bitten.

Ich befinde mich auf einer Insel, obwohl ich, umgeben von meinen Klassenkameraden, an meinem Tisch sitze. Nur Billy Banane ist bemerkenswert abwesend.

Ich befinde mich auf der Insel des Schreckens.

Es gibt keine Bäume auf der Insel des Schreckens – keine Hütten, keine Hügel, keine Strände. Es gibt nur Zweifel.

Gloria wird mich auslachen. Dieser Gedanke ist mein einziger, quälender Gefährte hier auf der Insel des Schreckens. Lediglich der genaue Zeitpunkt und die Art ihres Gelächters geben Anlass zu Spekulationen.

Vielleicht nimmt sie mich nicht ernst. Ihre Reaktion könnte aus vollstem Herzen kommen. »Oh, John, gibt es dich tatsächlich? Lebst du gemeinsam mit mir auf dieser Erde? Ich war mir nicht bewusst, dass wir die gleiche Luft atmen.«

Möglicherweise reagiert sie sarkastisch. »John, ich würde liebend gerne mit dir ausgehen, aber ich fürchte, ich muss heute Abend das Katzenklo sauber machen.«

Vielleicht liest sie meine Nachricht, bedeckt dann ihren hübschen Mund mit ihrer zarten Hand, wird rot und roter vor lauter unterdrückter Anstrengung und bricht dann plötzlich wie der

Mount St. Helens mitten im Anti-Matheunterricht in unkontrolliertes Gelächter aus.

Oder, was am Schlimmsten wäre, sie könnte ihre Ablehnung unter dicken Schichten von Mitleid verbergen. »John, es ist so lieb und so mutig von dir, mich zu fragen. Ich bin mir sicher, dass es ein Dutzend Mädchen gibt, die sich freuen würden am Freitagabend mit dir auszugehen. Ich bezweifle nicht, dass aus dir einmal ein großer, gut aussehender, reicher und erfolgreicher Mann werden wird und ich mir in zwanzig Jahren bei unserem Klassentreffen in den Hintern beißen werde, weil ich dich abgewiesen habe.«

Was sie damit wirklich sagen will, ist Folgendes: »Das alles ist möglich – in der Zukunft. Aber hier und heute bist du ein hoffnungsloses kleines Würstchen und ich bin Glory Halleluja. Wie kannst du es nur wagen zu glauben, dass ich mich in der Öffentlichkeit mit dir sehen lassen würde?«

Vielleicht verstehst du jetzt, dass die Insel des Schreckens nicht gerade ein Ferienparadies ist. Jedenfalls amüsiere ich mich hier nicht besonders. Also bin ich bereit den richtigen Moment abzupassen und die Insel des Schreckens für immer zu verlassen.

Ich habe auch schon einen geeigneten Plan für meine Flucht. Es ist ein kühner Plan. Er könnte funktionieren.

Es gibt nur ein Problem. Mrs Mondgesicht muss kooperieren, muss sich meinem gewaltigen Vorhaben unterwerfen und mir Zeit verschaffen. Sie muss uns ihren Rücken zukehren und voller Enthusiasmus Formeln an die Tafel schreiben. Dies wiederum wird alle Schüler im Raum dazu zwingen, selbige Formeln mit der gleichen Begeisterung in ihre Hefte zu übertragen. Alle, außer mir. Und so wird auf mysteriöse Weise eine doppelte Leere geschaffen – ein Loch in Zeit und Raum –, die mir ermöglicht, die Gelegenheit beim Schopf zu packen und von der Insel des Schreckens zu entkommen.

In genau diesem Moment werde ich mich nach vorne lehnen und Glory Halleluja leicht auf die Schulter tippen. Oder vielleicht werde ich sie zart am Ellenbogen stupsen. Oder ich werde ihr einen Hauch kühle Luft an die Wange pusten, wie eine laue Herbstbrise. Sie wird ihre lieblichen Züge in meine Richtung wenden. Unsere Blicke werden sich treffen. Meine rechte Hand wird sich erheben und sich ihr in einer allumfassenden Geste von Freundschaft und Nachrichtenübermittlung entgegenstrecken. Mit geschickten Fingern wird sie den Zettel nehmen und dabei meine Hand berühren, leicht ... magisch ...

Sie wird den Zettel auf ihrem Schoß auseinander falten, wie eine geheime Schatzkarte, und seinen Inhalt mit einem einzigen Blick ihrer strahlend blauen Augen erfassen. Und dann wird sie zu mir aufsehen und ich werde ihre Antwort im Bruchteil einer Sekunde daraus ablesen können. Wie immer ihre Reaktion sein mag – postiv oder negativ, erfreut oder wütend, willig oder unwillig –, die Insel des Schreckens wird für immer hinter mir liegen.

Wahrscheinlich fragst du dich, was auf dem Zettel steht, den ich in meiner rechten Hand halte.

Ich muss gestehen, dass ich letzte Nacht nicht geschlafen habe. Ich lag wach in meinem Schlafzimmer, das kein Schlafzimmer ist, starrte die Decke an und spielte in Gedanken die verschiedensten Strategien und Taktiken durch, so wie ein General vor der Schlacht. Es gibt kaum eine Art, ein Mädchen um eine Verabredung zu bitten, die ich nicht bedacht – und verworfen – habe.

Als ich heute Morgen in die Anti-Schule kam, hatte ich mich immer noch nicht für eine der zahlreichen Methoden entschlossen. Um die Wahrheit zu sagen, war mein Kopf völlig leer. Aber dann flog auf einmal ein Gerücht in unser Klassenzimmer und brummte wie eine riesige Pferdebremse von Tisch zu Tisch:

Billy Banane war am Vorabend von der Polizei im Bay-View-Einkaufszentrum verhaftet worden. Er war wegen Mundraub oder wegen Ladendiebstahls dritten Grades oder wegen jugendlichem Randalismus oder einem ähnlichen minder schweren Vergehen angeklagt. Eine Regel an unserer Anti-Schule besagt, dass jeder, der mit dem Gesetz in Konflikt kommt und eines Vergehens angeklagt wird, eine Woche lang von der Schule suspendiert wird.

Eins führte zum anderen.

Kein Billy Banane heute in der Schule. Oder morgen. Und auch nicht am Freitag.

Das Gerücht besagte weiterhin, dass Billy Bananes Eltern ihm einen Monat lang Hausarrest aufgebrummt hatten. Damit er nicht mehr im Einkaufszentrum herumlungern könnte. Und auch keine Möglichkeit hätte, zu irgendwelchen Basketball-spielen zu gehen.

Und plötzlich wusste ich, was zu tun war.

Ohne Umschweife riss ich ein Stück Papier aus meinem gelben Notizblock. Mein schwarzer Kugelschreiber schwankte leicht in meiner zitternden rechten Hand, während ich die schicksalhafte Frage aufschrieb: *Gloria, möchtest du am Freitag mit mir zum Basketballspiel gehen?* Unter diese monumentalen Worte malte ich zwei Kästchen. Eins davon war verdächtig groß geraten. Ich überschrieb es mit *Ja*. Das zweite Kästchen war winzig. Ich quetschte ein *Nein* darüber.

Dies ist das gelbe, zu einem Quadrat gefaltete Stück Papier in meiner rechten Faust, das mich von der Insel des Schreckens fortbringen wird, falls Mrs Mondgesicht sich jemals der Tafel zuwenden und mir die Möglichkeit geben wird, es beim Empfänger abzuliefern.

Es ist unmöglich, mich Glory Halleluja nach dem Unterricht zu nähern, denn sie ist immer von ihren Freundinnen umringt. Ich kann auch nicht warten und ihr die Notiz irgendwann später in der Woche geben, weil sie ansonsten beschließen könnte mit jemand anderem zum Spiel zu gehen. Nein, heute ist der Tag, das ist ganz offensichtlich. Ich muss ihr den Zettel noch vor Unterrichtsende überreichen oder aber bis in alle Ewigkeit ein Feigling bleiben.

Der Anti-Matheunterricht dauert nur noch zehn Minuten. Mrs Mondgesicht scheint nicht zu beabsichtigen ihre mathematischen Erkenntnisse für die Nachwelt festhalten zu wollen. Vielleicht dient ihr das Stück gelbe Kreide in ihrer Hand nur als Stütze. Möglicherweise hat sie letzte Nacht beim Armdrücken ihr Handgelenk verletzt und kann jetzt nicht mehr schreiben. Es ist allerdings auch möglich, dass sie uns Schüler völlig vergessen hat und glaubt, sie spiele gerade eine Rolle in einem Hollywoodfilm.

Mrs Mondgesicht, es tut mir sehr Leid, aber dies hier ist nicht *Vom Winde verweht* und Sie sind leider nicht Vivien Leigh. Dies ist noch nicht einmal *Von einer leichten Brise verweht*. Dies hier ist der Anti-Matheunterricht und Sie sind unsere Lehrerin. Obwohl ich persönlich kein Wort von dem verstehe, was Sie sagen, weil ich noch immer auf der Insel des Schreckens gestrandet bin, möchte ich Sie daran erinnern, dass Ihre anderen Schüler die exakte Chronologie Ihrer unschätzbaren Theorien zur Algebra nachvollziehen müssen. Um dies zu tun, brauchen sie optische Unterstützung. Also schreiben Sie etwas auf!

Es sind nur noch sieben Minuten übrig. Ich bemühe mich Mrs Mondgesicht mit Hilfe der Telekinese zur Tafel zu drehen. Doch die Atome in ihrem Körper erweisen sich meinen telepathischen Kräften gegenüber als erstaunlich widerstandsfähig.

Mrs Mondgesicht, um Gottes willen, schreiben Sie etwas an die Tafel! Das ist es doch, was Mathelehrer gewöhnlich tun! Bitte notieren Sie Axiome, vereinfachen Sie Gleichungen, malen Sie geometrische Figuren, messen Sie Winkel aus oder, wenn es sein muss, zeichnen Sie uns das grinsende, rasiermesserscharfe Gesicht der Algebra selbst. SCHREIBEN SIE IRGENDWAS!

Plötzlich bricht Mrs Mondgesicht ihren Redeschwall ab. Natürlich kann ich das unvermittelte Schweigen nicht hören, denn kein Ton durchdringt die Isolation der Insel des Schreckens, aber ich sehe, dass ihr Mund aufgehört hat sich zu bewegen. Ihre rechte Hand, die die Kreide hält, erhebt sich.

Dann beginnen sich ihre Hüften zu drehen.

Dies alles spielt sich in Zeitlupe ab. Die schiere Bedeutsamkeit des Ereignisses verlangsamt jede Bewegung um das Hundertfache.

Die Drehung von Mrs Mondgesichts Hüften bewirkt eine entsprechende Kreiselbewegung in ihrer Schulterpartie und ihrem gesamten Oberkörper.

Ihr Hals folgt ihren Schultern, so wie der Tag auf die Nacht folgt. Schließlich wendet sich die Krateroberfläche ihres Mondgesichts der Tafel zu.

Sie fängt an zu schreiben. Ich habe keine Ahnung, was sie da schreibt. Selbst wenn es ägyptische Hieroglyphen wären, würde mir das nicht auffallen, und wenn sie eine Karte zu Kapitän Blackbeards verborgenem Schatz zeichnen würde, wäre mir das auch egal.

Der Weg ist geebnet. Mein Herz donnert gegen meine Rippen, ein Schlag nach dem anderen, wie ein Hammer, der die Tonleiter auf einem eisernen Klavier hoch und runter spielt. Kling. Klang. Bim. Bam. Bum. Ich atme so schwer, dass ich kaum atmen kann, wenn du weißt, was ich meine. Ich muss so schnell wie möglich weg von der Insel des Schreckens, denn mittlerweile kann ich jedes Geräusch im Raum wahrnehmen. Mein Blickfeld hat sich um ein Vielfaches ausgebreitet. Ich glaube fast, dass eines meiner Augen aus seiner Höhle geschlüpft und über mein Gesicht gekrochen ist und jetzt oben auf meinem Kopf sitzt wie bei einer Flunder.

Ich bin mir jeder einzelnen Person im Klassenzimmer bewusst. In einer Ecke des Raums sehe ich, wie Lucille Direggio, der ich auf Grund ihrer nicht unwesentlichen Gewichtsprobleme und der Tatsache, dass sie immer heiße Luft von sich gibt, den ziemlich gemeinen Spitznamen Lucille das Luftschiff gegeben habe, wie eine Irre mathematische Formeln in ihr Heft schreibt. Gleichzeitig kann ich erkennen, dass es Henry Cohen, der rechts neben Glory Halleluja sitzt und den ich wegen eines chronischen Bronchialdefekts, mit dem sich das Seuchenschutzzentrum näher befassen sollte, Husten-Henry nenne, es Lucille gleichtut und ebenfalls eilig mitschreibt.

Kurz gesagt: Jeder im Anti-Matheunterricht ist jetzt beschäftigt und daher abgelenkt. Es bleiben nur noch fünf Minuten. Mrs Mondgesicht füllt die Fläche der Tafel in einem Affenzahn, so als wollte sie auch noch den letzten Krümel anti-mathematischen Wissens aus dem großen Kuchen in ihrem Gehirn herauskratzen, bevor die Glocke läutet. Meine Klassenkameraden jagen hinter ihr her und versuchen mit ihr Schritt zu halten. Überall um mich herum sausen Kugelschreiber in einer solchen Geschwindigkeit über Papier, dass die Farbe kaum Zeit hat, hervorzuschlüpfen und sich auf dem Blatt niederzulassen.

Das Zusammenspiel von Hochgeschwindigkeitsgeschreibe auf Seiten von Mrs Mondgesicht und der Hetzjagd seitens meiner Klassenkameraden hat genau die doppelte Lücke in Zeit und Raum zu Stande gebracht, die ich brauche, um meine Mission zu vollenden!

Der Moment ist gekommen! Der große Klöppel in der Schicksalsglocke dröhnt ganz allein für mich. KA-WUMM! KA-WUMM! Mein Herz entflieht dem Käfig meiner Rippen, kriecht tapfer in meine Aorta und schwimmt dann meine Halsschlagader hinauf, wie ein Lachs, der sich gegen die Strömung den Weg zu den Laichplätzen seiner Urahnen erkämpft, überwindet mit einem kühnen Satz die Blutbarriere zu meinem Gehirn, schubst den Dienst habenden Ingenieur, der normalerweise an der Schalttafel sitzt und ein ausgemachter Feigling ist, aus seinem Drehstuhl und beginnt die Hebel in Bewegung zu setzen.

Meine rechte Hand erhebt sich und schwenkt zur Seite, ganz langsam, so wie ein U-Boot, das auf Unter-Tischtiefe navigiert, um das Lehrer-Radar zu umschiffen.

Mein rechter Zeigefinger berührt das geheiligte, warme, linke Handgelenk von Glory Halleluja!

Sie blickt nach unten, um zu sehen, wer sich ihr auf Unter-Tischtiefe nähert. Sieht meine Hand mit der kostbaren gelben Last. Gloria versteht sofort.

Der Austausch der geheimen Nachricht vollzieht sich in einer Nanosekunde. Mrs Mondgesicht und der Rest der Anti-Mathe-Klasse haben keine Ahnung, dass sich gerade etwas ungeheuer Bedeutsames ereignet hat.

Ich lege den Rückwärtsgang ein und meine rechte Hand kehrt sicher in ihren Heimathafen zurück.

In der Zwischenzeit gleitet mein Auge – dasjenige, welches sich selbstständig gemacht hat – von der Oberfläche meines Kopfes herab und setzt sich hinter meinem rechten Ohr fest, von wo es einen ungetrübten Blick auf Glory Halleluja hat.

Sie hat meine Nachricht in ihren Schoß gelegt und ihren rechten Ellenbogen angewinkelt, um den Zettel vor Blicken zu schützen. Ihr Tisch bietet zusätzliche Deckung.

In dem derart klug angelegten Schützengraben faltet sie den Zettel auseinander. Sie liest ihn.

Die Zeit steht plötzlich still. Im wahrsten Sinne des Wortes. Der Sekundenzeiger der großen Wanduhr bleibt wie angefroren auf der Zahl sieben stehen.

Ich beobachte Glory Halleluja und warte auf das winzigste Zeichen einer Reaktion, das mir gleichzeitig als Antwort dienen soll.

Sie muss nicht sprechen. Sie muss die Kästchen auf meinem Zettel nicht ankreuzen. Ein einziger Wimpernschlag von ihr genügt. Wenn sie ihre Nase rümpft, werde ich die Bedeutung dieser Falten sofort begreifen. Meine Konzentration in diesem Augenblick größter Spannung ist, glaube ich, so absolut, dass ich jede Geste und jede Reaktion von ihr sofort erkennen und klar verstehen werde.

Darauf würde ich mein Leben wetten.

Man soll nie wetten.

Sie faltet meinen Zettel wieder zusammen. Ohne einen Blick auf mich zu werfen – ja, sogar ohne einen einzigen Wimpernschlag oder ein Naserümpfen – führt sie das Papier an ihre Lippen. Einen verrückten Moment lang glaube ich, dass sie es küssen will. Doch dann entfalten sich ihre lieblichen Lippen wie zwei Rosenblüten in der Frühlingssonne und sie öffnet den Mund.

Ihre perlweißen Zähne gleiten auseinander.

Sie isst meinen Zettel.

Ich darf berichten, dass keine Kaubewegung zu erkennen ist. Sie verschluckt ihn in einem Rutsch, wie eine Vitamin-C-Tablette. Ich beobachte, wie meine Nachricht ihre elegante Speiseröhre entlang hinabgleitet.

Sie hat mich immer noch nicht angeschaut.

Die Glocke ertönt. Das doppelte Loch in Zeit und Raum ist unwiderruflich zerstört. Jeder im Raum springt auf und fängt an Bücher zusammenzupacken. Glory Hallelujas Freundinnen umringen sie und sie wird, ohne einen Blick zurückzuwerfen, aus dem Klassenzimmer geschwemmt.

Mein größtes Geheimnis ist nun buchstäblich tief in ihr verborgen.

8 Gestatte mir eine Vater-Phantasie

Mein Dilemma in Kurzfassung: Höfliche Anfragen für eine Freitagabend-Verabredung können entweder angenommen oder abgewiesen, können belächelt oder beweint werden, aber sogar ich mit meiner beschränkten Erfahrung glaube nicht, dass sie allzu oft verspeist werden. Ich zermartere mir das Gehirn, welche Windungen in Glory Hallelujas Gedankengängen sie dazu gebracht haben könnten, meinen Zettel zu verschlingen.

Den ganzen Tag in der Anti-Schule versuchte ich mir vorzustellen, was sie wohl gedacht haben mag, als sie schluckte. Ich begegnete ihr noch zweimal auf dem Gang, jeweils zwischen den Unterrichtsstunden, aber sie war ständig von ihren Freundinnen eingekreist. Ich hatte keine Gelegenheit, unter vier Augen mit ihr zu sprechen und eine Erklärung von ihr zu verlangen, und auch sie richtete nicht das Wort an mich. Es mag paranoid klingen, aber ich hatte eher den Eindruck, dass sie ihren Kopf von mir abwandte, als wir aneinander vorbeigingen.

Also muss ich alleine versuchen herauszufinden, was sie mir mit ihrem seltsamen Zettelverschlingen sagen wollte. Ich habe eine Liste mit möglichen Erklärungen verfasst. Es ist schon weit nach Mitternacht, und obwohl meine Liste nicht besonders lang ist, habe ich alle vernünftigen Beweggründe, alle denkbaren Hintergründe und auch die Abgründe aufgeschrieben, die man sich nur vorstellen kann, um ein solches Verhalten als Antwort auf eine Einladung zu erklären.

Ich bin der Einzige im Haus, der noch wach ist. Ich liege in meinem Bett und arbeite seit genau elf Minuten nach elf an meiner Liste. Dies war der Zeitpunkt, an dem der Mann, der nicht mein Vater ist, am anderen Ende des Korridors die Tür zum großen Schlafzimmer hinter sich geschlossen hat, jenes Schlafzimmer, das nicht länger das Zimmer meiner Eltern ist und auch nie mehr sein wird.

Gestatte mir eine Vater-Phantasie. Es ist seltsam, aber ich glaube, ich habe den Mann, der mir meinen Namen gegeben hat, noch nie so sehr vermisst wie heute Nacht. Ich bin mir sicher, wenn er hier wäre anstatt dieses brutalen, schnarchenden, bierbäuchigen Rüpels, er könnte mir eine Erklärung für Glory Hallelujas Verhalten geben, und zwar in weniger als fünf Sekunden. Hier ist sie, meine Vater-Phantasie: Der Mann, der mir meinen Namen gegeben hat, ist nach Hause gekommen. Im Gepäck hatte er eine völlig plausible Erklärung, warum er fast zehn Jahre verschwunden war. »Ich wurde auf ein UFO gebeamt, mein Sohn. Es gab nichts, was ich dagegen tun konnte. Ich wollte dir und deiner Mutter eine Postkarte schicken oder wenigstens anrufen, aber die haben mich quer über die ganze Milchstraße gescheucht. Es hat neun Jahre gedauert, bis ich fliehen konnte, aber jetzt bin ich wieder zu Hause, und zwar für immer.«

In meiner Vater-Phantasie ist der Mann, der mir meinen Namen gegeben hat, groß und gut aussehend, und doch sieht er seltsamerweise genauso aus wie ich. Er hat ein großzügiges, freundliches Lachen und bewegt sich mit selbstbewusster und athletischer Eleganz. Ihn zu beobachten lässt mich vor Vorfreude erschauern. Ich rede mir ein, dass die Gesetze der Vererbung es mir als seinem Sohn vorherbestimmen, dass ich eines Tages genauso werde wie er.

Wir sind im Park. Es ist Sonntagmorgen. Wir spielen Fußball. Mein Vater hat mich gerade in das große männliche Geheimnis eingeführt, wie man einen Ball anschneidet. »So, mein Sohn«, sagt er. »Du bist jetzt Teil der Bruderschaft von perfekten Ball-anschneidern. Von heute an wirst du in jedem Sportunterricht der Beste oder zumindest der Zweitbeste sein.«

»Danke, Dad«, sage ich. »Ich habe immer geahnt, dass ein Ge-heimnis dahinter steckt und dass ich es genauso gut wie jeder andere könnte, wenn mir nur jemand zeigen würde, wie man es macht.«

»Verdammt richtig, mein Sohn. Von jetzt an werden dich alle nur noch Kanonenkicker nennen. Und wenn es jemals etwas gibt, womit ich dir weiterhelfen kann – jetzt, wo ich wieder da bin –, komm einfach zu mir und frag mich. Die Welt ist voll von gehei-mem Wissen, mein Sohn, das die Menschen in Jahrhunderten zusammengetragen haben, und es ist meine Aufgabe als dein Vater, es an dich weiterzugeben.«

»Nun, Dad«, sage ich, »ich habe tatsächlich eine Frage an dich. Es geht um Mädchen.«

Mein Vater grinst. »Ein etwas komplizierteres Thema als das perfekte Anschneiden eines Fußballs, mein Sohn. Aber frag ru-hig.«

»Ich habe heute einem Mädchen in meiner Klasse einen Zettel gegeben. Sie ist wirklich hübsch, Dad. In meiner Nachricht habe ich sie gefragt, ob sie mit mir ausgehen will.«

»Gut gemacht, mein Sohn. Ran an den Feind!«

»Und . . . na ja . . . Dad, sie hat meinen Zettel gegessen.«

»Ihn gegessen, mein Sohn?«

»Ja, Dad. In einem Rutsch. Und ich weiß nicht, was ich davon halten soll.«

»Mein Sohn«, sagt mein Vater und legt seinen väterlichen Arm um meine Schulter. »Ich bin sehr froh, dass du damit zu mir ge-kommen bist. Denn ohne den richtigen Ratschlag könntest du zu der Schlussfolgerung kommen, dass das weibliche Gemüt seltsam und mysteriös sei und dass das Verhalten, das aus die-

64

sem Gemüt resultiert, sich jenseits deines Verstandes bewegt. Aber ich kann dir die Sache in weniger als fünf Sekunden erklären und danach wird dir alles sonnenklar. Lass mich dir eine Geschichte erzählen. Weißt du, was an dem Tag passierte, als ich vor deiner Mutter niederkniete und um ihre Hand anhielt?«

»Sie hat Ja gesagt?«

»Nicht sofort, mein Sohn. Zunächst musste ich ihr einen Ring schenken. Und weißt du, was sie tat, als ich ihr den Ring überreichte?«

»Nein, Dad.«

»Sie aß ihn auf. Sie warf diesen Ring in ihren Mund und verschluckte ihn wie einen Kirschkern. Und ich muss zugeben, dass mich ihr Verhalten verwirrt hätte – sogar die ganze Sache mit der Ehe ruiniert hätte –, wenn ich nicht gewusst hätte, wie ich ihre Antwort zu deuten hatte. Aber bereits dein Großvater kannte diese weibliche Eigenart und er hat das Geheimnis an mich weitergegeben. Daher war ich vorbereitet. Und nun, mein Sohn, werde ich mein Wissen wiederum an dich vererben.«

Unglücklicherweise endet hier meine Vater-Phantasie. In meiner Vorstellung kann ich leider meinen Vater nichts aussprechen lassen, was ich selbst nicht weiß. Wenn ich diese Phantasie vervollständigen könnte, müsste ich nicht spätnachts wach liegen und mögliche Erklärungen für Glorias Verhalten auflisten. Keine der Erklärungen auf meiner Liste gefällt mir.

Dies sind die Möglichkeiten, die mir einfallen.

Die erste – und wirklich verstörende – Vermutung ist, dass Glory Halleluja vielleicht gar kein richtiges Mädchen ist. Es stimmt zwar, dass sie wie ein Mädchen aussieht, sich wie ein Mädchen benimmt und auch so geht und den parfümierten Duft eines Mädchens verströmt, aber ich habe in meinem kurzen Leben bereits erfahren müssen, dass die Dinge nicht immer das sind, was sie zu sein scheinen. Wenn meine Tuba ein riesiger Frosch sein kann, der sich als ein Musikinstrument verkleidet, dann ist es auch möglich, dass das Mädchen meiner Träume gar kein Mädchen ist, sondern eine hungrige Ziege.

Dies würde die Sache zumindest teilweise erklären. Denk bitte einmal darüber nach. Wenn du einer hungrigen Ziege ein Stück Papier gibst, wird diese Ziege weder nicken noch lächeln und schon gar nicht irgendwelche Kästchen ankreuzen. Sie wird das Papier auch nicht zurückgeben. Die Ziege wird dieses Stück Papier nicht als ein Mittel zur Kommunikation betrachten, sondern vielmehr als ihr Mittagessen.

Das ergäbe eine Gleichung: Ein Zettel für eine Ziege ist gleich ein Hotdog für einen Menschen.

Es fällt mir schwer, das zu akzeptieren, weil es doch gewaltig von meinen eigenen Sinneswahrnehmungen abweicht. Glory Halleluja ist das weiblichste weibliche Wesen, das mir jemals begegnet ist. Sie ist die Personifikation von attraktiver, femininer Weiblichkeit. Umgekehrt ist sie das am wenigsten ziegenhafte Mädchen, das ich kenne – wie auch immer so etwas aussehen mag. Falls sie tatsächlich eine Ziege ist, die vorgibt ein Mädchen zu sein, so ist ihre Verkleidung wahrlich meisterhaft.

Version Nummer zwei ist mir die liebste. Vielleicht wollte sie meinen Zettel gar nicht aufessen. Vielleicht wollte sie das Papier nur an ihre Lippen führen und zärtlich küssen.

Es ist durchaus denkbar, dass in dem Moment, in dem sich mein Zettel zwecks dieses völlig verständlichen und ganz entzückenden Vorhabens dicht vor ihrem Gesicht befand, Glory Halleluja von einem jähen Niesreiz oder einem akuten Magenkrampf befallen wurde, der sie unvermittelt und unbeabsichtigt tief durch den Mund einatmen ließ. Mein Zettel wurde von diesem Luftstrom erfasst und durch ihre Lungen angesaugt, so wie Vögel manchmal von Flugzeugturbinen angezogen werden.

Dies würde auch erklären, warum sie danach für den Rest des

Tages nicht versucht hat mit mir zu reden und sogar wegschau-
te, wenn wir uns auf dem Korridor begegneten. Möglicherweise
ist es ihr genauso peinlich, meinen Zettel versehentlich geschluckt zu haben, wie mir ihr Verhalten rätselhaft ist. Mein Zettel mag der erste gewesen sein, bei dem ihr so etwas passiert
ist. Vielleicht findet sie keine Worte, es zu erklären.

Das einzige Problem bei dieser Theorie ist, dass ich Glory Halleluja in dem Moment, in dem sie meinen Zettel verschluckt hat,
sehr genau beobachtet habe und kein Anzeichen für einen Niesreiz oder einen Magenkrampf erkennen konnte, nicht einmal für
einen klitzekleinen. Sie schien vielmehr ganz normal zu atmen.

Ich verstecke mit der rechten Hand ein Gähnen. Es ist jetzt fast
ein Uhr morgens. Ich sitze aufrecht im Bett in meinem Schlafzimmer, das kein Schlafzimmer ist, und arbeite im Licht einer
winzigen Taschenlampe an meiner Liste.

Ich kann nur eine ganz kleine Lampe benutzen, denn wenn der
Mann, der nicht mein Vater ist, mich um diese Uhrzeit erwischen
würde, könnte ich mir gleich selbst die Kugel geben. »Was soll
das?«, würde er plärren und mit einem Fußtritt meine Tür öff-
nen. »Was haben wir denn hier?«, würde er fragen und meine
Decke vom Bett reißen. »Noch so eine versaute Zeitschrift?
Spielst du wieder mit dir selbst, was? Du ekelhafter, dreckiger
Perverser.«

Der Mann, der nicht mein Vater ist, ist kein Verfechter der Privatsphäre, zumindest nicht, was mich angeht. Er hat mich einige
Male spät in der Nacht ertappt. Unter dem kleinsten Vorwand
stellt er mein Zimmer auf den Kopf. Das Einzige, was er jemals
an belastendem Material bei mir gefunden hat, war eine Ausgabe von *National Geografic,* die einen Artikel über einen In-
dianerstamm am Amazonas enthielt, wo die Menschen – vermutlich weil sie im glutheißen Dschungel leben – nicht viele
Kleidungsstücke tragen.

Um es noch einmal zu betonen: Der Artikel war in keiner Weise pornografisch. Es war ein wissenschaftlicher Bericht in einem seriösen Magazin und die entsprechenden Fotografien dienten allein Aspekten der anthropologischen Anschauung. Der Grund, warum ich das Heft spät in der Nacht in meinem Bett las, war einfach, weil ich nicht schlafen konnte. Und der Grund, warum ich zufällig gerade das Bild eines Mädchens mit unbedeckten Brüsten betrachtete, als der Mann, der nicht mein Vater ist, ins Zimmer kam, war, dass ich soeben die Seite umgeblättert hatte.

Der Mann, der nicht mein Vater ist, trug die Zeitschrift über den Flur in sein Schlafzimmer und zeigte sie meiner Mutter. Dabei brüllte er so laut, dass seine Stimme noch in Hongkong zu vernehmen war: »Schau dir an, womit dieser dreckige kleine Perverse seine Nächte verbringt! Er hat versucht, es unter dem Bett zu verstecken, als ich reinkam!«

Ich stand im Türrahmen meines Zimmers, bebend vor Wut und Scham, und lauschte auf ihre Antwort.

»Oh, er wird einfach langsam erwachsen, Stan. Lass ihn doch in Ruhe und lass uns alle etwas schlafen. Warst du nicht auch mal jung?«

»Nicht so, Gott sei Dank. Dreckiger kleiner Perverser.«

Heute Nacht kann ich glücklicherweise hören, wie der Mann, der nicht mein Vater ist, in dem großen Schlafzimmer am anderen Ende des Korridors vor sich hin schnarcht. Ich würde den Raum ja das Schlafzimmer meiner Eltern nennen, aber da er jetzt dort schläft und da er in keiner Weise ein Elternteil für mich ist und es auch in Zukunft niemals sein wird, werde ich das Zimmer weiterhin anhand seiner räumlichen Lage und seiner Größe definieren.

Ich höre, wie er in kurzen, lauten Salven schnarcht, wie ein Mann, der mit einer Kettensäge gleichmäßig große Stücke Feuerholz zerteilt. Er trägt im Bett nur Boxershorts und sein großer, haariger Bauch hängt über dem Gummizug der Shorts wie ein Kängurubaby, das versucht aus dem Beutel seiner Mutter zu klettern.

Meine Mutter schläft neben ihm. Es ist schon erstaunlich, wie jemand bei dem Krach überhaupt schlafen kann. Aber meine Mutter hat heute eine Doppelschicht in der Fabrik gearbeitet und wahrscheinlich könnte nicht einmal eine Bombe sie aufwecken.

Wenn ich wirklich verzweifelt und außerdem noch masochistisch veranlagt wäre, könnte ich natürlich auch den Mann, der nicht mein Vater ist, fragen, was es mit Glorias Verhalten auf sich hat. Ich kann mir vorstellen, was er dazu sagen würde: »Gegessen, was? Ha!« Er würde sich nicht mehr einkriegen vor Lachen. »Geschieht dir recht, du Blödmann.«

»Aber warum hat sie den Zettel gegessen?«

»Weil sie dich verabscheut«, würde der Mann, der nicht mein Vater ist, sagen. »Sie verabscheut dich so sehr, dass sie das Kotzen kriegt.« Er kann schon sehr vulgär sein, dieser Mann, den meine Mutter sich unter ungefähr zwei Milliarden möglicher Kandidaten erwählt hat.

Doch tatsächlich befürchtet ein Teil von mir, dass er mit seiner Analyse nicht völlig falsch läge. Mein dritter und letzter Versuch, Glory Hallelujas Benehmen zu verstehen, ist eine extrem entmutigende Variante. Es ist tatsächlich möglich, dass Glory Halleluja meine ungezügelten Gefühle von Bewunderung und Zuneigung nicht erwidert.

In meiner Begeisterung und meiner Unerfahrenheit habe ich möglicherweise die Zeichen falsch gedeutet. Statt *Freie Fahrt* stand da möglicherweise *Straße gesperrt, Klippe voraus*. Ihre Gefühle für mich könnten sogar noch weit über die Ablehnung meiner Person hinausgehen. Unter Umständen empfindet sie für mich eine ganze Palette von Missbehagen, die ich mir nur ungern in allen Einzelheiten ausmale.

Folgt man dieser Logik bis zu ihrem grausigen Ende, so könnte man auf die Idee kommen, dass Glory Halleluja meine Bitte um eine Verabredung so entsetzlich fand, so unglaublich Ekel erregend, dass sie sich, gemessen an unseren unterschiedlichen sozialen Stellungen an unserer Anti-Schule, völlig außer Stande sah mir eine entsprechende Erwiderung zuteil werden zu lassen, und die physikalische Manifestation meiner Bitte stattdessen auf der Stelle zerstörte.

Es reichte ihr nicht, meine Frage mit einem einfachen Kopfschütteln zu beantworten oder das Nein-Kästchen auf dem Zettel anzukreuzen oder den Zettel in kleine Stücke zu zerreißen. Sie musste die Frage ein für allemal aus der Welt schaffen.

Indem sie den Zettel verschlang, leugnete sie seine pure Existenz in Zeit und Raum. Es war, als würde sie sagen: »Du hattest kein Recht, mich mit der Frage zu konfrontieren, ob ich jemals mit dir ausgehen würde. Also werde ich diese Frage verschwinden lassen.«

Über diese dritte und letzte Vermutung möchte ich nur ungern nachdenken, aber dennoch scheint sie ein Körnchen Wahrheit zu enthalten. Was dagegen spricht, ist einzig und allein mein Unvermögen zu glauben, dass Glory Halleluja mich derart verabscheut. Außerdem kann ein Mädchen mit dem Gesicht eines Engels unmöglich so grausam sein.

Sie muss wissen, was ich für sie empfinde. Wir haben seit Monaten telepathische Botschaften ausgetauscht. Wir haben uns heimlich Zeichen gegeben, sie mit ihrem Haar, ich mit dem Kratzen an meinem Ohr.

Sie muss doch verstehen, wie schwer es für mich war, ihr diesen Zettel zu geben, und dass ich im Innersten ein guter Mensch bin mit einem guten Herzen, das für sie schlägt, für sie ganz allein.

Doch dann kommt mir eine weitere Möglichkeit in den Sinn.

Kann es sein, dass Glory Halleluja – wie du, wie Mr Steenwilly, wie jeder in meinem Leben, das kein Leben ist – mich nicht kennt?

Vielleicht kennt sie mich tatsächlich überhaupt nicht?

9 Der schönste Tag
   meines Lebens

Der glücklichste Tag meines Lebens fängt unglücklich an. Ich wache spät aus einem Schlaf auf, der kein Schlaf war. Es kann kein richtiger Schlaf gewesen sein, denn beim Aufwachen bin ich völlig erschöpft. Eigentlich bin ich jetzt viel müder als um drei Uhr morgens, als ich meine Liste beiseite legte, die Taschenlampe ausknipste und meine Augen schloss.

Ich kann einfach nicht verstehen, warum Schlaf mich müde macht. Manchmal glaube ich fast, dass mein Verstand nur glaubt, ich würde schlafen. Stattdessen werde ich regelmäßig in ein Paralleluniversum entführt, wo man mich zwingt einen Marathonlauf zu bestreiten oder mit außerirdischen Armeen über Berg und Tal zu marschieren.

Außerdem habe ich Angst beim Aufwachen. Während ich aufstehe und mich anziehe, wird es immer schlimmer. Am Frühstückstisch, der kein Frühstückstisch ist, würge ich mein klebriges Müsli herunter und kann meine aufkommende Panik kaum verbergen.

Ich habe Angst, denn ich bin der festen Überzeugung, dass Glory Halleluja – auf welche Weise auch immer – mir heute eine Antwort auf meine Frage geben wird. Ich fürchte das Schlimmste.

Während ich gestern Nacht meine Liste aufstellte, um hinter ihr rätselhaftes Benehmen zu kommen, hat sie womöglich all ihren Freunden von meinem Zettel erzählt. Vielleicht wurde ausgerechnet letzte Nacht eine Massenveranstaltung der geheimen Schwesternschaft aller hübschen vierzehnjährigen Mädchen abgehalten. Glory Halleluja trat vor. »Schwestern«, sagte sie, »ihr werdet nicht glauben, was mir heute Morgen im Anti-Matheunterricht passiert ist. Ich erhielt einen Zettel mit einer Botschaft, die so bemitleidenswert blödsinnig war, dass ich mich gezwungen sah sie aufzuessen. Auf dem Zettel stand Folgendes. Und ihr werdet niemals erraten, wer die Unverfrorenheit besaß, ihn mir zu überreichen.«

Auf dem Weg zur Schule nagt die Angst an mir. Jedes Mal, wenn ich ein Mitglied jener geheimen Schwesternschaft aller hübschen vierzehnjährigen Mädchen sehe, schaue ich weg.

Ich gehe an Billy Bananes Haus vorbei. Kein Zeichen von ihm. Nicht einmal seine Nasenspitze. Es würde mich nicht wundern, wenn Mr und Mrs Banane die Suspendierung und der Hausarrest als Strafe nicht genügten. Womöglich haben sie ihn im Keller angekettet. Sie setzen nämlich große Hoffnungen in ihre unreife Banane. Für sie ist es das Mindeste, dass er unsere Anti-Schule als Klassenbester absolviert, nach Harvard geht, zum Präsidenten der Vereinigten Staaten gewählt wird und außerdem noch ein Wundermittel gegen das Altern entdeckt.

Wahrscheinlich waren sie nicht sonderlich begeistert über seinen Frühlingsrollen-Coup. Ich fürchte fast, dass sich der gesamte Zorn der enttäuschten Bananeneltern über das Haupt meines Freundes, der kein Freund ist, ergossen hat. Ich forsche in den Fensterscheiben nach seinem Gesicht, aber überall sind die Vorhänge vorgezogen, als ob sich jemand abgrundtief schämen würde.

Ich bin zwanzig Minuten zu früh in der Schule. Mein Spind befindet sich in einer recht abgelegenen Ecke im dritten Stock. Ich drehe das Rad des Nummernschlosses drei nach links, vier nach rechts, fünf nach links, aber die hoffnungsvollen Klicks bleiben aus und die Tür fest verschlossen. Das überrascht mich nicht. Mein Spind funktioniert anders als andere Schränke seiner Art.

Er ist kein bisschen beeindruckt von der Eingabe der korrekten Nummernkombination. Mein Spind ist viel gemeiner und niederträchtiger.

Ich versuche erst gar nicht die Nummern noch einmal einzugeben. »Öffne dich«, flüstere ich. »Ich bin heute nicht in Stimmung für deine Mätzchen. Wenn du Ärger machst, wirst du es bereuen.«

Mein Spind bleibt stumm. Schließlich hat er ja keinen Mund. Seine Gedanken allerdings kann ich förmlich hören. »Versuch's doch, du Dumpfbacke. Mein Großvater war eine Stahlkammer in Fort Knox und für so jemanden wie dich öffne ich mich nicht.«

Ich trete meinen Spind so fest, dass er sich verbiegt. Ich selbst habe mir vermutlich mehrere Zehen gebrochen. Ich hopse vor lauter Schmerz auf und ab. Doch dann senke ich meinen verletzten Fuß und der Schmerz ist wie weggeblasen, denn da kommt Glory Halleluja höchstpersönlich, umgeben von ihrem Glorienschein, auf mich zu. Sie sieht ziemlich erfreut aus, wenn auch leicht verblüfft durch den Anblick, den ich soeben geboten habe. »Geht's dir gut?«, fragt sie.

»Oh, ja«, antworte ich. Die geballte Macht ihrer strahlend blauen Augen, die sie in meine Richtung lenkt, macht mich schwindelig. Entschuldige, wenn ich jetzt dramatisch werde, aber es ist so, als würde man auf einem hohen Berg stehen und direkt in einen Sonnenaufgang schauen. »Super«, keuche ich. »Ganz toll.«

»Du hast deinen Spind getreten.«

»Ich hab bloß einen Fußballtrick geübt.«

»Ich wusste gar nicht, dass du Fußball spielst«, sagt sie.

»Ich mache alles Mögliche an Sport«, erkläre ich ihr. Und weil ich schon zu lange da oben auf dem Berg stehe und mir ihre Sonne das Gehirn zerschmolzen hat, platze ich heraus: »Warum hast du meinen Zettel gegessen?«

Sie lächelt. Alle Lichter dieses Universums blinken auf. Materie und Anti-Materie kommen sich gefährlich nahe. Sie lächelt mich an. *Mich!* »Ich hatte Hunger«, sagt sie.

Also ist sie doch eine Ziege. Na, egal. Ziege oder Mädchen, sie ist immer noch mein Ein und Alles. Ihr Geheimnis ist bei mir sicher. Ich werde ihr Papierfetzen und Blechdosen zu Füßen legen. Ich werde ihr ein Glöckchen um den Hals binden und sie auf grüne, saftige Wiesen führen.

»Das war ein Witz, Dummchen«, sagt sie. »Was hätte ich denn sonst mit deinem Zettel machen sollen? Du hast ihn mir doch direkt vor Ende der Stunde gegeben. Jeden Moment hätte sich Mrs Gabriel herumdrehen und uns erwischen können. Ich konnte doch nicht riskieren, dass sie den Zettel entdeckt.«

Ich lächele zurück und nicke als Antwort auf ihre Erklärung. Aber natürlich, denke ich bei mir. Das ist das einzig Vernünftige. Man muss das Corpus Delicti vernichten. Wenn Billy Banane die Frühlingsrolle verschluckt hätte, hätte er alles abstreiten können. Er wäre ein freier Mann.

»Außerdem war ich ein bisschen überrascht«, fährt sie fort. »Ich hatte keine Ahnung, dass du mich überhaupt leiden kannst.«

»Na ja . . .«, sage ich. Mir gehen die Worte aus.

»Nun, ich habe mir zwar schon so was gedacht, aber du hast nie etwas gesagt.«

»Aber . . .«, wende ich ein und habe keine Ahnung, wie der Satz enden soll.

»Ich dachte, vielleicht redest du noch mit mir nach dem Matheunterricht, aber jedes Mal, wenn ich dich gesehen habe, schien es so, als wäre es dir peinlich, und du bist weggelaufen.«

»Nein . . .«, versuche ich zu erklären. Aber wie beschreibt man einen derart komplexen Vorgang gegenseitigen Missverstehens?

Glory Halleluja betrachtet mich. »Ich glaube fast, du bist ein bisschen schüchtern«, sagt sie. »Hab ich Recht?«

Ich nicke.

»Schüchtern ist okay«, sagt sie. »Ich hab ein Pferd, Luke. Also, eigentlich gehört mir nur die Hälfte von Luke. Ist das nicht komisch? Ich habe ein halbes Pferd. Auf jeden Fall ist Luke auch echt schüchtern. Wenn er dich nicht kennt, nimmt er nicht einmal einen Apfel von dir an. Außer er hat Hunger. Aber wenn er erst mal weiß, wer du bist, ist er das freundlichste Pferd auf der ganzen Welt.«

Ich bemühe mich ihr zu folgen, aber mir ist immer noch ein bisschen schwindelig und ihre Worte fliegen mir schwer und schnell entgegen. Mir ist bewusst, dass ich gerade mit einem halben Pferd verglichen werde. Normalerweise wäre das kein gutes Zeichen, aber im Augenblick klingt es ganz in Ordnung. Ich bin durchaus bereit ein halbes Pferd zu sein, ganz egal, ob die vordere oder die hintere Hälfte, solange Glory Halleluja mich für das freundlichste Pferd auf der ganzen Welt hält. Ich würde einen Apfel aus ihrer Hand fressen. Ich würde eine ganze Ananas aus ihrer Armbeuge pflücken. Wenn es nötig wäre, würde ich sogar eine Guave zwischen ihren Füßen hervorangeln und sie mit Schale und Kern verspeisen.

Die Glocke läutet. In drei Minuten müssen wir im Klassenzimmer sein.

»Oje, ich hole besser meine Bücher«, sagt Glory Halleluja und macht einen Schritt zur Seite.

»Warte einen Moment, Gloria.« Ich bin sehr überrascht meine Stimme zu hören.

Sie dreht sich um. Wartet.

Mein Herz hämmert. KA-WUMM! KA-WUMM! »Möchtest du mit mir zu dem Spiel gehen oder nicht?«

Wieder spüre ich die Intensität ihres freundlichen Lächelns. Ich will ja nicht übertrieben poetisch sein, aber es scheint mir fast wie jener Strahl himmlischen Lichts, der einem halb erfrorenen

Polarforscher durch das tückische Treibeis den sicheren Weg nach Hause weist. »Natürlich möchte ich, John«, sagt sie. Es ist das erste Mal, dass sie meinen Namen ausgesprochen hat. Ich wusste bis zu diesem Moment nicht, dass sie überhaupt weiß, wie ich heiße. Doch offenbar weiß sie es. Denn ihre Lippen haben gerade meinen Namen geformt und ihn ausgesprochen, klangvoller als ich ihn je zuvor gehört habe. »Ich liebe Basketball. Und ich würde mich freuen, wenn wir beide uns besser kennen lernen würden. Macht es dir etwas aus, mich zu Hause abzuholen?«

»Nein«, sage ich.

»Weißt du, wo ich wohne? Beechwood Lane. Ganz am Ende der Straße.«

»Klar«, sage ich und denke: Natürlich weiß ich, wo du wohnst. Es gibt nichts, was ich nicht über dich weiß, Glory Halleluja. Ich kenne all deine verschiedenen Socken in Weiß, Gelb und Pink und ich kenne auch die Art, wie sie deine zarten Fußgelenke umschließen, die du im Anti-Matheunterricht unter deinem Stuhl immer übereinander schlägst. Ich habe die winzigen blonden Härchen an der Seite deines Ohrs gezählt und bin mit dem Muster deiner Sommersprossen auf deinem linken Ellenbogen bestens vertraut.

»Was hältst du davon, wenn wir danach noch einen Happen essen gehen? Vielleicht in *Harvey's Restaurant* in der Center Street?«

»Unbedingt«, sage ich und höre mich plappern, »Happen. *Harvey's*. Herrlich.«

»Großartig. Wir sehen uns in Mathe«, sagt sie. »Bis später, John.«

Sie geht den Korridor entlang. Ich drehe mich zu meinem Spind. Drehe drei nach links, vier nach rechts, fünf nach links. Die Tür öffnet sich mit einem Schwung.

Mein Spind ist sich jetzt bewusst, dass er es mit jemandem zu tun hat, mit dem man sich besser nicht anlegt. Er hat mein Gespräch mit Glory Halleluja belauscht und erkannt, dass ich ein Gewinner bin. Er weiß jetzt, dass ich seine Tür aus den Angeln heben, sie einschmelzen und in eine Harke oder einen Toilettenpapierhalter umschmieden kann.

Mein Spind reicht mir ehrerbietig die Bücher, die ich brauche. Er hat zwar keinen Mund und kann daher auch nicht sprechen, doch er denkt: »Ich wusste ja nicht, mit wem ich es zu tun hatte. Sie haben sich in dieser Schule ein Inkognito zugelegt und so habe ich Sie fälschlicherweise für eine Dumpfbacke gehalten. Aber jetzt habe ich erkannt, wer Sie wirklich sind, und ich versichere Ihnen, dass es eine große Ehre für mich ist, solch einem gebildeten und weltgewandten Gentleman zu dienen.«

Ich schließe meine Spindtür und mache mich auf den Weg zum Klassenzimmer. Es ist wirklich seltsam, aber der Flur sieht plötzlich so anders aus. Ich brauche ein paar Sekunden, um herauszufinden, woran das liegt. Zum ersten Mal in meinem Leben kann ich die oberen Spinde sehen. Entweder bin ich dreißig Zentimeter gewachsen oder ich schwebe in der Luft. Vielleicht sind auch die Spinde geschrumpft.

Tatsächlich scheint meine ganze Anti-Schule und jeder darin kleiner geworden. Die Türrahmen erscheinen schmaler. Die Waschbecken im Klo erscheinen niedriger. Ich gehe an ein paar Typen vom Footballteam vorbei, die sich zu einer Art Vorschulhaufen zusammengedrängt haben und sich lautstark unterhalten. Normalerweise füllen sie mit ihren breiten Schultern den ganzen Flur aus, und normalerweise muss ich mich an der Seite vorbeiquetschen oder mich wie ein aufgescheuchter Käfer, der verängstigt über den Küchenboden huscht, durch sie hindurchwinden, wobei ich die ganze Zeit murmele: »Entschuldigung, tut mir Leid.« Heute aber sehen sie nicht annähernd so groß aus in ihren einheitlichen Teamjacken. Ich schlendere mitten durch sie hindurch wie John Wayne, der einen Saloon betritt, und berühre dabei ihre Schultern.

Während die erste Stunde in die zweite übergeht und die zweite in die dritte, fällt mir etwas noch Seltsameres auf. Der Schultag bewegt sich in der realen Zeit vorwärts. Der geheimnisvolle und übellaunige Gott der Schuluhren – der mich gewöhnlich martert, indem er jede Schulstunde endlos ausdehnt, sodass fünf Minuten Anti-Matheunterricht so lange dauern wie fünf Stunden – ist verschwunden. Die Zeiger aller Schuluhren bewegen sich in der richtigen Zeit. Die Lehrer unterrichten in der richtigen Zeit. Die Schüler lernen. Die Heizung heizt.

Ich sehe jetzt auch viele angenehme Seiten unserer Anti-Schule, die mir vorher aus unerfindlichen Gründen nie aufgefallen sind. Eines der Fenster im Flur des zweiten Stocks gibt den Blick auf eine Ecke einer Rasenfläche frei, in deren Mitte ein Ahornbaum seine Zweige so malerisch ausstreckt, als würde er den Himmel umarmen. An der Wand des Chemielabors, direkt neben dem Schrank, in dem die Reagenzgläser aufbewahrt werden, entdecke ich einen kleinen Druck von Robert Wilhelm Bunsen, den ich vorher noch nie wahrgenommen habe. Auf diesem bedeutenden Beispiel der Porträtkunst sieht man Dr. Bunsen mit offensichtlichem Stolz einen Bunsenbrenner in die Höhe halten. Ich bin sicher, du wirst mir zustimmen, wenn ich sage, wie erstaunlich es doch ist, dass uns ständig Objekte voller Schönheit und künstlerischem Wert umgeben und wir doch zu blind sind, um sie zu bemerken.

Die liebe alte Mrs Mondgesicht wartet schon vor der Tafel auf uns, um wie üblich ihr algebraisches Gebrabbel über uns zu ergießen. Sie wirft mir einen verblüfften Blick zu, denn gewöhnlich bin ich der Letzte, der sich in den Raum windet, kurz bevor sie mit dem Unterricht beginnt. Heute aber komme ich zwei Minuten und siebenundzwanzig Sekunden zu früh.

Ich erwidere ihren Blick mit einem nonchalanten Nicken meines Kopfes – man könnte es fast furchtlos nennen. Ja, ich bin zu früh gekommen und das ganz aus freien Stücken, Mrs Mondgesicht. Mehr noch: Ich lehne die Gnade einer Augenbinde ab. Stellen Sie mich an die Wand und feuern Sie Ihre tödlichen Algebrasalven auf mich ab. Ich betrat diesen Raum mit einem Lächeln auf dem Gesicht, und selbst wenn ich sterben muss, wird mich dieses tapfere Lächeln nicht verlassen. Denn ich werde noch bei meinem letzten Atemzug das Antlitz meiner Geliebten erblicken.

Ich setze mich an meinen Tisch. Mrs Mondgesicht schaut mich immer noch verwirrt an. Sie bemerkt, dass sich etwas verändert hat. Sie erkennt, dass ich meine Furcht vor Algebra verloren habe. Am heutigen Tag habe ich andere Dinge im Sinn, die wichtiger sind als alle Regeln und Gleichungen der gesamten mathematischen Wissenschaft. Ich erwarte den Auftritt von Glory Halleluja – *meiner* Glory Halleluja.

Glaub mir, wenn Pythagoras jemals das Erscheinen eines so hübschen Mädchens wie Gloria mit der gleichen Sehnsucht erwartet hätte wie ich, sein Satz würde heute anders lauten. Er hätte ihr schmachtende Liebesschwüre zu Füßen gelegt statt mathematischer Formeln. Hätte Euklid je die Vision von Lieblichkeit erblickt, die ich gerade in die Anti-Matheklasse treten sehe, hätte er all seine Linien und Ebenen und Winkel vergessen und sich stattdessen auf die süße Einfachheit von weichen Kurven konzentriert. Und wenn jemals ein Mädchen Archimedes so angeschaut hätte wie Glorias blaue Augen mich in diesem Moment, hätte er die Berechnung von Pi sein lassen und wäre raus auf die Wiese gerannt, um einen Strauß wilder Blumen zu pflücken.

Stimmt genau, Gloria kommt in die Anti-Matheklasse, schaut mich direkt an und schenkt mir ein kleines Lächeln. Sie geht an der Fensterreihe vorbei und das Licht umgibt sie wie eine himmlische Aura. Die lieblichen Linien ihrer langen Beine und ihrer perfekten Hüften werden von der Nachmittagssonne wie von einem Madonnenmaler vergoldet. Die kecken Spitzen ihrer Brüste pressen sich gegen den Stoff ihres T-Shirts, als wollten sie durch die Baumwolle nach mir greifen. Ihre Hüften wiegen sich bei jedem Schritt und sie macht eine leichte Bewegung mit dem Kopf, die ihr goldenes Haar glitzern lässt.

Die Lashasa Palulu kennen kein Wort für Gott. Wenn sie über göttliche Dinge sprechen, deuten sie nur auf die Sonne. Befinden sie sich dabei gerade im Haus, tun sie das natürlich mit ihren Füßen, denn sie laufen ja auf den Händen. Man hat etwas verpasst, wenn man noch nie gesehen hat, wie eine Versammlung von Lashasa Palulu betend ihre Zehen den Wolken entgegenstreckt. Als Glory Halleluja in die Anti-Matheklasse kommt und mich anlächelt, gerate ich in Versuchung, auf meine Hände zu springen und die Füße in einem Dankgebet gen Himmel zu richten, aber ich beherrsche mich.

Dann sitzen wir Seite an Seite, vereint durch das süße Geheimnis unserer Verabredung am Freitagabend. Ich weiß, dass sie daran denkt, obwohl sie es schafft – zweifellos nur durch eine enorme Willensanstrengung –, es so aussehen zu lassen, als sei nichts Ungewöhnliches zwischen uns geschehen. Sie scheint aufmerksam den Ausführungen von Mrs Mondgesicht zu lauschen, aber insgeheim denkt sie natürlich darüber nach, wie unser gemeinsames Leben von nun an aussehen wird.

Auch ich tue so, als würde ich Mrs Mondgesicht zuhören. Ich habe schon vor langer Zeit eine Technik entwickelt, die es mir ermöglicht, nicht gesehen zu werden – im Anti-Matheunterricht eine Sache von unschätzbarem Wert. Es funktioniert folgendermaßen:

Es versteht sich von selbst, dass sich niemand wünscht im Anti-

Matheunterricht aufgerufen zu werden, um eine Algebraaufgabe zu beantworten. Im Gegenteil, jeder in unserer Klasse versucht sich so gut es nur geht zu verstecken. Einige haben sich eine spezielle Tarnung zugelegt – zum Beispiel die Kleidung auf die Wand abgestimmt, vor der sie sitzen. Einige versuchen mit einem ausdruckslosen Gesicht und tumben Fischaugen jeden Ansatz im Keim zu ersticken, so als wollten sie sagen: »Sie brauchen mich gar nicht aufzurufen, Mrs Mondgesicht. Ich bin sowieso hirntot.«

Andere beherrschen eine ausgefeiltere, aber ebenso verwegene Methode: Sie bemühen sich eifrig zu erscheinen, tun so, als würden sie gespannt lauschen, lächeln und schreiben den gesamten Unterricht mit, so als wollten sie sagen: »Mich brauchen sie nicht aufzurufen, Mrs Mondgesicht, denn ich verstehe jedes Wort.«

Ich habe Elemente von all diesen Verhaltensweisen entliehen und sie zu der einen, wahren Methode kombiniert: Ich werde nicht gesehen, weil ich gesehen werde. Diese hoch entwickelte Technik zur Vermeidung von Aufmerksamkeit jeglicher Art durch einen Mathelehrer beinhaltet gerade so viel Kopfbewegung, so viel Spannung der Gesichtsmuskulatur und so viel scheinbare Begeisterung bei dem Niederschreiben von Erklärungen, dass Mrs Mondgesicht nicht den Eindruck gewinnt, ich würde mich vor ihr verstecken. Dies wird gewürzt mit einer Prise verständnislosem Gesichtsausdruck und garniert mit einem Hauch Desinteresse in den Augen, damit sie nicht glaubt, ich spiele den Übereifrigen und will sie auf den Arm nehmen.

Ich sitze also hier am Tisch, beobachte, wie sie unterrichtet, und denke dabei an meine Verabredung mit Glory Halleluja. Natürlich verstehe ich nicht eine einzige Silbe von dem Algebra-Kauderwelsch, das Mrs Mondgesicht von sich gibt, aber das lasse ich mir nicht anmerken.

Ich setze meine Methode mit meisterlicher Präzision um: Nach jedem zweiten Satz von Mrs Mondgesicht nicke ich mit dem Kopf. Jedes Mal, wenn sie eine Gleichung an die Tafel geschrieben hat, bewege ich meinen Stift, als würde ich einige Kernsätze notieren, und alle drei Minuten kreuzen sich zweimal unsere Blicke und ich lächle wissend und erlaube zur gleichen Zeit einem winzigen Funken des Verstehens in meinen weit geöffneten Augen aufzublitzen.

Meine Methode funktioniert perfekt. Ich bin unsichtbar. Wenn sie sich von der Tafel abwendet und ihren tödlichen Blick über die Klasse schweifen lässt, um zu entscheiden, wer ihre nächste unlösbare Frage zweifellos nicht beantworten kann, gibt es nichts an mir, was auch nur die kleinste Ansammlung von Nervenzellen ihres Hirns reizen könnte. Ihr Todesblick fegt an mir vorbei, lässt Lucille das Luftschiff ebenfalls ungeschoren, die ihre Kleidung so perfekt auf die Wanddekoration abgestimmt hat, dass sie damit zu verschmelzen scheint und sogar ich sie nicht von der Tapete unterscheiden kann, und bleibt schließlich an Husten-Henry hängen, der vergeblich versucht die letalen Strahlen mit einem Mitleid erregend würgenden Keuchen aus seinem Bronchialrepertoire abzuschirmen, als wolle er sagen: »Nicht mich – sehen Sie nicht, dass ich gerade an Tuberkulose sterbe?«

»Henry«, sagt Mrs Mondgesicht, »ich möchte dich bitten diese ganz einfache Aufgabe zu lösen«, und sie klopft zur Unterstreichung ihrer Frage mit der Kreide auf die Tafel. »In zwanzig Litern Kühlflüssigkeit eines Automotors befindet sich eine Konzentration von vierzig Prozent Frostschutzmittel. Wie viel Liter Flüssigkeit müssen abgelassen und durch reines Frostschutzmittel ersetzt werden, damit die Konzentration schließlich fünfzig Prozent beträgt?«

Henry kneift die Augen zusammen und zieht ein Gesicht, als

würden seine Augenhöhlen mit Frostschutzmittel ausgespült werden. Er schaut uns, seine Klassenkameraden, Hilfe suchend an, doch wir alle haben begriffen, dass ihm die tödliche Frage gestellt wurde, und wenden uns ab, als ob er plötzlich Lepra hätte. Er blickt Mrs Mondgesicht an und bittet stumm um Gnade. Seine Augen sind so groß, so ängstlich und so bettelnd wie die eines Rehs, das sich unvermittelt den Scheinwerfern eines Lastwagens gegenübersieht. »Bitte«, flehen Henrys Augen, »mein Leben als Husten-Henry ist schon elend genug. Es gibt keinen Grund, mich mit dieser Algebraaufgabe aus den tiefsten Tiefen der mathematischen Hölle zu demütigen. Die Chance, dass ich plötzlich die Fähigkeit besitze, wie ein Vogel aus dem Fenster zu schweben, ist größer als meine Chance, diese Aufgabe zu lösen. Ich bitte Sie inständig, Mrs Mondgesicht, von Mensch zu Mensch! Ich berufe mich auf die Charta der Vereinten Nationen und die Genfer Konvention: Ziehen Sie Ihre Frage zurück!«

Mrs Mondgesicht lächelt ihn an. Aber die Botschaft, die in ihrem Lächeln versteckt ist, lautet: »Henry, du bist ein toter Mann. Da ich niemals ein Filmstar werde, nie meinen eigenen Wohnwagen bekomme und mir auch niemals ein gut aussehender Mann namens Jacques stündlich ein Tablett mit belegten Brötchen überreicht, habe ich der gesamten Menschheit den Krieg erklärt. Die effektivste Waffe in meinem Arsenal sind unlösbare mathematische Gleichungen. Mein tödlicher Blick hat dich willkürlich aus allen Schülern dieser Anti-Matheklasse ausgewählt, um dich zu zerstören und dich durch diese eine Aufgabe auf ewig zum Idioten zu stempeln. Es gibt keinen Ausweg. Gib die Hoffnung auf.« Was Mrs Mondgesicht tatsächlich sagt, ist: »Henry, wir warten auf deine Antwort.«

Henry begreift, dass er in der Falle sitzt. Es gibt Tiere, die von der Natur mit verschiedenen Waffen und Verteidigungsmöglichkeiten ausgestattet wurden. Das Flughörnchen beispielsweise hat scharfe Zähne und Krallen, einen dicken Pelz und eine Membran, die es ihm ermöglicht, durch die Luft zu fliegen. Doch es gibt auch weniger hoch entwickelte Lebensformen, die, wenn sie von einem Feind angegriffen werden, nur einen einzigen Trick anwenden können, um ihr Leben zu retten. Einige Wurmarten zum Beispiel rollen sich zu einem kleinen Knäuel zusammen und der Tintenfisch spritzt seinen Verfolgern schwarze Tinte ins Gesicht. Husten-Henry ist eine solche Lebensform. Die Natur hat ihm nur eine einzige Waffe gegeben, um die Schlacht der Evolution zu überleben – einen widerlichen, Ekel erregenden trockenen Husten.

Henry klappt seine Kiefer auf und öffnet seinen Mund zu einem Kreis, der größer zu sein scheint als sein Kopf, und versucht sich mit einer unvergleichlichen und noch nie da gewesenen Explosion, die seine Kehle rasseln lässt und seine Mandeln abschmirgelt, aus der Affäre zu husten. Unter meinen Fußsohlen kann ich die Vibration des Bodens spüren.

Mrs Mondgesicht allerdings bleibt unbeeindruckt. Wahrscheinlich könnten nicht einmal die Trompeten, die die Mauern von Jericho zum Einsturz brachten, sie davon abbringen, eine Antwort auf ihre Frostschutzfrage zu verlangen. »Henry, ich warte auf eine Antwort und verliere langsam die Geduld. Ich werde bis drei zählen.«

In diesem Moment geschieht etwas Außergewöhnliches. Eine höchst bemerkenswerte Sache ereignet sich. Bei dem Versuch, den Augenkontakt mit dem Verdammten zu vermeiden, habe ich mich von Henry abgewandt. Zunächst schaue ich die anbetungswürdige Gestalt von Glory Halleluja an, aber meine Augen gleiten weiter, sonst könnte sie noch auf den Gedanken kommen, ich würde sie anstarren. In Ermangelung weiterer Möglichkeiten, worauf sich mein Blick richten könnte, wandert er ziellos zur Tafel und heftet sich verständnislos auf das Algebra-Kauderwelsch, das Mrs Mondgesicht darauf geschrieben hatte.

Ich denke weder an Kühlerflüssigkeit noch an die Konzentration einer Mischung. Ich denke an Freitagabend, daran, wie es sein wird, Gloria zu Hause abzuholen, wie sich ihre zarte Hand anfühlen wird, die ich beim Überqueren verkehrsreicher Kreuzungen behutsam in meine nehmen werde. Plötzlich geht mir auf, dass ich die Gleichungen auf der Tafel nicht nur anschaue, sondern tatsächlich einige davon verstehe. Und dann – zu meinem maßlosen Entsetzen – bemerke ich, wie mein rechter Arm sich langsam hebt.

Ich versuche, ihn an meiner Seite festzuklemmen. Er gehorcht nicht. Mit der größtmöglichen Willensanstrengung gelingt es mir, seine Aufwärtsbewegung einige Sekunden lang einzufrieren, aber dann befreit er sich und marschiert munter weiter nach oben. »Runter, mein Freund«, zische ich, »runter mit dir«, aber mein Arm befindet sich bereits in einem gefährlich exponierten Winkel und nach kürzester Zeit streckt sich meine Hand trotz all meiner gegenteiligen Bemühungen hoch gegen die Zimmerdecke.

Mrs Mondgesicht sieht zwar meine erhobene Hand, aber sie ignoriert sie, denn sie weiß ganz genau, dass ich unmöglich einen fruchtbaren Beitrag zu dieser Diskussion leisten kann. »Henry«, sagt sie, »ich verliere nun wirklich die Geduld.« Aber in Wirklichkeit will sie damit sagen: »Du bist nur noch fünf Sekunden von einer glatten Sechs in mündlicher Beteiligung entfernt und es gibt nicht das Geringste, was du dagegen tun könntest.« Während Henry von Mrs Mondgesicht gefoltert wird, habe ich Gelegenheit, zur Besinnung zu kommen, aber ich kann meinen rebellischen Arm einfach nicht unter Kontrolle bringen. In meiner Verzweiflung versuche ich mit ihm zu handeln. »Wenn du wieder runterkommst, werde ich dir wunderschöne Hemden mit herrlich langen Ärmeln kaufen. Komm runter und ich verspreche dir, dass ich in Zukunft nur noch auf meiner linken Seite schlafen werde, damit du nie mehr das Gewicht meines Körpers ertragen musst.« Aber anstatt auf meine Bestechungsversuche einzugehen, fängt mein Arm jetzt auch noch heftig an zu wedeln. Selbst Mrs Mondgesicht kann ihn nicht mehr länger ignorieren. »John«, sagt sie, »es ist gut. Du kannst auf die Toilette gehen.«

Ich schicke mich an aufzustehen, doch zu meinem Entsetzen muss ich feststellen, dass sich meine Knie der Revolution angeschlossen haben. Sie weigern sich unter meinem Stuhl hervorzuschwingen und sich zu strecken. Stattdessen öffnen sich meine Lippen und ich höre mich sprechen. »Danke, Mrs Gabriel, aber ich muss gar nicht auf die Toilette.«

»Was willst du dann?«, fragt sie ärgerlich.

»Ich möchte eine mathematische Beobachtung kundtun.«

Im hinteren Bereich der Klasse ertönt Gelächter.

»Soll das ein Witz sein?«, fragt Mrs Mondgesicht.

Ich stehe auf verlorenem Posten, während ich vergeblich versuche meine Lippen zu verschließen und meine Stimmbänder vom Vibrieren abzuhalten. Mein gesamter Körper befindet sich mittlerweile mit mir im Kriegszustand. »Nein«, höre ich mich selbst sagen. »Es ist nur so, dass Henry Ihre Frage gar nicht beantworten kann.«

»Ach ja? Und warum nicht?«

»Weil ich glaube, dass Ihnen in einem der Beispiele, die sie uns gegeben haben, ein Fehler unterlaufen ist.« Im Zimmer herrscht nun Totenstille. »Genauer gesagt, in der dritten Zeile der zweiten Aufgabe. Die beiden Seiten der Gleichung passen nicht zusammen. Zweifellos ist dies der Grund für Henrys Verwirrung.«

Henry gibt einen undefinierbaren Ton aus den Tiefen seiner Kehle von sich. Wahrscheinlich will er damit sagen: »Wenn du Recht hast und mich damit vor dieser Frostschutzkatastrophe bewahrt hast, werde ich für den Rest deines Lebens auf Knien hinter dir herrutschen und dabei meinen Kopf in angemessenen Abständen ehrerbietig auf den Boden schlagen. Wenn du falsch liegst, kannst du dein Testament machen.«

Mrs Mondgesicht wird so blass, dass ihr ganzes Blut in die Spitze ihres großen Zehs geschossen zu sein scheint. »Ich glaube nicht, dass ich einen Fehler gemacht habe«, sagt sie und verengt ihre Augen. »Aber lass mich mal sehen.« Sie dreht sich zur Tafel. Die Sekunden verstreichen. Das Klassenzimmer verharrt in Schweigen, abgesehen von Husten-Henrys tiefen, angstvollen Atemzügen. Schließlich wendet sie ihr Gesicht wieder der Klasse zu und sagt: »Ja, stimmt. Du hast Recht, da ist tatsächlich ein Fehler. Vielen Dank, John, dass dir das aufgefallen ist.«

Während sie ihren Fehler verbessert, vernehme ich etwas, was ich noch nie zuvor gehört habe. Es ist wie eine Brise, die in den Ecken des Raums umherwirbelt. Es dauert einen Moment, bevor mir klar wird, was es ist. Applaus. Meine Klassenkameraden applaudieren mir.

Mrs Mondgesicht korrigiert ihren Irrtum. Schwungvoll dreht sie sich wieder zu uns um. »So, ich habe die Gleichung berichtigt. Nun, Henry, würdest du jetzt bitte das Frostschutzproblem lösen?«

Aber gerade als das Wörtchen »lösen« ihren Lippen entschlüpft, signalisiert die Glocke das Ende der Stunde. »Das würde ich ja gerne«, sagt Henry zu ihr, »aber ich muss mich beeilen, um in den nächsten Kurs zu kommen. Ich möchte mich nicht verspäten. Tut mir Leid. Vielleicht das nächste Mal.« Und mit diesen Worten rafft Henry seine Bücher zusammen und verlässt das Klassenzimmer in Lichtgeschwindigkeit.

Wir alle folgen ihm. Ich selbst reihe mich hinter Glory Halleluja ein, die mir ein bewunderndes Lächeln zuwirft. Der Applaus klingt mir noch in den Ohren, während ich ihr Lächeln erwidere.

10 Der schönste Tag meines Lebens wird noch schöner

Ich sitze bei der Orchesterprobe, im Arm meine Tuba, die keine Tuba ist, und denke darüber nach, wie gut sich die Freude anfühlte – so lange sie dauerte. Jetzt, so ahne ich, bin ich in ernsten Schwierigkeiten.

Nicht nur, weil der Riesenfrosch, der als meine Tuba posiert, sich in einer ungewöhnlich lethargischen Stimmung befindet – was immer das bei einem Frosch bedeuten mag. Entweder schläft er oder er ist tot. Nicht nur, weil wir heute ein neues Musikstück einstudieren, bei dem ich vermutlich nicht mitspielen kann, weil mir das noch nicht einmal bei den alten Stücken gelungen ist.

Ich wähne mich in ernsten Schwierigkeiten, weil mich Mr Steenwilly schon seit einer ganzen Weile anstarrt.

Mr Steenwilly, es gibt sicherlich andere Richtungen, in die Sie mit ihrem reichlich stechenden Blick gucken können. Ihr Schnurrbart könnte doch auch beim Anblick eines anderen Orchestermitglieds erzittern. Ich schlage vor, dass Sie jetzt, nachdem Sie sich auf dieses lächerliche Holzpodium begeben haben, von wo aus Sie dirigieren, Ihre Aufmerksamkeit der Wilden Violet zuwenden, der es gelungen ist, ihr zu einer Waranechse mutiertes Saxofon mit einem Ringergriff zu packen, der meiner Meinung nach in Fachkreisen als die mongolische Todesumklammerung bekannt ist.

Mr Steenwilly, warum fangen Sie nicht an zu dirigieren? Warum wedeln Sie nicht mit den Armen und erzeugen dergestalt Musik aus Stille? Warum lächeln Sie und räuspern sich und warum werfen Sie mir diesen verstohlenen Blick zu?

»Es ist Zeit«, verkündet Mr Steenwilly so feierlich, als beabsichtige er eine Proklamation biblischen Ausmaßes, »für eine neue Komposition von Arthur Flemingham Steenwilly.« Er zieht einen Packen Papier aus einer Ledermappe und senkt seine Stimme zu einem Flüstern. »Es steht mir zwar nicht zu, meine Freunde und Schüler, aber ich denke wahrhaftig, dass dies mein bestes Werk ist. Es ist durchaus möglich, dass ich damit zu Ruhm und Ehren kommen werde. Besonders stolz bin ich auf das Tubasolo, von dem ich glaube, dass John ihm den Glanz und die Farbenpracht eines Regenbogens verleihen wird.«

Einige weniger höfliche Mitglieder des Orchesters äußern vernehmliches Gelächter. Unglücklicherweise muss ich mich diesen Skeptikern anschließen.

Mr Steenwilly, es tut mir wirklich Leid, aber ich glaube nicht, dass heute ein Regenbogen in diesem Musikzimmer erstrahlen wird. Es mag zu einem Herbststurm kommen, aber das ist auch alles, was ich an meteorologischen Phänomenen zu bieten habe. Warum lassen wir das Ganze nicht einfach und Sie rufen gleich die Musikpolizei, um mich zu meinem Notenständergalgen zu bringen? »Schuldig«, wird der Oberste Richter des Musikgerichts erklären. »Schuldig im Sinne der Anklage, die da lautet, jede einzelne Note in diesem Steenwilly-Meisterwerk kaltblütig ermordet zu haben. Hängt ihn auf.«

Aber keine Musikpolizei kommt, um mich abzuführen. Stattdessen ertappe ich mich dabei, wie ich meine Finger auf das Unbeholfenste und Lächerlichste verbiege, als würde ich mich auf die neue olympische Disziplin im Origami vorbereiten. Der Riesenfrosch in meinem Arm schlummert friedlich und gibt kein Lebenszeichen von sich. Wahrscheinlich ist sein Geist auf den

Grund des Teichs, in dem er zu leben glaubt, herabgesunken und er befindet sich in einer Art Winterschlaf.

Mr Steenwilly teilt die verschiedenen Partituren aus. Als er mir meine Noten überreicht, zwinkert er mir zu. Sein Schnurrbart zittert und er flüstert: »Zeig, was du kannst, John.«

Ich fürchte mich davor, das Blatt anzusehen. Andererseits ist mir klar, dass es wenig Sinn hat, auch nur zu versuchen eine Komposition zu spielen, ohne auf die Noten zu schauen. Daher greife ich mit zitternden Händen nach Mr Steenwillys Meisterstück und lasse meine Augen darüber wandern. Auf den ersten Blick scheint mir das Papier mit chinesischen Schriftzeichen beschrieben zu sein. Mr Steenwilly, Sie haben mir das falsche Blatt gegeben. Dies hier ist offensichtlich eine Abhandlung über den Reisanbau, verfasst von einem Shao-Lin-Mönch namens Ling Han im achten Jahrhundert nach Christus.

Ich drehe das Blatt Papier herum und erkenne meinen Irrtum. Es ist nicht das Manuskript eines Shao-Lin-Mönchs. Es ist tatsächlich eine musikalische Komposition. Ich erkenne vage einige der Symbole und mehrere dutzend Noten, die wie Flöhe auf einem Hund hin und her springen und miteinander zwischen den Notenlinien Verstecken spielen.

Mr Steenwilly, ich kann die Noten in meinem Solo leider nicht lesen, denn sie wollen einfach nicht stillhalten. Daraus folgt, so klar wie der Tag auf die Nacht folgt, dass ich die Noten auch nicht spielen kann, denn um sie zu spielen, müsste ich sie erst einmal lesen können. Und deswegen, Mr Steenwilly, schlage ich vor, dass Sie die Orchesterprobe heute absagen, in Ihr Büro gehen und ein schönes Nickerchen machen.

Mr Steenwilly, Sie hören mir nicht zu. Sie besteigen Ihr Podium. Sie erheben Ihren Taktstock. Ihre Augen glänzen wie die eines Mannes, der erwartet, dass die Welt in wenigen Sekunden sein Genie erkennen wird. In Gedanken hören Sie sich schon in einem Atemzug genannt mit Mozart, Beethoven und Brahms. Ihr Schnurrbart bebt voller Vorfreude.

Mit einem Schwung senkt sich Ihr Arm und das Stück beginnt. Die Wilde Violet setzt an, um die ersten Takte der Ouvertüre zu spielen, doch die Waranechse, die so tut, als sei sie ihr Saxofon, hat anderes im Sinn. Mit einem Ruck befreit sie sich aus der mongolischen Todesumklammerung, öffnet ihr Maul, entblößt eine Reihe rasiermesserscharfer Zähne und stößt ein Röhren aus, das einem Reptil der Kreidezeit zur Ehre gereicht hätte.

Der Saurierschrei wirft Mr Steenwilly fast vom Podium. Die Wucht lässt seine Brille verrutschen, zerzaust sein Haar und rötet sein Gesicht. Er wirft der Wilden Violet einen Blick zu, der so viel bedeutet wie »Was du gerade den ersten Takten meiner meisterlichen Komposition angetan hast, ist nicht nur eine Beleidigung für die Musik, nicht nur eine Beleidigung der Kunst im Allgemeinen, sondern ein Schlag ins Gesicht eines jeden noblen Beweggrundes, zu dem das menschliche Herz fähig ist. Ich werde dich von der Musikpolizei bei lebendigem Leibe über heißen Kohlen rösten lassen.«

Die Wilde Violet erwidert nichts auf Mr Steenwillys Ausführungen, denn sie hat seinen Blick nicht gesehen. Sie ist viel zu beschäftigt ihre Halsschlagader vor den reißenden Klauen der Waranechse zu schützen. Auch die Echse reagiert nicht, zumindest nicht in Worten, aber sie gibt ein gewaltiges KIH-WAAAH von sich, das in meinen Ohren so klingt wie das Triumphgeheul einer prähistorischen Jagdgesellschaft, die einen Pterodactylus eingekreist hat und nun zum Todesstoß ansetzt.

Ich habe keine Zeit, Mitleid mit der Wilden Violet zu empfinden, denn mein eigenes letztes Stündlein rückt näher. Das Tubasolo kommt auf mich zu, schwimmt mir durch die Komposition entgegen wie ein hungriger Hai.

Im ganzen bekannten Universum gibt es nichts, was mich jetzt noch retten kann. Die Wände unserer Schule sind sehr massiv, daher ist es unwahrscheinlich, dass es außerirdischen Invasoren gelingt, mich aus dem Musikzimmer im Kellergeschoss nach oben in ihr Raumschiff zu beamen. Ähnlich unwahrscheinlich ist es, dass in den nächsten siebzehn Sekunden ein Feuer in der Schule ausbricht, und unglücklicherweise befinden wir uns auch nicht in einem Erdbebengebiet. Ich bin verloren.

Mir fällt ein, dass Mr Steenwilly mir geraten hat eine Komposition als Geschichte zu betrachten. Aber was für eine Geschichte und wie soll mir das helfen? Hilfe suchend schaue ich auf die Partitur und halte Ausschau nach dem Titel des Stücks. Ich habe das bisher vermieden aus lauter Angst, dass Mr Steenwilly seine Neigung zu lächerlichen Überschriften wieder einmal nicht verleugnen konnte. Nach der *Tollerei der Karibus* und dem *Schlachtruf des Vogel Strauß* wollte ich gar nicht wissen, aus welchem Bereich der Flora und Fauna er sich seine neuste Inspiration geholt hat.

Aber jetzt schaue ich doch. Plötzlich wird mein ganzer Körper taub. Ich war immer der festen Überzeugung, dass mich Mr Steenwilly, genauso wie jeder andere in meinem elenden Leben, überhaupt nicht kennt. Aber vielleicht kennt er mich doch ein bisschen. Oder vielleicht ist er telepathisch veranlagt und die Radarspitzen seines Schnurrbarts haben einige meiner Gehirnwellen aufgeschnappt. Wie auch immer es zu Stande kam, der Titel von Arthur Flemingham Steenwillys Meisterwerk lautet *Das Liebeslied des Ochsenfrosches*.

Sobald ich diese Worte gelesen habe, spüre ich, wie der Riesenfrosch, der vorgibt eine Tuba zu sein, erwacht und sich reckt. Mein Tubasolo ist nur noch wenige Sekunden entfernt. Verzweifelt versuche ich *Das Liebeslied des Ochsenfrosches* in eine Geschichte zu verwandeln.

»Es war einmal«, erzähle ich meiner Tuba, »ein einsamer Ochsenfrosch, der auf dem Grunde eines Sees lebte. Niemand wusste, wer er war. Eines Tages kam eine wunderschöne Prinzessin zu dem See, setzte sich auf einen Felsen und begann zu weinen. Ihre Tränen waren wie Perlen. Der Ochsenfrosch schwamm zu ihr und fragte sie, warum sie weinte.

›Ich bin eigentlich keine Prinzessin‹, sagte sie, ›obwohl ich wie eine Prinzessin gehe, wie eine Prinzessin spreche und wie eine Prinzessin rieche. Ich bin in Wirklichkeit ein wunderhübsches Froschmädchen, das von einer eifersüchtigen Hexe in eine Prinzessin verwandelt wurde. Wie du dir vielleicht vorstellen kannst, ist es wahrlich kein Vergnügen, eine Prinzessin zu sein. Ich wäre viel lieber wieder ein Froschmädchen. Aber nur der Kuss eines gut aussehenden Froschmannes kann den Zauber lösen.‹

Der Ochsenfrosch hüpfte auf ein Seerosenblatt, von dort auf ihre Schulter und küsste sie auf das rechte Ohr. Sofort nahm die Prinzessin wieder ihre ursprüngliche Gestalt an und verwandelte sich in das hübscheste Froschmädchen, das jemals in diesem See gesehen wurde. Sie hatte glänzende, feuchte Haut, eine lange, knallrote Zunge und tolle Schenkel, vorne und hinten. Als der Ochsenfrosch sie erblickte, öffnete er sein Maul und krächzte ihr ein Ständchen . . .«

Die Zeit für mein Tubasolo ist gekommen. Zu meiner Überraschung wird der riesige Frosch, der sich als Tuba verkleidet hat, richtig munter. Vielleicht ist ihm meine Geschichte in seine amphibischen Glieder gefahren und zu Kopf gestiegen. Er öffnet sein Maul und trumpft auf mit einem Ton, der so tief, so klangvoll und so sexy ist, wie ihn wohl noch kein Frosch an diesem Teich vernommen hat. Der Klang wabert wie ein Nebel durch unser Musikzimmer.

Ich spiele die Tuba nicht. Ich halte mich lediglich an ihr fest. Mr Steenwilly wirft mir erregte Blicke zu. Sein wirbelnder Schnurrbart ähnelt dem Rotorblatt eines Helikopters. Er scheint tatsächlich Gefahr zu laufen, sich in die Lüfte zu erheben. Halten Sie sich fest, Mr Steenwilly. Heben Sie nicht ab. Der Orkan, oder was immer es auch ist, wird sich gleich wieder legen.

Erstaunlicherweise ist mein Tubasolo schon zur Hälfte vorbei. Doch plötzlich beginnen die Noten schneller und immer schneller über die Notenlinien zu springen. Sie hüpfen nun nicht mehr auf und ab wie Flöhe auf einem Hund. Jetzt sausen sie hin und her wie Elektronen in einem Blitzlichtgewitter. Ich muss wohl meiner Geschichte etwas mehr Würze verleihen, um mit den wild gewordenen Noten, die Arthur Flemingham Steenwilly geschrieben hat, Schritt zu halten.

»Als sie das *Liebeslied des Ochsenfrosches* vernimmt«, erzähle ich meiner Tuba, »hüpft das Froschmädchen selbst auf ein Seerosenblatt und tanzt einen vierbeinigen Can-Can. Dabei zieht sie sich langsam ihr Prinzessinnenkleid aus. Schon bald tanzt sie so nackt, wie die Natur sie geschaffen hatte. Der Ochsenfrosch schaut ihrer Darbietung zu und bewundert sie im Schein der goldenen Sonne. Mit einem Mal entwickelt sich sein Liebeslied zu einem wahren Rock 'n' Roll, der jedes Tier am Teich aufweckt, einschließlich des alten Bibers, der in einer Höhle in seinem Damm vor sich hin schnarchte.«

Der Riesenfrosch, der so tut, als sei er meine Tuba, braucht keine weitere Anfeuerung. Er setzt zu einer Froschversion des Twist an und schwingt seine Hüften wie ein junger Elvis. Ich klammere mich mit beiden Händen und einem Bein an mein Instrument, dem Töne entweichen, von denen ich bisher nicht einmal wusste, dass es sie gibt. »Ganz ruhig, Junge«, sage ich zu ihm. »Reg dich ab. Du ruinierst dir sonst noch deine Stimmbänder.« Ich wiege meine Tuba in meinen Armen. Der rasante Rock 'n' Roll geht über in einen letzten, sanften Refrain und endet dann mit einer langen, liebenden, kehligen Note.

Und es ward still.

Das Stück ist zu Ende. Zum zweiten Mal an diesem Tag erwarte ich Applaus zu hören, doch alles bleibt ruhig. Stattdessen sehen mich einige Mitglieder des Schulorchesters seltsam an.

Ist das eine Träne in Ihrem Augenwinkel, Mr Steenwilly? Und dort – noch eine? Müssen Sie den Kloß in Ihrem Hals herunterschlucken? »Vielen Dank«, sagt Mr Steenwilly. »Das ist alles für heute. Aber . . .«, und dann sieht er mich direkt an, »ich möchte noch sagen, dass es ein großer Moment ist, wenn ein talentierter junger Musiker zu seiner Melodie findet. Ein großer, ein bewegender Moment. Das . . .« Seine Stimme bricht. »Das ist alles. Ich danke euch von ganzem Herzen.«

Ich lege meine Tuba in ihren Kasten. Andy Pearce kommt auf mich zu. »He, John, das hast du wirklich toll hingekriegt.«

»Danke«, sage ich bescheiden. »Ehrlich gesagt, weiß ich selbst nicht so genau, wie ich das gemacht habe.«

»Na, einfach, indem du gespielt hast«, erwidert Andy in seiner unnachahmlich logischen Art. Und dann fragt er mich, ob ich etwas von Billy gehört hätte.

»Nur, dass er Hausarrest hat.«

»Nun, es gibt gute Neuigkeiten. Seine Eltern haben sich erweichen lassen ihn zum Spiel gegen Freemont High am Freitagabend rauszulassen. Ist das nicht nett von ihnen? Du weißt doch, wie sehr er auf Basketball steht.«

»Ja«, sage ich und lasse das Schloss an meinem Tubakasten zuschnappen. »Ich weiß.«

»Wollen wir nicht zusammen hingehen?«, fragt er mich.

»Ich kann nicht«, erkläre ich, »aber ich werde zum Spiel kommen. Also sehen wir uns da.«

Andy Pearce geht hinaus. An seiner Stelle kommen einige andere Mitglieder des Orchesters auf mich zu und gratulieren mir. Natürlich bin ich die Bescheidenheit in Person – wie immer die auch aussehen mag.

Ich stelle meinen Tubakasten ins Regal. Ich bin schon fast auf dem Weg nach draußen.

Da fällt plötzlich ein Schatten auf mich. Die Wilde Violet verstellt mir den Weg. Ich möchte ja nicht grob erscheinen, aber sie ist wahrhaftig ein großes Mädchen. Gewaltig. Schwere Knochen. Breite Schultern. »John«, sagt sie. An der Art, wie die Wilde Violet meinen Namen ausspricht, ist nichts Musikalisches. Sie sagt es, als stünden wir auf einem Sportplatz und sie hätte mich gerade in ihr Rugbyteam gewählt.

»Violet«, erwidere ich in der gleichen Tonlage.

»Dein Solo war erstklassig«, sagt sie.

»Danke«, sage ich und will um sie herumgehen.

Irgendwie schafft sie es, die gesamte Breite des Wegs zu blockieren. »Ich meine, es war wirklich erste Sahne, John. Es war heiß.«

Wilde Violet, warum siehst du mich so an? Warum sind deine Augen mit einem Mal so groß und strahlend? Du bist ein nettes Mädchen, nicht unattraktiv, und ein würdiger Gegner im Kampf mit einer Waranechse – was alleine schon sehr beeindruckend ist –, aber du musst doch wissen, dass ich Glory Halleluja zu meiner Liebsten erkoren habe. »Danke«, sage ich noch einmal. »Ich muss jetzt ins Chemielabor.«

Diesmal gelingt es mir, sie zu umrunden, doch dann spüre ich etwas. Eine höchst ungewöhnliche Empfindung. Hast du, Wilde Violet, mir gerade freundlich auf die Schulter geklopft? War es nur Einbildung meinerseits oder glitt deine Hand nach dem unschuldigen Tätscheln tatsächlich quer über meinen Nacken, und zwar von einer Schulter zur anderen? Ist es möglich, Wilde Violet, dass du, während deine Hand der Linie meines Nackens folgte, dein Handgelenk unmerklich geneigt hast, sodass deine Fingernägel eine Sekunde lang leicht über meine zarte Haut kratzten?

Du meine Güte, Wilde Violet, was denkst du dir bloß?

»Bis dann, John«, ruft sie mir nach, während ich hastig die Flucht ergreife.

»Klar. Danke. Muss los. Mach's gut.«

11 Im Kriegsgebiet

Schon als ich am Freitag von der Schule nach Hause komme, um mich auf das Ereignis meiner Verabredung vorzubereiten, merke ich, dass etwas nicht stimmt. Sprocket, mein Hund, hat sich im Keller verkrochen. Er winselt und kommt auch nicht hervor, um mich zu begrüßen. Ich vermute, dass der Mann, der nicht mein Vater ist, ihn wieder geschlagen hat.

Der Mann, der nicht mein Vater ist, ist nicht da. Eine offene Flasche *Wild Turkey* steht auf dem Esszimmertisch und das Glas daneben enthält noch einige Tropfen übel riechenden Whiskeys. Der Mann, der nicht mein Vater ist, trinkt zwar nicht oft, aber wenn er es tut, wird er richtig fies.

Unser Esszimmer ist ein Schlachtfeld. Haufenweise Zeitungen und Zeitschriften wurden auf den Fußboden geworfen. Eine Lampe liegt daneben. Die Glühbirne ist zerbrochen. Ein Stuhl ist umgekippt. Ich habe keine Ahnung, was der Grund für dieses Gemetzel ist, aber ich bin froh, dass der Mann, der nicht mein Vater ist, nicht in der Nähe zu sein scheint.

Auch sein Laster, der gewöhnlich vor unserem Haus steht, ist weg. Mir ist nicht ganz klar, was der Mann, der nicht mein Vater ist, mit diesem Laster tut, um das bisschen Geld zu verdienen, das er von Zeit zu Zeit nach Hause bringt. Er nennt es »einen schnellen Fischzug machen«. Ich muss gestehen, dass ich nicht weiß, was das heißt. Aber ich bin dankbar, dass er gerade an diesem Nachmittag nicht da ist. Hoffentlich beißt heute nicht zu schnell ein Fisch an.

Es ist nur komisch, dass meine Mutter nicht zu Hause ist. Freitags macht sie normalerweise früher in der Fabrik Schluss und kommt noch vor mir heim. Aber heute Nachmittag ist keine Spur von ihr zu sehen.

Ich bringe Sprocket etwas Futter, aber er hat sich in den hintersten Winkel unter der Werkbank zurückgezogen und weigert sich herauszukommen. Er tut mir Leid, aber ich habe keine Zeit, ihn zu trösten. Heute ist mein großer Abend.

Ich lasse das Futter für ihn stehen und gehe wieder nach oben. Das Haus liegt still und verlassen. Nur ein gelegentliches Winseln dringt schaurig durch die Räume. Mein Haus ist kein Haus mehr. Es macht den Anschein eines einsamen, unheimlichen Schlachtfeldes, nachdem der Kampf vorüber ist.

Ich versuche an etwas Fröhliches zu denken.

Dies ist der große Abend meines Lebens, das kein Leben ist.

Ich dusche heiß und ausgiebig. Ich wasche jeden einzelnen Teil meines Körpers zweimal. Es ist zwar nicht sehr wahrscheinlich, dass Glory Halleluja Gelegenheit haben wird bestimmten haarigen Partien meines Körpers so nahe zu kommen, dass sie daran schnuppern könnte, aber möglich ist alles. Der Mann, der nicht mein Vater ist, besitzt ein Aftershave namens *Sailors' Musk*. Ich borge mir einige Tropfen aus. Er wird sie nicht sonderlich vermissen.

Eingehüllt in Moschusduft beginne ich mich in Schale zu werfen. Da ich über die kleinste Garderobe in der Geschichte der zivilisierten Menschheit verfüge, fällt mir die Auswahl nicht schwer. Ich ziehe mein einziges Paar graue Kordhosen an und den einzigen guten grünen Pullover, den ich besitze und den meine Mutter mir vor zwei Jahren zu Weihnachten geschenkt hat, sowie mein braunes Jackett mit dem Flanellfutter. Damit bin ich so präsentabel, so angenehm duftend und so gut gekleidet, wie es mir nur möglich ist.

Ich schaue in den Spiegel. Ich bin nicht mehr ich selbst, was an sich keine schlechte Sache ist. Dank meiner raffinierten Verkleidung bin ich nun die Person, die ich in Glorias Augen sein möchte.

Das Telefon klingelt. Ich beschließe nicht abzunehmen. Ich erwarte keine guten Nachrichten. Der Anrufbeantworter schaltet sich mit einem Piep ein und es folgt eine mir wohl bekannte Stimme. Es ist die Stimme von Billy Banane, meinem Freund, der kein Freund ist. »Ich weiß, dass du da bist, John«, sagt er. »Sei kein Feigling. Geh ans Telefon.«

Ich zögere einige Sekunden lang, dann nehme ich den Hörer ab. »Ich bin kein Feigling«, sage ich.

»Nein«, sagt er. »Aber du bist ein Dieb und eine miese Ratte. Ich habe so was flüstern hören über eine Verabredung heute Abend. Du hast meine Idee geklaut.«

»Ich habe Gloria zuerst gesehen und ich habe sie lange vor dir gern gehabt«, helfe ich seiner Erinnerung auf die Sprünge. »Und hast du nicht im Einkaufszentrum selbst gesagt, dass in der Liebe alles erlaubt sei?«

»Es war meine Idee, sie zu dem Spiel auszuführen«, entgegnet er.

»Ideen für Verabredungen sind kein Privateigentum«, widerspreche ich ihm. »Wenn du das hättest durchziehen wollen, hättest du nicht damit angeben dürfen. Du kannst niemandem außer dir selbst einen Vorwurf machen.«

Ein seltsames Geräusch kriecht durch die Telefonleitung. Es hört sich an, als würde jemand in der Gangschaltung eines Geländewagens herumrühren, der sich gerade den steilsten Anstieg des Mount Everest emporquält. In Wahrheit glaube ich, dass Billy Banane rasend vor Zorn mit den Zähnen knirscht.

»Was für ein Freund würde seinem Kumpel das Mädchen ausspannen, wenn dieser Kumpel Hausarrest bekommen hat und sich nicht wehren kann?«, fragt er mit erhobener Stimme. »Das ist Verrat! Das ist ein Angriff aus dem Hinterhalt!«

Der Klang seiner Stimme gefällt mir nicht. Und ich mag es auch nicht, von einem überführten Frühlingsrollendieb der Unehrlichkeit und des Verrats bezichtigt zu werden, noch dazu wenn dieser Vorbestrafte keine Skrupel gehabt hätte, mir das Mädchen meiner Träume vor der Nase wegzuschnappen, wo ich sie doch eindeutig zuerst gesehen habe. »Stimmt es etwa nicht, dass du gesagt hast, im Krieg und in der Liebe sei alles erlaubt?«, frage ich ihn noch einmal. »Das waren exakt deine Worte.«

»Also willst du Krieg?«, fragt er mich. »Ist es das, was du willst? Also gut. Ich erkläre dir hiermit den Krieg! Lasst die Feindseligkeiten beginnen! *Ich werde dich auslöschen, du Pestbeule!*«

Ich habe keine Angst vor Billy Banane. Ich halte den Telefonhörer etwas weiter von meinem Ohr entfernt, um nicht taub zu werden. »Beherrsche dich, Billy. Warum machst du dir nicht erst mal einen Happen zu essen? Eine nette kleine Frühlingsrolle vielleicht?«

Noch mehr Zähneknirschen. »Soll das etwa witzig sein? Wir werden sehen, wer zuletzt lacht. Wer sich am Ende zu Tode lacht! Wer sich zum Schluss nicht mehr einkriegt vor Lachen!«

»Billy, ich würde die Unterhaltung ja gerne fortsetzen, aber wie du weißt, habe ich heute Abend etwas Wichtiges vor und ich muss mich für meine Verabredung fertig machen. Ich traue mich ja kaum es zu sagen, aber scheinbar hast du aus deiner jüngsten Strafe keine Lehren gezogen. Anstatt unschuldigen Leuten zu drohen solltest du dich lieber bemühen ein besserer Mensch zu werden. Auf Wiederhören.«

»Wir werden wieder voneinander hören, darauf kannst du dich verlassen«, poltert Billy bedeutungsschwanger. »Mein Hausarrest ist aufgehoben. Ich werde persönlich heute Abend beim

Spiel auftauchen. Glaub ja nicht, dass du so davonkommst. Wir werden ja sehen, wer zuletzt lacht.«

Ich lege auf. Die ganze Sache berührt mich nicht. Mir wurde zwar noch nie von einem Freund, der kein Freund ist, der Krieg erklärt, aber ich habe genug Schlachten hier unter meinem eigenen Dach überlebt.

Der Mann, der nicht mein Vater ist, ist ein Gegner, den man nicht unterschätzen darf. Billy Banane kann mir keine Angst machen. Die Söhne glücklicher Familien sollten sich nicht mit denen anlegen, die in einem Kriegsgebiet leben.

Ich bin jetzt bereit für das große Ereignis. Es gibt nur ein kleines Problem, allerdings, so fürchte ich, ein ernstes kleines Problem.

Ich habe alles Geld, das ich besitze, zusammengekratzt, einschließlich der Münzen, die ich seit einem Jahr in einem Marmeladenglas sammle, zwei Fünfdollarnoten, die ich mir letzten Sommer beim Rasenmähen verdient habe, und einigen Eindollarscheinen, die ich in meinem langweiligsten Buch versteckt habe – *Die Geschichte der Kartografie* –, und komme auf eine Barschaft von insgesamt fast achtzehn Dollar.

Was aber, wenn Glorias Begleitung die Aufwendung von zwanzig Dollar nötig macht? Oder sogar fünfundzwanzig? Ich war noch niemals mit einem Mädchen wie Gloria aus. Ehrlich gesagt, war ich überhaupt noch nie mit irgendeinem Mädchen verabredet. Also weiß ich nicht genau, was mich erwartet. Aber ich denke mir, dass ein Mädchen, das in der Beechwood Lane in der Nähe des Golfplatzes lebt und ein halbes Pferd besitzt, eine besondere Behandlung verdient.

Immerhin war es ihr Vorschlag, dass wir nach dem Spiel in *Harvey's Restaurant* zusammen essen gehen. Gloria hat bestimmt einen gesunden Appetit, gemessen an der Art, wie sie meinen Zettel verschluckt hat. Vielleicht hat sie das Mittagessen ausfallen lassen, um heute Abend richtig zulangen zu können. So schlank, wie sie ist, könnte sie trotzdem auf die Idee kommen, einen Salat vor ihrem Hamburger zu bestellen. Es ist sogar denkbar, dass sie es sich zur Gewohnheit gemacht hat, ihre männlichen Begleiter durch einen Nachtisch in Form eines leckeren Stücks Apfelkuchen in den Ruin zu treiben.

Die Schlussfolgerung, die sich daraus ergibt, ist eindeutig: Ich brauche Reserven. Es ist nicht das erste Mal, dass mir das in den Sinn kommt. Eigentlich wollte ich mir etwas von meiner Mutter leihen, aber sie ist immer noch nicht aus der Fabrik zurückgekommen.

Bleiben nur noch zwei Alternativen. Keine von beiden ist sonderlich verlockend.

Wenn die Lashasa Palulu sich einer Notsituation gegenübersehen, beispielsweise einer Invasion von Waldameisen, berufen sie einen Krisenstab ein. Die verschiedenen Möglichkeiten werden beraten. Soll man fliehen und das Dorf dem Zorn der Insekten überlassen? Soll man sich riesengroße Schuhe anziehen und versuchen die sechsbeinigen Angreifer zu zertrampeln? Oder soll man den Göttern opfern, eine Riesenparty schmeißen, auf der sich alle bis zur Bewusstlosigkeit betrinken, und darauf hoffen, dass sich die ganze Sache von selbst zum Guten wenden wird?

Wenn alle Lösungsvorschläge aufgelistet und diskutiert wurden, wird abgestimmt und so über die zu ergreifende Maßnahme entschieden. Nach der Abstimmung ist es bei Todesstrafe verboten, die Möglichkeiten, die genannt und abgelehnt wurden, noch einmal zu erwähnen.

Der springende Punkt hierbei – wie auch immer ein springender Punkt aussehen mag – ist Entschlossenheit angesichts einer Krise.

Die zwei Alternativen: Ich kann zu meiner Verabredung mit Gloria gehen mit der ständigen Furcht im Nacken, dass mir das Geld ausgeht und ich mich lächerlich mache. Oder ich kann mir Geld borgen, nur für alle Fälle, und es später zurückgeben.

Das einzige Geld, das sich sonst noch im Haus befindet, gehört dem Mann, der nicht mein Vater ist. Er hat es in einem Geheimversteck gebunkert, von dem er annimmt, dass niemand außer ihm es kennt.

Mein Körper ist bereit für den großen Abend. Adrenalin schießt mir durch die Adern. In meinen grauen Kordhosen fühle ich mich weltgewandt und als Herr der Lage. Ich fürchte nichts und niemanden.

Ich gehe den Flur entlang. Ich betrete das Schlafzimmer, das meine Mutter mit dem Mann, der nicht mein Vater ist, teilt. Ich steuere, ohne zu zögern, auf seine Kommode zu. Öffne die obere Schublade mit den Socken. Vorsichtig schiebe ich zunächst etwa zwei Dutzend Socken zur Seite. Mir bleibt keine Zeit, mich zu fragen, wozu ein Mann mit nur zwei Füßen so viele Socken braucht.

Im hintersten Winkel der Schublade befindet sich ein gestrickter Strumpf. Er fühlt sich schwer und hart an. Ich schaue hinein – und sehe mehr Geld, als ich mir jemals hätte träumen lassen. Der Mann, der nicht mein Vater ist, hat ein kleines Vermögen angehäuft. Offenbar hält er nichts von Bankkonten. Vielleicht beabsichtigt er auch eine eigene Bank zu eröffnen. Da liegen jede Menge Zwanziger und Fünfziger. Sogar einige knisternde Hundertdollarscheine.

Ich nehme mir nur eine Zwanzigdollarnote. Ich will den Strumpf schon wieder an seinen Platz legen . . . da fühle ich noch etwas in der Schublade. Etwas Kleines und Hartes, das zwischen den Socken eindeutig nichts zu suchen hat.

Es ist in ein blaues Handtuch eingewickelt. Ich weiß, dass es mich eigentlich nichts angeht, doch es gibt gute Gründe für mich, neugierig zu sein. Was immer es ist, es muss sogar noch wertvoller sein als Geld, denn der Mann, der nicht mein Vater ist, hat es ganz tief in der Sockenschublade vergraben, noch hinter seinen Ersparnissen.

Ich muss wissen, was ihm mehr bedeutet als das Geld.

Vorsichtig nehme ich das blaue Päckchen aus der Schublade. Es ist unerwartet schwer. Ich wickle es aus. Metall glänzt. Ich merke, wie mich ein Schauer überläuft.

Es ist eine Waffe. Genauer gesagt, eine Pistole.

12 Die Ponderosa

Wer ist dieser junge Mann, der mit festen Schritten die Beechwood Lane entlangmarschiert und jedes Mal, wenn er unter einer Straßenlaterne durchgeht, auf seine Armbanduhr schaut? Ich erkenne ihn nicht. Er trägt graue Kordhosen und einen grünen Pullover – meine Hosen und meinen besten Pulli – und mit seinen Händen in den Taschen des braunen Jacketts sieht er fast so aus wie ich.

Aber das kann ich nicht sein. Ich hätte nämlich niemals den Mut, die Highland Avenue zu überqueren und an den letzten Häuserreihen der Beechwood Lane vorbei auf Glorias Haus zuzugehen. Und da steht es, jenes einstöckige Gebäude, weniger als hundert Meter von mir entfernt. Es sieht so neu, so weiß und so luxuriös aus, wie es da ausgestreckt zwischen zahlreichen Ahornbäumen und Zedern liegt, dass es wie die prachtvolle Ranch eines reichen Viehbarons wirkt.

Das bin ich nicht, nicht dieser junge Mann, der jetzt stehen bleibt, tief einatmet und sich kühn dem Hauseingang nähert. Er sieht aus wie ich. Er geht wie ich. Er pfeift sogar eine alberne kleine Melodie, die mir vertraut ist. Aber ich bin es nicht. Ich würde mich das alles nie im Leben trauen.

Es ist schlimm genug, wenn niemand weiß, wer ich bin. Jetzt weiß ich es sogar selbst nicht mehr. Jemand, der so aussieht wie ich, aber besser gekleidet und mutiger ist als ich – und dabei genauso schlecht pfeift wie ich –, versucht mir mein Mädchen wegzuschnappen.

Der junge Mann, der ich nicht bin, bleibt vor dem großen Ranch-gebäude stehen. Es ist natürlich keine wirkliche Ranch und es hat auch nichts mit der *Ponderosa* zu tun, wo Pa Cartwright mit seinen Söhnen residiert, wie wir ja alle aus dem Fernsehen wissen. Und doch werde ich es zum Zwecke der großen Hoffnungen, die ich in dieses Kapitel setze, einfach Ponderosa nennen, und zwar aus drei Gründen. Zum einen ist es bei weitem das größte Haus, dem ich jemals so nahe gekommen bin. Zum anderen ist es so weitläufig und bedeckt so viel Land, dass es meinen ungeübten Augen wie eine Ranch erscheint. Und zum Dritten funkelt zwischen seinen beschützenden Wänden der größte Schatz, den ich mir vorstellen kann: Dies ist das Haus, in dem Glory Halleluja sich jeden Morgen aus den Seidenlaken ihres Bettes erhebt, das Haus, in dem sie sich duscht und für die Schule ankleidet.

Der junge Mann, der ich nicht bin, zögert einen Moment im Schatten der Mauern. Hat er etwas gehört? Möglicherweise hat er das Gefühl, dass ihm jemand folgt und jeden seiner Schritte beobachtet.

Ein noch nie da gewesener und unheimlicher Vogelruf zerreißt plötzlich die Kleinstadtstille. Es klingt wie das Tröten eines wilden javanischen Papageis, der sich zum Balzkampf bereit-macht. Aber da es in meiner Stadt, die keine Stadt ist, keine javanischen Papageien gibt, schaut sich der junge Mann, der ich nicht bin, nervös um.

Ist irgendwo ein Riesenzinken zu sehen? Falls Billy Banane tat-sächlich hinter dem ominösen Vogelschrei steckt, hat er sich allerdings gut versteckt. Die Nacht gibt lediglich dunkle Schatten preis.

Der junge Mann, der ich nicht bin, tritt vor. Rutscht vom Bord-stein. Wedelt wild mit den Armen. Fällt auf den sorgfältig ge-stutzten Rasen. Steht schnell auf. Untersucht die Knie seiner grauen Kordhosen auf grüne Grasflecken. Blickt zum Haus empor, um zu sehen, ob jemand diesen Beweis himmelschreiender Tollpatschigkeit beobachtet hat.

Aha, also bin ich es doch.

Ich finde mein Gleichgewicht wieder. Gehe den Fußweg entlang auf die Eingangstür zu.

An der Tür befindet sich ein Türklopfer in Form eines Löwenkopfes. An der Seite der Tür ist eine beleuchtete Klingel. Soll ich klingeln oder klopfen?

Angesichts dieser schwierigen Frage nehme ich mir eine kurze Auszeit. Ich überprüfe meinen Hosenschlitz. Der Reißverschluss ist sozusagen bis unters Dach hochgezogen. Ich lege meine Hand vor meinen Mund und rieche meinen Atem. Er ist nicht gerade zitronenfrisch, lässt aber auch keine Rosen auf zehn Schritt Entfernung welken.

Ein weiterer dieser seltsamen Vogelrufe erklingt hinter mir, diesmal so laut, dass ich fast von der Türschwelle falle. Das ist kein wilder javanischer Papagei. Was ich gerade gehört habe, ist eindeutig der blutrünstige Mordgesang der nordamerikanischen, Schaf fressenden Riesengraueule. Dieses grimmige Mitglied aus der Familie der Eulen galt unter den Vogelexperten seit mehr als einem Jahrhundert als ausgestorben, aber offensichtlich gibt es mindestens ein Exemplar, das überlebt hat, und es befindet sich keine fünfzehn Meter von mir entfernt. Es lauert.

Ich habe keine Zeit mehr zu verlieren.

Ich betätige die Türklingel.

Schritte nähern sich. Die große Holztür wird nach innen geöffnet und ich sehe mich einer wunderschönen blonden Frau in einem blauen Kleid gegenüber, die mich mit strahlend weißen Zähnen anlächelt. Nein, das ist kein Filmstar. Dies, so wird mir klar, ist Mrs Halleluja, Glory Hallelujas Mutter. Eines Tages wird

Gloria genauso aussehen wie sie und das sind wahrlich keine schlechten Aussichten.

Ich bin noch nie von jemandem angelächelt worden, der so elegant war. Meine Nase durfte noch nie etwas Vergleichbares schnuppern wie das teure Parfüm, das sie trägt. Ich weiß nicht, was ich tun soll, also tue ich gar nichts. Ich bewege keinen Muskel. Ich stelle mich nicht vor. Ich zwinkere nicht, zittere nicht, atme nicht einmal. Ich starre sie nur an wie ein Idiot.

»Du musst John sein«, sagt sie. »Ich bin Mary Kay Porter.« Sie streckt ihre rechte Hand aus und schließt sie einen Herzschlag lang um meine. Es ist kein fester Händedruck. Ihre Hand ist gar keine richtige Hand, sondern vielmehr ein weiches Wattewölkchen – ein kleines, zartes, sonnenwarmes Stückchen Himmel. »Bitte komm herein«, sagt sie.

Ich folge Mrs Halleluja in das Innere der Ponderosa und die große Holztür schließt sich hinter mir. Jetzt sind wir sicher. Nichts, nicht einmal die nordamerikanische, Schaf fressende Riesengraueule, die draußen im Gebüsch lauert, kann uns hier noch gefährlich werden. Wir befinden uns im Reich von Frieden, Luxus und absoluter Sicherheit.

Himmlische Musik dringt, so scheint es, aus allen Richtungen an mein Ohr. Der Plüschteppich unter meinen Füßen ist mehrere Zentimeter dick, sodass ich bei jedem Schritt wie in wolligem Treibsand einsinke. Sogar die Luft ist duftgeschwängert – was immer das auch heißen mag. Ein süßes Aroma von frisch gebackenem Kuchen weht aus der Küche herbei und lässt mir das Wasser im Mund zusammenlaufen.

Ich merke, dass ich stehen geblieben bin. Ich stehe im Flur der Ponderosa und bin für einen Moment wie gelähmt durch all die überschäumenden Sinnesfreuden. Mein zentrales Nervensystem beglückwünscht mein Hirn und sendet gleichzeitig eine deutliche Warnung aus: »Hör gut zu, du Dummkopf. Du hast es endlich bis ins Paradies geschafft. Schlag hier deine Zelte auf. Fang ein neues Leben an. Kehre nie wieder in jenes Haus, das kein Haus ist, zurück und vergiss dein bisheriges Leben, das kein Leben war. Ich warne dich, andernfalls werde ich hier bleiben, zusammen mit all deinen Nervensträngen, deinen Synapsen und deinen Sinnesorganen, angefangen bei deiner Nase bis zu deinen Zehen. Dann sieh zu, wie du zurechtkommst.«

Mein Gehirn wurde noch nie zuvor von einer Revolte seines eigenen zentralen Nervensystems bedroht. Es erstarrt und schließt sich ein. Ich bin mir bewusst, dass ich hier stehe, stocksteif, den Zuckergeruch inhaliere und dem Gesang von Engeln lausche. Das einzige Lebenszeichen, das ich von mir gebe, ist ein Blinzeln, dann und wann.

Mrs Halleluja bleibt ebenfalls stehen und betrachtet mich.

»John? Ist alles in Ordnung?«

»Ja«, gelingt es mir zu flüstern. »Diese Musik . . . sie ist wunderschön.«

Sie lächelt. »Einige Leute finden die Harmonien und Dissonanzen ein wenig ungewöhnlich. Aber ich mag das Abenteuer des musikalischen Impressionismus. Du auch?«

Mrs Halleluja, ich würde den musikalischen Impressionismus nicht einmal erkennen, wenn er aus dem Kronleuchter geflogen käme und mir ins Auge spucken würde.

»Ja«, sage ich.

»Hört ihr euch zu Hause oft Debussy an?«

Mrs Halleluja, ich möchte ja nicht unhöflich sein, aber die einzigen Harmonien und Dissonanzen, die wir zu Hause zu hören bekommen, ist, wenn mein Hund bellt und jemand gleichzeitig die Toilettenspülung betätigt. »Natürlich. Wenn wir Zeit dazu haben.«

»Ja. Für die schönen Dinge des Lebens muss man sich Zeit nehmen.« Mrs Halleluja schließt die Augen, legt ihren Kopf ein wenig zurück und lässt sich einige Sekunden lang von der Musik wie von einem warmen Sommerregen berieseln. Sie sieht traurig aus und sehr schön. Mit weicher Stimme sagt sie: »Dies ist sein Prélude zu *Der Nachmittag eines Fauns.* Er wurde durch ein Gedicht von Mallarmé dazu inspiriert.«

Mrs Halleluja, Sie sind eine phantastische Frau. Ich vermute, dass Sie alles über Musik und französische Lyrik wissen, was es zu wissen gibt. Darüber hinaus mag ja Mallarmé, wer immer das auch sein mag, über Faune geschrieben haben, aber Sie sind noch einen Schritt weiter gegangen: Sie haben eine Elfe erschaffen. Es gibt wenig, was ich zu einer Frau wie Ihnen sagen könnte, außer *Herzlichen Glückwunsch, gut gemacht,* und bitte sehen Sie es mir nach, wenn ich Sie während unseres gesamten Gesprächs anlüge. Verstehen Sie, wenn ich Ihnen die Wahrheit sagen würde – dass ich von Musik absolut keine Ahnung habe, auch nicht von Kunst oder Poesie, und dass die Musikpolizei seit langem steckbrieflich nach mir fahndet –, würden Sie mir möglicherweise die Erlaubnis verweigern, Ihre kostbare Elfe zum Basketballspiel zu begleiten.

Wir gehen wieder weiter. Der Flur scheint endlos zu sein. An den Wänden hängen Gemälde in Holzrahmen.

»Gloria sagt, dass du selbst ziemlich musikalisch bist«, sagt Mrs Halleluja. »Du spielst im Orchester, nicht wahr? Welches Instrument spielst du?«

Ich will antworten und das zweisilbige Wort liegt mir auf der Zunge. Zum ersten Mal fällt mir auf, dass ich ein wenig glanzvolles Musikinstrument spiele. Ich wünschte, ich könnte ihr sagen, dass ich »an der Harfe zupfe« oder »meine Hände über die Klaviertasten fliegen lasse«. Stattdessen höre ich mich sagen: »Ich spiele die Tuba.«

»Die Tuba?«, wiederholt sie. »Wie ... mutig von dir. All das Messing und diese vielen Rohre. Ich werde nie begreifen, wie man auch nur einen einzigen Ton herausbekommt.« Aus irgendeinem Grund fühle ich mich plötzlich wie der Klempner der Musikwelt. Dann lächelt sie mich an. »Gloria muss in einer Minute herunterkommen. Warum gehst du nicht in die Bibliothek und sagst Glorias Vater Guten Tag?«

Sie führt mich auf eine offene Tür zu und ruft: »Fredrick, darf ich dir John vorstellen? Er ist hier, um Gloria zu dem Basketballspiel abzuholen.« Sie gibt mir einen kleinen Schubs durch den Türrahmen und flüstert: »Ich backe gerade Ingwerplätzchen. Sie sind jeden Moment fertig. Ich werde sie dann gleich hereinbringen.«

Die sanfte Hand von Mrs Halleluja schiebt mich in die Bibliothek. Der Raum ist voll von Regalen, die bis oben hin mit Büchern bestückt sind. Einige der Bücher sind in Leder gebunden und das Zimmer riecht nach altem Holz und Leder. Im Kamin flackert ein fröhliches Feuer.

Ein massiger Mann mit breiten Schultern und kräftigen, angenehmen Gesichtszügen erhebt sich von seinem Schreibtisch, als ich den Raum betrete. Er hat ein ausgeprägtes Kinn und eine unglaublich beeindruckende Stirn. Beides sieht so aus, als würde es zu dem Felsen von Mount Rushmore gehören und müsste dort zwischen den Gesichtszügen von Theodore Roosevelt und Abraham Lincoln eingemeißelt werden. »Aha«, sagt er, während er den Schreibtisch umrundet und raschen Schritts auf mich zukommt. »Du bist also der junge Mann, von dem ich schon so viel gehört habe.«

Meine Hand wird von einem starken, warmen Schraubstock gepackt. Meine Finger werden zusammengepresst, als ob jemand versuchen würde Orangensaft aus ihnen herauszuwringen. Mein rechter Arm wird so heftig auf- und abgeschüttelt, dass er fast von meinem Körper gerissen wird und sich gerade noch mit zwei oder drei hartnäckigen Sehnen an die Schulter klammern kann. »Wie geht es dir? John, so heißt du doch, nicht wahr? Wie geht es dir, John?«

»Prima, Sir.« Sie haben zwar gerade mein Knochengerüst durcheinander geworfen und neu zusammengesetzt, aber ich freue mich trotzdem Sie kennen zu lernen.

»Du muss mich nicht mit Sir anreden. Mr Porter reicht völlig. Ach was soll's, nenn mich einfach Fred. Komm, wir setzen uns ans Feuer und beschnuppern uns mal ein bisschen. Mein kleines Entchen – ich wollte sagen, meine Gloria – hat mir erzählt, dass du ein Mathegenie bist.«

Sir. Mr Porter. Fred. Ich werde Ihnen gerne hinüber zum Kamin folgen, werde mich Ihnen gegenüber in diesen Ledersessel setzen und mich bemühen nicht Feuer zu fangen, aber lassen Sie mich zuerst eins klarstellen: Ich bin kein Mathegenie. Ich bin überhaupt kein Genie. »Nein, Sir. Mathe fällt mir wirklich schwer.«

»Bescheiden, was? Das gefällt mir. Aber meine Gloria hat mir erzählt, dass du eure Lehrerin korrigiert hast. Sie sagt auch, dass du ein Sportler bist. Fußball, nicht wahr?«

Ich nicke nicht, Mr Porter. Das würde bedeuten eine Lüge zu bestätigen. Ich bewege lediglich meinen Kopf vor und zurück und das auch nur, weil ich befürchte, dass mein Haar angesengt werden könnte.

»Ehrlich gesagt, weiß ich nicht viel über Fußball. Mein Spiel war American Football. Ich war ein Offensivspieler. Weißt du, wie mein Spitzname lautete?«

»Nein, Sir.«

»Bulldozer. Weißt du, warum man mir diesen Spitznamen gegeben hat?«

»Nein, Sir.«

»Weil ich die Leute immer über den Haufen gerannt habe. Sie zerquetscht habe. Sie förmlich zerstört habe. Nun, das war Teil des Spiels.«

Sie müssen sich nicht vor mir rechtfertigen, Sir. Ich mache Ihnen keinen Vorwurf. Zweifellos war es Ihr gutes Recht, das Spielfeld mit den platt gedrückten Leichen Ihrer Gegner zu pflastern.

»Genug vom Football, John. Lass uns mal über etwas Ernsthafteres sprechen. Läufst du Rennen?«

»Nein, Sir.«

»Ich auch nicht, John. Aber ich will dir mal was sagen.« Warum lehnen Sie sich plötzlich nach vorne, Sir? Ich kann sie sehr gut hören. Warum legen Sie jetzt Ihre ziemlich große Pranke auf meine recht zierliche Schulter? »Es ist kein Rennen, John. Verstehst du, was ich damit meine?«

Ich versuche Ihnen zu folgen, Mr Bulldozer, Sir, mit jeder einzelnen der kleinen grauen Zellen, die meinem Kommando unterstehen, aber irgendwie habe ich den Anschluss verloren.

»Ähm . . . nicht wirklich. Was ist kein Rennen?«

Warum senken Sie ihre Stimme zu einem Flüstern? Zittert etwa Ihr Kinn? Will es mich niederknüppeln – oder ist das nur meine Einbildung?

»Ich will offen mit dir sein, John. Ich weiß, du und Gloria, ihr seid jung und habt Hummeln im Hintern. Verdammt, ich bin ja selbst noch nicht so alt. Ich weiß noch sehr gut, wie das ist. Der alte Bulldozer war in seiner Jugend eine ziemlich heiße Maschine. Aber weißt du, John, es ist wirklich kein Rennen.«

»Nein, Sir, ich meine, ja, Sir, ist es nicht, Sir.« Ich habe immer noch keinen blassen Schimmer, wovon um alles in der Welt Sie da reden, aber ich bin mir sicher, dass Sie hundertprozentig Recht haben.

»Ihr habt viel Zeit, John. Ihr müsst viele Runden laufen.«

»Ja, Sir.«

»Denn um ehrlich zu sein, wenn ich merken würde, dass jemand die Unschuld meiner kleinen Ente ausnutzen würde, nun, dann . . . dann . . .« Mr Porter, jetzt sieht Ihr Gesicht nicht mehr so aus wie die ehrwürdigen Mienen von Mount Rushmore. Jetzt wirkt es eher, als gehöre es in die FBI-Akten der Männer, die am ehesten verdächtigt werden ein Verbrechen gegen die Menschlichkeit zu begehen. Und der Griff Ihrer Hand auf meiner Schulter wird so fest, dass ich befürchte mein Leben lang mit dem Abdruck Ihrer Finger gezeichnet zu sein.

»Dad?« Glory Halleluja taucht im Türrahmen auf. Sie trägt sehr enge schwarze Hosen und eine seidige blaue Bluse, die die Kurven ihres jungen und gut entwickelten Körpers unterstreicht. Wären wir nicht in Anwesenheit ihres Vaters, des menschlichen Bulldozers, und hätte er mich nicht mit einem Vulkanischen Todesgriff gepackt, würde ich ihre Erscheinung als außerordentlich sexy bezeichnen. So wie die Dinge stehen, beschränke ich mich darauf zu sagen, dass meine Verabredung für den heutigen Abend einfach reizend aussieht.

»Ah . . . mein kleines Entchen.« Mr Halleluja knipst das Lächeln in seinem Gesicht wieder an und entlässt mich aus dem Schraubstock.

»Ich habe dir doch gesagt, dass du mich nicht so nennen sollst«, sagt Gloria.

»Ist sie nicht süß?«, sagt Mr Halleluja zu mir und zwinkert mir zu. »John und ich haben uns gerade ein bisschen kennen gelernt.«

Ich entferne mich einen Schritt von Mr Halleluja und werfe einen Blick auf meine Armbanduhr. »Wir sollten jetzt besser gehen. Wir wollen doch nicht den Anpfiff verpassen, nicht wahr?«

Glory Halleluja geht auf mich zu, umschlingt mit ihren Fingern meine Hand, wirft ihrem Vater einen Blick zu, den ich noch nicht einmal im Ansatz verstehe, und dann tritt sie zu meiner Überraschung noch näher an mich heran und küsst mich auf die Wange. »John«, sagt sie, »du siehst gut aus. Hmmm, und du riechst gut.«

Mr Hallelujas Gesicht nimmt eine ungewöhnliche Röte an. Es ist der Farbton eines Vulkans, der versucht nicht auszubrechen, indem er große Mengen geschmolzener Lava herunterschluckt. »John«, grollt er, »denk daran, worüber wir gesprochen haben ...«

Ich würde mich ja gerne weiter mit Ihnen unterhalten, Mr Halleluja, aber wie Sie sehen, werde ich in Richtung Ausgang gezogen, und zwar von Ihrem kleinen Enten-Töchterchen, deren federleichte Finger ein weitaus angenehmeres Gefühl auf der Haut hinterlassen als Ihr Todesgriff. Also: *Hasta la vista.*

Aber Mr Halleluja gibt sich noch nicht geschlagen. Er folgt uns und stammelt unzusammenhängend. »Über das Rennen ... und die Dinge, die man nicht überstürzen soll ... Du willst doch nicht einen Fehler begehen, der dich in so jungen Jahren zum Krüppel machen würde?«

Mrs Halleluja taucht von der anderen Seite auf. »Ingwerplätzchen, heiß und knusprig«, trällert sie und steckt mir etwas Kleines und Köstliches in den Mund.

Während das süße Gebäck auf meiner Zunge schmilzt und mir Mr Hallelujas verschleierte Drohungen in den Ohren klingen, verlassen Gloria und ich die Ponderosa und machen uns durch die herbstliche Dunkelheit auf den Weg in Richtung unserer Anti-Schule.

13 Mein großer Abend

»Danke, dass du meine Eltern ertragen hast«, sagt Gloria, als wir Hand in Hand die Elm Street entlanggehen.

»Sie sind echt nett«, sage ich.

»Sei froh, dass du nicht mit ihnen zusammenleben musst«, erwidert sie. »Sie sind total durchgeknallt.«

Gloria, ich fürchte, dir fehlt die Erfahrung, um das wahre Ausmaß an möglicher elterlicher Durchgeknalltheit zu beurteilen. Wenn du dich entschließen würdest zu mir nach Hause zu kommen, das kein Zuhause ist, und einige Stunden mit dem Mann, der nicht mein Vater ist, zu verbringen, würdest du deine Meinung über deine Mutter und deinen Vater wahrscheinlich noch einmal überdenken. »Euer Haus ist auch sehr nett«, sage ich zu ihr.

»Es ist ganz in Ordnung«, sagt sie. »Mindy Fairchilds Haus ist viel größer.«

In diesem Moment ertönt ganz in der Nähe ein lautes, grimmiges Grollen, wie das Donnern einer Haubitze, und hallt an den Hauswänden wider. Gloria duckt sich instinktiv und packt meine Hand fester. »Du liebe Güte, was war denn das?«

Ich möchte ihr eigentlich nicht sagen, dass es sich für mich so angehört hat wie das frustrierte Brüllen eines sibirischen Walrossbullen, der in der Paarungszeit von allen Kühen seiner Herde zurückgewiesen wurde und die letzten paar Tage damit verbracht hat, in zorniger Einsamkeit seine Stoßzähne an den Eisschollen zu wetzen. Ich beschließe Gloria diese Vermutung nicht mitzuteilen. Ich beschließe ebenfalls nicht zu sagen, dass es Billy Banane sein könnte, mein Freund, der kein Freund ist, der uns durch die Dunkelheit verfolgt. Ich möchte sie nicht durch den Gedanken beunruhigen, dass wir möglicherweise von einem überführten Frühlingsrollendieb verfolgt werden. »Vielleicht ein hungriges Eichhörnchen«, sage ich stattdessen.

»Eichhörnchen brüllen nicht«, sagt sie, und selbst als laienhafter Kenner der Natur fällt es mir schwer, ihr zu widersprechen. Sie späht nervös durch die Dunkelheit. »Komm schon, was glaubst du wirklich, was es war?«

Wenn sich die Lashasa Palulu dem Problem gegenübersehen, die weiblichen Mitglieder des Stammes über eine unangenehme Situation zu informieren – etwa über einen bevorstehenden Angriff von riesengroßen und unbesiegbaren Kannibalenkriegern –, haben sie es sich zur Gewohnheit gemacht, ihnen die schlechte Nachricht in kleinen und weniger bedrohlichen Häppchen zu servieren. »Wir werden bald Gesellschaft bekommen, meine Liebe«, sagt etwa ein Lashasakrieger zu seiner Frau. »Sehr hungrige Gesellschaft. Möglicherweise wird es zu einem Festmahl kommen, wie wir es danach nie wieder erleben werden.«

Diese Methode wende ich nun auch bei Gloria an. »Du weißt ja, dass man bei Freunden nie ganz sicher sein kann, wann sie bei dir auftauchen. Sie stehen oft unangemeldet vor der Tür. Das ist ja das Tolle an ihnen«, sage ich.

»Was willst du denn damit sagen?«, fragt sie und forscht weiter in der Dunkelheit nach Raubtieren.

»Nur dass wir möglicherweise beim Spiel einige meiner Freunde treffen könnten«, fahre ich fort. »So wie wir ja vielleicht auch ein paar von deinen Freunden begegnen.«

»Mindy Fairchild wird da sein«, sagt sie. »Aber wenn sie denkt, dass wir uns neben sie setzen, hat sie sich getäuscht.«

»Es ist sogar denkbar, dass wir schon auf dem Weg zum Spiel ein paar meiner Freunde treffen«, sage ich sanft und drücke beruhigend ihre Hand. »Freunde, die einige Probleme haben und deshalb unter Umständen etwas seltsam wirken könnten.« Gloria starrt mich an – vielleicht hält sie mich langsam für ebenso durchgeknallt wie ihre Eltern. »Gloria, hast du schon jemals erlebt, dass einer deiner Freunde aus der Schule – oder sogar jemand, mit dem du gar nicht eng befreundet bist – eifersüchtig auf dich war?«, frage ich.

Sie entspannt sich – offenbar habe ich einen Punkt getroffen, über den sie gerne sprechen möchte. »Oh, aber sicher. Ist das nicht furchtbar?«, sagt sie, als ob ihr das jeden Tag passieren würde. »Kim Smallwood ist so neidisch auf meine Haare, dass sie versucht, sie bis auf das letzte Strähnchen und bis in die Spitzen der Wellen zu kopieren. Ich kann ja auch nichts dafür, dass mein Haar von Natur aus blond und füllig ist und ihres dagegen platt wie Angelschnur. Und Julie Moskowitz hat sich genau den gleichen Minirock gekauft wie ich, aber bei ihren Knien sollte sie besser daran denken, sie zu verhüllen anstatt sie zur Schau zu stellen. Und Yuki Kaguchi hat sich bei mir die Farbe ihres Lippenstifts abgeguckt und behauptet jetzt, sie hätte ihn zuerst getragen, aber jeder weiß, dass sie eine Schwindlerin ist.«

Ich bemühe mich mit dieser Aufzählung von Verbrechen und Gemeinheiten Schritt zu halten, die meiner Geliebten von ihren eifersüchtigen Freundinnen zugefügt wurden, aber ich gebe zu, dass sich mein Kopf dreht.

»Aber das Schlimmste von allem«, erzählt Gloria weiter und kommt jetzt richtig in Fahrt, »ist, dass Mindy Fairchild überall herumerzählt, ich sei neidisch auf sie, weil ihr Vater mehr Geld verdient als meiner und sie in einem größeren Haus auf einem größeren Grundstück leben und Mr Fairchild ein neues *Lexus Coupé* mit Kalbsledersitzen fährt und eine Stereoanlage besitzt, die ein Vermögen gekostet hat. Kannst du dir das vorstellen? Als ob mir das etwas bedeuten würde!«

»Warum sollte es das?«, stimme ich zu. »Geld ist doch gar nicht so wichtig.«

»Völlig richtig. Ihr Vater verdient auch gar nicht viel mehr als meiner«, sagt Gloria. »Sie ist nur sauer auf mich, weil Luke mich lieber mag als sie, und wenn wir zusammen in den Stall kommen, läuft er immer zuerst zu mir und schmust mit mir, auch wenn sie versucht ihn mit einem Apfel in der Tasche anzulocken, das macht sie immer, aber es nutzt nichts, weil Tiere nun einmal genau wissen, wie Menschen wirklich sind.«

Glory Halleluja ist voll von gerechtem Zorn. Ich bleibe still, fühle ihre zarte Hand in meiner und denke mir, wie viel Glück ich doch habe, dass ich hier neben ihr laufen darf. »In Wahrheit glaube ich«, sagt sie jetzt, »dass ihr Haus gar nicht so toll ist – groß und teuer, ja, aber die Farbe ist doch zum Kotzen, und außerdem haben sie Ratten im Keller, richtige Ratten, so groß wie kleine Hunde! Da möchte ich wirklich nicht wohnen. Und dieser neue *Lexus* ist mir so was von egal, obwohl sie mich ruhig öfter mitnehmen könnte, aber sie ist ja immer so schnell eingeschnappt, weil Luke ihr kein Küsschen gibt. Und ich glaube fast, sie hat Mundgeruch, nur traut sich keiner ihr das zu sagen.«

Wir sind jetzt fast bei unserer Schule, die keine Schule ist, angekommen. Autos biegen auf die beiden Parkplätze ein und dutzende von Schülern strömen dem großen Tor entgegen. Ich bin auf meinen großen Auftritt im Glanze Glory Hallelujas vorbereitet. Dies ist ein bedeutender Augenblick in meinem bisher erbärmlichen Leben, das kein Leben ist. Glory Halleluja wird in ihren engen schwarzen Hosen und ihrer blauen Seidenbluse selbstredend die Königin des Balls sein, vielmehr die Königin des Basketballs. Ich möchte wirklich nichts gegen die charmante Weiblichkeit meiner Schulkameradinnen sagen, die sich ohne Frage die größte Mühe gegeben haben, um sich für diesen Abend herauszuputzen, aber im Vergleich zu der Elfe an meiner Seite sehen sie alle aus wie eine Herde Yaks.

All die närrischen und hochmütigen Richter, die über die Fragen des Geschmacks und die Skala der Beliebtheit eines Schülers an unserer Anti-Schule entscheiden, werden nun begreifen, dass sie bislang eine ganz besondere Person übersehen haben. Ohne Zweifel werden sie in der Halbzeit bei mir Schlange stehen und sich für ihre Grobheit und ihre Kurzsichtigkeit in der Vergangenheit entschuldigen. Während wir auf den Haupteingang zusteuern, überlege ich mir, ob ich ihnen vergeben soll.

Glory Halleluja lässt meine Hand los. »Den ÖZZ-Kram brauchen wir wohl nicht«, sagt sie.

»ÖZZ?«, wiederhole ich verblüfft, während meine Hand nur noch leere Luft greift.

»Öffentliche Zurschaustellung von Zuneigung. Ich meine, wir wollen doch nicht, dass die Leute glauben, dass wir . . . na, du weißt schon, zusammen gehen und, na ja, ein Paar sind, bloß weil wir zusammen zu einem dämlichen Basketballspiel gehen. Stimmt's?«

»Stimmt«, sage ich.

»Die Leute sind so dumm. Die glauben, dass Dinge, die nicht wahr sind, doch wahr sind, und sie reden darüber, als ob sie wahr wären, und aus irgendeinem Grund können sie dann doch wahr werden, obwohl sie nicht wahr sind. Weißt du, was ich meine?«

Ich schaue mein Mädchen an, dass offenbar gar nicht mein Mädchen ist, und nicke, obwohl ich nicht ein einziges Wort ihres Gefasels verstanden habe. Aber ich habe begriffen, dass das Konstrukt ihres eleganten, pseudo-intellektuellen Gedankengangs mir meinen großen Auftritt ruiniert. »Du hast völlig Recht«, sage ich. »Ich habe oft dasselbe gedacht, es aber noch nie in Worte gefasst.«

Und dann reißt uns die menschliche Flut von Schülern und ihren Familien mit und trägt uns durch Korridore und über Stufen hinab zu unserer alten Anti-Schul-Turnhalle. Mehrere Male während dieser Prozession werde ich von hinten so fest gestoßen, dass ich ins Stolpern gerate. Jedes Mal, wenn das passiert, glaube ich ein leises, spöttisches Lachen zu hören – genau die Art Gelächter, das man von einem eifersüchtigen Geisteskranken erwarten würde.

Aber wenn ich mich dann schnell umdrehe und erwarte, das vertraute Gesicht mit der unübersehbaren Nase zu erblicken, erkenne ich niemanden, den ich für den Stoß verantwortlich machen kann. Entweder hat Billy Banane seit der Verfolgung durch den Wong-Chong-Koch seine Fluchttechnik grundlegend verbessert oder aber ich leide bereits an paranoiden Wahnvorstellungen, was eigentlich ganz verständlich wäre, wenn man bedenkt, dass ich ein Mädchen, das nicht mein Mädchen ist, in eine Schule, die keine Schule ist, zu einem Basketballspiel begleite, das sich wahrscheinlich nicht als Basketballspiel erweisen wird.

Es wird kein Basketballspiel sein, weil unser Team, die *Freundlichen Biber,* gegen das beste Schulteam dieses Bundesstaates antreten muss, gegen die *Säbelzahntiger* von Fremont Valley.

Wir erreichen die alte Anti-Schul-Turnhalle. Eine große amerikanische Flagge hängt in der Mitte des Spielfeldes von der Stahlkonstruktion an der Decke herunter. Auf der Holztribüne sitzen bereits zahlreiche hoffnungsvolle Biberfreunde und treue Säbelzahntigeranhänger. »Denk dran, wir werden uns unter gar keinen Umständen zu Mindy Fairchild setzen«, schärft mir Gloria ein und lässt ihren Blick über die Menge wandern.

Wir gehen an einigen Leuten vorbei, die ich kenne. Die Wilde Violet kommt uns entgegen. Ihre Augen springen von mir zu Gloria und wieder zu mir. Eine Sekunde lang begegnen sich unsere Blicke. Warum schaust du mich so an, Wilde Violet? Sie gibt keine Antwort. Irgendetwas muss ihre Aufmerksamkeit abgelenkt haben, denn plötzlich macht sie einen Schlenker und stößt mit einer solchen Wucht mit Gloria zusammen, dass sie meine hübsche Verabredung in einer Art Hockey-Check fast von den Beinen fegt. »Entschuldigung«, sagt die Wilde Violet. »Trampel«, murmelt Gloria im Weitergehen.

Wir kommen an Mrs Mondgesicht vorbei, die eine alte Highschool-Jacke trägt, die vermutlich aus ihrer eigenen Schulzeit an dieser Anti-Schule stammt. Sie sitzt alleine da. Im Matheunterricht verbreitet Mrs Mondgesicht Angst und Schrecken, aber hier, ganz allein auf der Tribüne, hat sie etwas Mitleid Erregendes an sich. Als wir an ihr vorbeigehen, schicke ich ihr auf telepathischem Weg ein Gedicht, das ich aus dem Stegreif zusammenreime.

> *Mrs Mondgesicht, schauen Sie mal,*
> *ich, der ich nichts weiß über Algebra*
> *und noch weniger über Tangente und Hypotenuse,*
> *bin hier mit meiner Muse.*

> *Während Sie, Mrs Mondgesicht, das Mathegenie,*
> *die alles weiß über Geometrie*
> *und plus und minus bestens kennt,*
> *als einsamer Biber hier sitzt und flennt.*

> *Denn wenn's darum geht, in der Liebe zu siegen,*
> *hilft alle Mathematik nicht, um einen zu kriegen.*

Mrs Mondgesicht reagiert nicht auf meine Verse, denn sie braucht ihre ganze Energie für ihr Bemühen, nicht traurig und einsam auszusehen. In ihrem Schoß liegt eine Zeitschrift und um ihren Hals hängt ein Fotoapparat. Sie blickt immer wieder zur Tür, als ob sie jeden Moment erwartet einen gut aussehenden Mann namens Jacques mit einem Tablett voller belegter Brötchen eintreten zu sehen, der Clark Gable zu seinem Platz neben dem ihren eskortiert.

Mrs Mondgesicht, ich möchte nicht grausam erscheinen, aber es gibt hier im Umkreis von hundert Kilometern keine gut aussehenden Männer namens Jacques, und das Einzige, was heute Abend serviert wird, sind Hotdogs und Fischburger, die vom örtlichen Gesangsverein verkauft werden. Und die Chancen, dass Clark Gable als Ihr Begleiter auftaucht, stünden selbst dann weniger als eins zu einer Milliarde, wenn er noch am Leben wäre, was allerdings unbestritten nicht der Fall ist.

In der Zwischenzeit zerrt mich Glory Halleluja mit festem Griff vorwärts. Ihre Augen suchen eifrig die Reihen der Tribüne ab. »Sie müssten eigentlich mitten in der Biber-Fangemeinde sitzen. Man weiß immer, wo man Mindy suchen muss. Oh mein Gott, da ist Yuki Kaguchi! Und schau dir das an, sie trägt den gleichen Eyeliner wie ich. Diese kleine Diebin! Und da ist Julie Moskowitz. Wie ich sehe, hat sie wenigstens heute ihre dürren Beine verhüllt. Kluge Entscheidung.«

Panik schleicht sich in Glorias sonst so musikalische Stimme ein, während sie weiterhin die Turnhalle absucht. »Aber ich kann Mindy Fairchild nirgends sehen. Vielleicht sitzt sie zu Hause und macht ihre Englischhausaufgaben, zusammen mit Toby Walsh. Was mir nicht das Geringste ausmacht, denn Toby ist meiner Meinung nach genauso ein Verlierer wie sie selbst, und selbst wenn die beiden da wären, würden wir uns ganz bestimmt nicht zu ihnen setzen.«

Das beruhigt mich ungemein. Toby Walsh ist nämlich der bestaussehende Spieler unseres Footballteams, und ich habe nicht vor mich in seiner Nähe aufzuhalten, wo die zehn Millionen Watt seiner Flutlichtstrahler die wenigen, schwachen Volt meiner kleinen Leuchte zum Verlöschen bringen würden.

Die beiden Mannschaften kommen aufs Feld und beginnen sich aufzuwärmen. Das Publikum jubelt, während die *Freundlichen Biber* ein paar glanzlose Turnübungen aufs Parkett legen und die *Säbelzahntiger* einen Ball nach dem anderen mit einer solchen Energie im Korb versenken, dass der Metallrahmen zu bersten droht. Es wäre eigentlich an der Zeit, sich hinzusetzen, aber Gloria läuft mit unverminderter Geschwindigkeit weiter.

Zehn Reihen weiter oben sehe ich Mr Steenwilly sitzen, der seinen Arm um eine nett aussehende Frau mit langen roten Haaren und grünen Augen gelegt hat. Das muss Mrs Steenwilly sein. Er sieht Gloria und mich vorbeigehen und zeigt auf uns, während er Mrs Steenwilly etwas zuflüstert.

Ich weiß genau, was Sie jetzt denken, Mr Steenwilly. Sie glauben immer noch, dass wir Seelenverwandte sind. Sie glauben, dass Sie mich verstehen und dass ich Glory Halleluja gerade davon überzeugt habe, dass sie mit mir den Hauptgewinn gezogen hat, genauso, wie Sie es offenbar einst mit jener liebreizenden Dame an Ihrer Seite getan haben. Sie glauben daher, dass ich eine erfolgreiche junge Kopie des alten Arthur Flemingham Steenwilly sei, und diese Vorstellung gefällt Ihnen sichtlich.

Aber die Wahrheit, Mr Steenwilly, ist eine andere: Sie kennen mich ebenso wenig, wie Sie den alten Adam kennen, wer immer das gewesen sein mag. Sie kennen mich ganz und gar nicht. Und das Einzige, was ich Ihnen über mich verraten werde, Mr Steenwilly, ist die Tatsache, dass wir beide nicht das Geringste gemein haben. Sie sind ein talentierter Mann, dem Großes vorherbestimmt ist und der sich vorübergehend auf einem zum Scheitern verurteilten Kreuzzug befindet mit dem Ziel, unsere Anti-Schule zu erleuchten.

Und ich bin ein Schiffbrüchiger, der sich an ein Floß klammert, das sich langsam in seine Bestandteile auflöst, während unter mir hungrige Haie ihre Kreise ziehen und Seesterne mit jedem ihrer fünf Arme schon die Messer wetzen. Also warum drehen Sie sich nicht wieder zu Mrs Steenwilly und blicken tief in ihre erstaunlich grünen Augen, anstatt mir zuzuwinken und mich mit diesem großen, vertrottelten Lächeln unter Ihrem dünnen Schnurrbart anzustarren?

Glorias Kopf hört abrupt auf, sich hin und her zu drehen. »*Da sind sie, direkt neben den Fans der* Säbelzahntiger!«, sagt Gloria. »Sie sind natürlich viel zu cool, um bei den anderen Schülern ihrer eigenen Schule zu sitzen. Das war ja zu erwarten. Komm schon.«

»Ich dachte, wir wollten uns nicht zu ihnen setzen«, sage ich und bemühe mich mit ihr Schritt zu halten. Wieder schleicht sich die Vermutung ein, dass Gloria möglicherweise doch eine Ziege sein könnte, denn die Art, wie sie von einem Podest der Tribüne auf das nächste springt, erinnert stark an den Aufstieg einer Gämse.

Wir erreichen die Reihe, wo Mindy Fairchild und Toby Walsh sitzen. Mindy ist ein sehr hübsches, dunkelhaariges Mädchen, das ich nicht besonders gut kenne, weil wir keinen Kurs gemeinsam haben und sie im Übrigen ganz oben auf der sozialen Leiter unserer Anti-Schule steht, während ich noch unter dem Steinblock sitze, auf dem die Leiter steht. Ihr Begleiter, Toby Walsh, ist nicht nur der beste Sportler an unserer Anti-Schule – seine breiten Schultern, die denen eines Preisbullen ähneln, der tropische Regenwald seiner braunen Locken und sein gutmütiges und schalkhaftes Lächeln machen ihn zu einem heißen Kandidaten für zukünftige Präsidentschaftswahlen oder zahlreiche Oscar-Nominierungen, wenn er nicht gerade zu beschäftigt ist, jeden einzelnen Footballstar unseres Kontinents an Ruhm und Ehre zu übertreffen.

Gloria macht direkt vor ihnen Halt. Sie stemmt mit einer übertrieben dramatischen Geste die Hände in die Hüften. »Ich habe mich schon gefragt, ob ihr überhaupt kommen würdet«, sagt sie zu Mindy, als hätte diese sie mit einem billigen Trick hereingelegt. »Wovon redest du?«, fragt Mindy kühl. »Wir sitzen hier schon seit zwanzig Minuten. Du bist diejenige, die sich verspätet hat.« Das entspricht so völlig der Wahrheit, dass Gloria sich gezwungen sieht die Richtung zu wechseln. »Nun, ich habe mich noch mit Luke beschäftigt«, sagt sie. »Einige von uns stehen schließlich zu ihren Verpflichtungen. Einige von uns kümmern sich liebevoll um die Tiere, die auf uns angewiesen sind, uns brauchen und uns lieben.«

»Was bringt dich auf den Gedanken, dass ich heute Abend nicht genau das getan habe?«, fragt Mindy lächelnd und lehnt ihren Kopf an die mächtige Wand von Tobys Schulter. Als würde er einem geheimen Befehl folgen, legt er den Arm um sie. Sie sind wirklich ein schönes Paar.

Plötzlich fühle ich, wie Glorias Hand in meine gleitet. Und ich habe mit einem Mal das unbestimmte Gefühl, dass sich die ganze Seite ihres Körpers fest an mich presst. Der Oberste Gerichtshof hat offenbar die ÖZZ-Sperre aufgehoben, ohne mich davon in Kenntnis zu setzen.

Gloria setzt sich neben Mindy auf die Holzbank und zieht mich zu sich. Es ist schon erstaunlich, durch welch seltsame Fügung jemand, der mehrmals seine Absicht kundgetan hat, nicht neben Mindy Fairchild sitzen zu wollen, genau auf diesem angeblich so verabscheuten Platz landen konnte. Um die Wahrheit zu sagen, sie sitzt förmlich auf Mindy und sie kommt auch Toby reichlich nahe, den sie ununterbrochen anlächelt, zweifellos nur aus Freundschaft und ganz unschuldig.

»Vielleicht hast du es vergessen«, sagt Gloria zu Mindy, »aber freitags ist doch der Tag, an dem sich die Besitzer besonders viel Zeit für die Tiere nehmen sollen. Aber mach dir keine Sorgen, Luke und ich hatten heute Nachmittag unglaublich viel Spaß miteinander. Du weißt doch, wie einsam er sich fühlt, wenn ich nicht da bin. Ich habe ihn so lange gebürstet, bis er diesen glücklichen Ton tief in seiner Kehle gemacht hat. Und ich habe ihm Leckereien mitgebracht. Die hat er direkt aus meiner Hand gefressen.«

Mindy rollt mit den Augen und zuckt leicht mit den Schultern, als wolle sie sagen: »Verschone mich doch mit diesem Luke-Quatsch!«

Toby scheint etwas verwirrt zu sein. Er schaut mich an. »Bist du Luke?«

»Nein«, sage ich. »Ich bin John. Luke ist ein Pferd.« Ich überlege mir, ob ich noch hinzufügen soll, dass Gloria mich nicht bürstet und mich auch nicht mit Leckereien füttert, aber was nicht ist, kann ja noch werden, und am heutigen Abend möchte ich gar nichts ausschließen.

»Luke ist *unser* Pferd«, sagt Mindy zu ihrem breitschultrigen Begleiter. »Gloria und mir gehört jeweils die Hälfte.«

»Ja, und eigentlich sollen wir uns beide gleichermaßen um ihn kümmern«, sagt Gloria. »Aber wahrscheinlich haben einige Leute Wichtigeres zu tun. Aber keine Sorge. Ich habe ihn gefüttert und von oben bis unten gebürstet, von den Spitzen seiner Ohren bis hinunter zu seinen Füßen, und jetzt glänzt er wunderschön.«

In diesem Moment vernehme ich hinter mir eine vertraute Stimme, die sich mit unbeirrbarer Autorität Gehör verschafft. »Pferde haben keine Füße. Sie haben Hufe.«

Ich drehe mich um und sehe Andy Pearce und Billy Banane hinter uns auf der Tribüne stehen.

»Was weißt du schon über Pferdefüße?«, fragt Gloria. Aber in Wirklichkeit lautet ihre Frage: »Wer bist du denn, du erbärmlicher kleiner Besserwisser? Und wer ist dieser komische Vogel neben dir, der mit dem langen Schnabel? Leben wir tatsächlich auf demselben Planeten oder ist dies nur ein böser Traum, und wenn ich aufwache, werdet ihr euch in Luft auflösen, so wie es sich gehört?«

»Ich weiß, dass Pferde Hufe haben und keine Füße«, sagt Andy Pearce. »Hast du noch nie von Hufeisen gehört? Man nennt die Dinger Hufeisen und nicht Fußeisen.«

Gloria ist klug genug sich über diesen Punkt nicht zu streiten, aber sie wirft Andy einen Blick zu, als ob sie ihn durch bloße Willenskraft und einem Zwinkern ihrer Augen verschwinden lassen wollte.

Andy Pearce verschwindet nicht. Er dreht sich zu mir um. »John, warum sitzt du nicht bei deinen Freunden?«

Billy Banane tritt vor. »Weil wir nicht seine Freunde sind, Andy. Nicht mehr.«

»Ganz egal, wer ihr seid. Setzt euch doch einfach hin«, schlägt Toby vor. »Das Spiel fängt gleich an.«

»Gestattet mir mich vorzustellen«, sagt Billy Banane und verschlingt Gloria mit dem gleichen hungrigen Blick, mit dem er die kochend heißen chinesischen Vorspeisen gemustert hat. »Mein Name ist Bill Beanman. Meine Eltern haben mich William genannt, aber meine Freunde nennen mich Billy oder Bill. Bis auf meine Tante, die nennt mich Willy.«

»Wenn du mir nicht gleich aus der Sicht gehst, werde ich dich an deinem Willy aus dem Weg ziehen«, knurrt Toby.

Billy Banane setzt sich schnell hin, hört aber nicht auf zu reden. Er spricht Gloria jetzt direkt an. »Wir sitzen in Mathe nebeneinander. Vielleicht bin ich dir aufgefallen.«

Gloria lässt sich nicht zu einer Antwort herab, aber ihre Gedanken lassen sich an ihrem Gesicht ablesen. »Wenn du ein Nagelhäutchen wärst und ich eine Schere hätte, würde ich dich abschneiden, wegschnippen und keinen Gedanken mehr an dich verschwenden.«

»Vielleicht hast du auch von der Rede gehört, die ich bei der Versammlung der Schülervertreter gehalten habe, über meine Idee, das Angebot in der Cafeteria um Grapefruitsaft zu erweitern«, fährt Billy Banane fort. »Sie wurde auf der Rückseite der *Bibernachrichten* abgedruckt.«

Ich befürchte, dass Billy Banane sich anschickt seine gesamten Heldentaten als Schülervertreter aufzuzählen, aber in diesem Moment erschüttert ein tiefer Gong die Turnhalle und die Menge kommentiert die ersten Spielzüge mit begeistertem Gebrüll. Der Mittelfeldspieler der *Säbelzahntiger,* der wie eine Giraffe auf Stelzen aussieht, muss sich kaum bewegen, um seinem Mitspieler den Ball zuzuwerfen, der um die gesamte Mannschaft der glücklosen *Biber* herumdribbelt und den Ball mit solcher Wucht im Korb versenkt, dass die Dielenbretter unter seinen Füßen ächzen.

»Vorwärts, *Tiger!*«, schreit ein großer und ziemlich rundlicher junger Mann, der fünf Reihen vor uns sitzt und eine große Kuhglocke in der Hand hält, die er über seinem Kopf wild hin- und herschwenkt.

»He, Pummelchen, halt dich zurück und leg die Glocke weg«, weist Toby ihn freundlich zurecht.

»Mach mal halblang. Du sitzt in unserem Bereich«, erwidert der korpulente Tigerfan.

»Ach ja? Und du sitzt in unserer Turnhalle«, erinnert ihn Toby.

»So? Und eure Mannschaft sind echte Verlierer.«

»Ach wirklich? Und du bist fett und deine Freundin ist hässlich.«

»Sag das noch mal.«

»Du bist fett und deine Freundin ist hässlich. Hast du irgendwelche Probleme?«

»*Du* hast gleich echte Probleme.«

Toby steht auf. Steigt fünf Reihen nach unten. Der Tigerfan versucht ebenfalls auf die Füße zu kommen, aber bevor er seine beträchtliche Masse vom Sitz emporhieven kann, hat Toby ihn schon am Kragen gepackt. Mit einer eleganten Dreh- und Schiebebewegung lässt Toby den großen Jungen wie eine Ein-Mann-Lawine die Tribüne hinabsegeln.

Leider hat der unterlegene Glöckner in einem Punkt Recht gehabt. Wir sitzen tatsächlich mitten unter Tigern. Schreie werden laut. »Habt ihr gesehen, was er mit Chris gemacht hat? *Auf ihn! Macht ihn alle und seine Freunde auch!*«

Ich hebe meine Hand. »Liebe Freunde«, sage ich und lege so viel Autorität in meine Stimme, dass die Turnhalle in Schweigen verharrt. »Denkt doch daran, warum wir hier sind. Dies ist kein Kampfeinsatz, sondern ein sportliches Ereignis. Ihr habt unsere Schule in aller Freundschaft betreten und wir heißen euch willkommen. Sind nicht der Biber und der Säbelzahntiger beide Kinder von Mutter Natur? Und wenn ich schon von Mutter Natur spreche, sei der Hinweis erlaubt, dass es bei den Lashasa Palulu, einem Stamm, der für seine Tapferkeit berühmt ist, nicht nur als unhöflich gilt bei einem Pelzballspiel mit einem rivalisierenden Stamm die Beherrschung zu verlieren, sondern geradezu als würdelos.«

Ich überlege mir tatsächlich, ob ich diese Rede halten soll, aber ich bekomme leider keine Gelegenheit dazu, denn rund um uns herum bricht die Hölle los. Ich versuche mich in meine Moleküle aufzulösen und im Holz der Tribüne zu versickern. Leider ist mir eine derartige Verschmelzung mit der polierten Oberfläche nicht möglich. Neben mir kreischt Mindy Fairchild und tritt nach der Begleiterin des gedemütigten Chris, die anscheinend beschlossen hat ihren Freund zu rächen, indem sie Mindys lange, schwarze Haare ausreißt. Gloria brüllt mir aus voller Kehle zu: »RETTE MICH, DU IDIOT! TU WAS!«

Etwa ein Dutzend Tigergläubige entern unsere Sitzreihe, wo Toby sich ihnen mit bemerkenswerter Opferbereitschaft entgegenwirft und sie wie einen Haufen Kegel umschmeißt. Trillerpfeifen schrillen. Polizeimützen werden sichtbar. Hektische Durchsagen über den Lautsprecher werden von dem unmittelbaren Geräusch schwerer Fäuste auf harten Kieferknochen übertönt und von dem Knacken von Knien, die Nasenbeine brechen.

Jeder versucht über jeden zu klettern. Angetrieben von einem Selbsterhaltungstrieb, der mir vielleicht von einem Sandwurm in meiner frühesten evolutionären Vergangenheit vererbt wurde, sinke ich auf die Knie, dann auf meinen Bauch, und tatsächlich – dort unten sehe ich Licht und Raum. Ich packe Glorias Hand. »Hier entlang. Kriechen.«

Wir schlittern auf unseren Bäuchen unter der brodelnden Masse ineinander verschlungener Körper hindurch und gleiten eine Eisenrampe hinab auf den Boden der Turnhalle. Doch wir sind noch immer nicht in Sicherheit, denn in einem fehlgeleiteten Anfall von Sicherheitswahn hat die Polizei die Eingangstüren blockiert und kommt nun in Angriffsformation auf die wütende Menge zu.

Aus dem Augenwinkel sehe ich, wie ein fleischiger Polizist Billy Banane am Genick packt und wegzerrt. Ich glaube fast, es ist derselbe Beamte, der Billy im Einkaufszentrum verhaftet hat. »Dieses Mal werden wir den Schlüssel wegwerfen«, höre ich ihn knurren.

»Ich will nicht verhaftet werden«, heult Gloria. »Mach doch was, du Idiot!« Anscheinend ist sie durch die Aufregung so durcheinander, dass sie den Ausdruck »Idiot« für einen Kosenamen hält.

Ich führe sie unter die Tribüne.

Der Raum ist dunkel und an den Wänden mit düsteren Metallkästen vergittert, in denen Kabelstränge, Seile, Spinnweben und verblasste Papierdekorationen von längst vergangenen Schulfesten hängen. Über uns schallt das Donnern des Aufruhrs.

Es ist nicht das erste Mal, dass ich unter der Tribüne Zuflucht suche. Bei mehr als einer besonders lästigen und schwierigen Sportstunde bin ich hier hineingeschlüpft. Und daher weiß ich, dass eine kleine und selten benutzte Tür an der anderen Wand zu einer Abstellkammer führt, die wiederum an ein kleines Hausmeisterbüro anschließt, von wo aus man schließlich in die Umkleidekabinen gelangt.

Nach zwei Minuten ist Gloria und mir die Flucht gelungen und wir entfernen uns von unserer Anti-Schule, gemeinsam mit einigen wenigen Glücklichen, die die Schlacht in der Turnhalle überlebt haben.

Es ist ein erregendes Gefühl. Polizeiautos und Mannschaftswagen rasen an uns vorbei. Sirenen schrillen. Einer dieser Transporter bringt jetzt wohl auch Billy Banane zu einem jener Hochsicherheitstrakte. Von Zeit zu Zeit weichen die Polizeiautos aus, um einem Krankenwagen die Durchfahrt zu ermöglichen.

Wir alle, die wir uns aus den Schultoren über die Wege und Straßen ergießen und nach Hause strömen, fühlen ein gemeinsames Band zwischen uns. Wir haben ein Massaker überlebt, von dem wir noch unseren Enkelkindern erzählen können. Drei Blocks von unserer Anti-Schule entfernt, gesellen sich unerwartet Mindy Fairchild und Toby Walsh zu uns. Sein Gesicht ist blutüberströmt und ein Stück seines Ohrs scheint abgerissen zu sein.

»Wie seid ihr da bloß rausgekommen?«, fragt Gloria.

»Als die Polizisten auf uns zukamen, um uns zu verhaften, ist Toby einfach durch eine Wand gelaufen«, gurrt Mindy bewundernd.

»Es war eigentlich nur eine Brettertür und ich habe mich nur etwas fester mit der Schulter dagegengelehnt«, berichtigt Toby sie bescheiden. »Wie habt ihr es denn geschafft?«

Bevor ich erklären kann, wie wir wie die Würmer auf unseren Bäuchen aus dem Tumult gekrochen sind, höre ich Gloria zu meiner großen Überraschung sagen: »John hat ein Fenster eingetreten und wir sind durch das zerbrochene Glas nach draußen geklettert.«

»Cool«, sagt Toby und klopft mir auf die Schulter. »Gut gemacht.«

»Ich habe nur getan, was nötig war«, murmele ich.

Mindy geht neben Gloria und die beiden beginnen zu tratschen, wer verhaftet wurde und wer die Nase gebrochen bekam.

Unvermittelt finde ich mich in der außergewöhnlichen Position an der Spitze unserer Gruppe, noch dazu mit Toby Walsh neben mir, dem beliebtesten Typen unserer Schule. »Und«, sagt er, »was ist? Gehst du mit Gloria?«

»Ja, ich denke schon«, sage ich mit gedämpftem Optimismus.

»Sie ist ziemlich hübsch.« Er wirft einen Blick zurück – unsere beiden Schönheiten sind außer Hörweite. »Und kommst du voran?«

Ich bin mir nicht ganz sicher, ob ich die Frage verstehe, und entschließe mich zu einer Antwort ohne zu antworten. »Nun, du weißt ja, wie das ist.«

»Nein, weiß ich nicht«, sagt Toby lachend. »Ich bin noch nie mit ihr zusammen gewesen. Um ehrlich zu sein, sie wollte mal was von mir, aber ich habe dankend abgelehnt.«

»Warum?«, frage ich.

»Na ja, sie ist zwar ganz süß und, was man so hört, auch ziemlich heiß, aber sie hat den Charakter einer Eiterbeule«, sagt Toby. »Und dann ist da noch ihr Vater.«

»Ich habe ihn heute Abend kennen gelernt«, sage ich. »Er scheint ganz in Ordnung zu sein.«

»Hast du gehört, was er mit Jerry Dickman gemacht hat?«

»Nein«, sage ich. »Wer ist Jerry Dickman?«

»Ihr Exfreund. Ihr Vater hat sie zusammen im Partykeller erwischt und hat Jerry fast den Kopf abgerissen.«

Die beiden Mädchen haben wieder zu uns aufgeschlossen.

»Okay, Toby«, sagt Mindy und legt ihren Arm um seine Taille. »Es wird Zeit, dass wir nach Hause gehen und dich zusammenflicken.«

»Ach was, der Kratzer am Ohr tut kaum noch weh«, sagt Toby. »Ich habe schon mit viel schlimmeren Verletzungen weitergespielt.«

»Toby, wie oft muss ich dir noch sagen, dass das Leben kein Footballspiel ist?«, fragt Mindy und zieht ihn noch etwas näher an sich heran. »Und was wäre so schlimm, wenn meine Wenigkeit dich mit ein bisschen Liebe und Fürsorge verarzten würde?«

Toby ändert abrupt seine Meinung. »Macht's gut, ihr zwei«, sagt er. »Hier müssen wir abbiegen.«

»Bis dann«, verabschiedet sich Gloria. »Ich muss John auch nach Hause bringen und ihn verarzten.«

Plötzlich stehen wir allein auf der Straße, nicht weit von Glorias Haus entfernt. »Ich glaube eigentlich gar nicht, dass ich irgendwo verletzt bin«, sage ich zu Gloria.

»Mir sind vorhin ein paar Kratzer aufgefallen«, sagt sie. »Die schauen wir uns besser mal aus der Nähe an. Außerdem schlafen meine Eltern längst. Komm mit rein, damit wir uns etwas besser kennen lernen können.«

Ich gebe zu, dass ich innerlich zerrissen bin, doch gleichzeitig muss ich bekennen, dass ich kein Verlangen habe wie Jerry Dickmann auch äußerlich zerrissen zu werden.

»Ich weiß nicht, ob das eine so gute Idee ist . . .«, sage ich.

Aber noch während ich schwach protestiere, nimmt Gloria meine rechte Hand und führt mich auf die Ponderosa zu wie einen Ochsen zur Schlachtbank. Im Gehen flüstert sie mir mit ihrem heißen Atem ins Ohr: »Wir gehen runter in den Partykeller. Da kommen meine Eltern nachts nie hin. Du brauchst dir keine Sorgen zu machen. Und überhaupt – was kann dir schon Schlimmes passieren?«

14 Das Schlimmste, was mir passieren kann

Ich möchte dir einen Rat geben. Wenn dich irgendwann einmal jemand fragt, was dir schon Schlimmes passieren kann, gib dein Vorhaben auf, egal, was es ist. Mach, dass du rauskommst. Täusche einen Herzinfarkt vor. Fliehe, solange du noch kannst. Besonders wenn du zu der glücklosen Hälfte der Menschheit gehörst und außerdem noch ganz unter dem Bann der Ereignisse aus Kapitel 13 stehst.

Es ist völlig still, als wir die Ponderosa betreten. Keine Dissonanzen sind zu hören. Keine Ingwerplätzchen fliegen mir in den Mund. Der Bulldozer scheint in der Garage geparkt zu sein.

»Hier entlang«, sagt Gloria und führt mich durch das Haus nach hinten. Von vorne sieht die Ranch aus wie ein einstöckiges Gebäude, doch dahinter und an einer Seite fällt das Gelände ab und macht einem Kellergeschoss Platz.

Wir gehen durch eine Tür und steigen mit Teppich belegte Stufen hinab in einen dunklen Kellerraum. Es riecht nach Holz. Neben einem gemauerten Kamin stapeln sich Holzscheite. »Mein Vater hackt die selbst«, sagt Gloria. »Kannst du dir das vorstellen? Was für eine Zeitverschwendung. Er macht das mit einer riesigen Axt, die so scharf ist wie ein Rasiermesser. Er braucht jeweils nur einen Schlag. Zack. Zack. Zack.«

»Ich glaube, ich muss jetzt wirklich gehen . . .«, sage ich.

»Warum hast du es denn so eilig, John?«, fragt Gloria und kommt näher. »Wir haben so viel Zeit.«

Ich höre ein Geräusch hinter meinem Rücken und wirbele herum.

Sie lacht. »Das ist nur T. D. Meine Katze.«

»Wofür steht T. D.?«, frage ich.

»Toter Dickman«, antwortet sie. »Aber das ist ein Witz, den du nicht verstehen kannst. Warum ziehst du nicht deine Schuhe aus, John?«

»Meine Schuhe? Warum?«

»Nun, weil wir es uns dann auf der Couch gemütlich machen können. Ich werde ein bisschen Musik machen.«

Es ist schon komisch. Wenn man mich vor zwei Wochen oder sogar noch gestern gefragt hätte, was ich davon halten würde, meine Schuhe auszuziehen und es mir mit Glory Halleluja auf einer Couch gemütlich zu machen, hätte mein Hirn unter meiner Schädeldecke einen Freudentanz veranstaltet. Aber jetzt, da diese Traumvorstellung Wirklichkeit zu werden droht, kann sich mein Hirn auf nichts anderes konzentrieren, als fieberhaft nach der schnellsten Fluchtmöglichkeit Ausschau zu halten. »SOS. Raus hier.« Mein Hirn sendet verzweifelte Morsezeichen zu jeder einzelnen Radarstation in meinem Körper. »Nimm die Beine in die Hand, du Narr. Oder willst du etwa als der zweite Jerry Dickman in die Geschichte eingehen? Eines Tages wird vielleicht eine Katze deine Initialen tragen!«

Zu meinem Bedauern muss ich gestehen, dass mein Hirn nicht länger am Hebel sitzt. Einige andere Teile meines Körpers, die näher zu bezeichnen meine gute Erziehung mir verbietet, haben das Kommando übernommen und geben ihre Anweisungen in einem Befehlston, der keinen Widerspruch duldet. »Bleiben! Setzen! Schuhe aus!« Und ich setze mich auf die überdimensionale Couch und binde meine Schnürsenkel auf.

Plötzlich wird das Licht der Deckenlampe gedämpft. Langsame, pulsierende Musik durchflutet den Keller. Ich glaube kaum, dass das Debussy ist. Irgendwie hört sich das nicht an wie *Der Nachmittag eines Fauns*, eher wie *Der Abend an einer tropischen Lagune*.

Glory Halleluja, es liegt mir fern, deinen Musikgeschmack zu kritisieren oder deinen Sinn für die richtige Lautstärke zur richtigen Zeit, aber du hast die Anlage so aufgedreht, dass der gesamte Keller bebt.

Ich habe gar nichts gegen laute Musik, besonders dann nicht, wenn das Mädchen, das sie angestellt hat, jetzt mit einem Lächeln auf den Lippen und einem frechen Glitzern in ihren blauen Saphiraugen auf mich zugeschlendert kommt. Aber es ist wissenschaftlich erwiesen, dass eine Verbindung besteht zwischen dem Klang lauter Musik und wütendem Erwachen aus einem tiefen, friedlichen Schlaf. Und die Ponderosa mit ihrer lieblichen und weitläufigen Bauweise ist ziemlich flach und kompakt. Ich bin natürlich kein Architekt und auch kein Toningenieur, noch bin ich mit den Schlafgewohnheiten des Bulldozers vertraut, doch ich mache mir Sorgen. Ich stehe auf und fange Gloria einige Schritte vor der Couch ab. »Vielleicht ist es besser, wenn du die Musik etwas leiser drehst. Wir wollen doch deine Eltern nicht stören.«

»Um die brauchst du dich nicht zu kümmern«, versichert mir Gloria. »Meine Mutter hat längst ihre Schlaftabletten geschluckt und mein Vater schläft mit Ohrstöpseln. Junge, ist das heiß hier drin. Möchtest du nicht deine Jacke auszuziehen?«

Nein, Glory Halleluja, ich möchte meine Jacke nicht ausziehen. Ich glaube nicht, dass das angemessen wäre, wenn man bedenkt, dass wir uns erst so kurze Zeit kennen.

»So ist's besser. Aber du hast ja so einen dicken Pullover an. Willst du den nicht auch lieber ausziehen, John?«

Nein, Glory Halleluja, bis hierher und nicht weiter. Diesen Pulli habe ich von meiner lieben alten Mutter zu Weihnachten bekommen und es wäre undankbar von mir, ihn abzulegen, ganz zu schweigen von der Tatsache, dass ich darunter kein Unterhemd trage ...

»Komm schon, Dummchen, Arme hoch.«

Glory Halleluja, hörst du mir überhaupt zu? Warum habe ich bloß das Gefühl, dass ich wie eine Zwiebel aus ihren Häuten geschält werde? Bitte versteh mich nicht falsch, aber wie kommt es, dass du so wild darauf bist, mir die Kleider vom Leib zu reißen und selbst noch nicht einmal den obersten Knopf deiner Bluse geöffnet hast? Wenn wir es uns auf dieser Couch zusammen gemütlich machen wollen, sollten wir uns doch wohl im gleichen Stadium der Be- beziehungsweise Entkleidung befinden, oder nicht?

»Jetzt zeig mir mal deine Sportlermuskeln«, sagt Glory Halleluja, wirft meinen Pullover zur Seite und streicht mit ihren Händen sanft über meine Schulter und meinen Rücken.

Natürlich gibt es nirgends an meinem Körper irgendwelche Sportlermuskeln. Nicht einmal den Ansatz davon. Aber Glory Halleluja scheint das nicht zu bemerken.

»Mmm, das ist viel besser. Komm schon, wir legen uns hin und kuscheln ein bisschen.«

Ich glaube, ich höre oben ein Geräusch. Es klingt wie eine zuschlagende Tür. Oder vielleicht Schritte. »Ich glaube, da ist jemand wach geworden«, keuche ich.

»Das ist nur der Wind, der ums Haus fegt. Mach schon, entspann dich. Oder willst du vielleicht gar nicht mit mir kuscheln?«

Mein Hirn stellt eine Reihe von Gleichungen auf, die auf einer elementaren meteorologischen Beobachtung basieren. Dies ist keine stürmische Nacht. Deswegen kann auch kein Wind um die Mauern der Ponderosa pfeifen. Und daher kann der Wind auch nicht das Geräusch verursacht haben, das ich gehört habe. Es muss seinen Ursprung innerhalb des Hauses haben.

Aber traurigerweise wurde mein Hirn nicht nur seiner Kontrollfunktion beraubt. Es ist all seiner Einflussmöglichkeiten verlustig gegangen und wurde mit dem Gesicht zur Wand in die Ecke gestellt. Jene anderen Teile meines Körpers haben stattdessen die Regie übernommen und zeigen sich sowohl vom Wetter als auch von logischen Schlussfolgerungen völlig unbeeindruckt. Sie kümmern sich einen Pups um die Geräusche der Nacht. Ihre ganze Aufmerksamkeit gilt der Lieblichkeit, die mich angelächelt und mich mit ihrer heißen kleinen Hand zur Couch geführt hat wie ein Schleppkahn, der einen Ozeanriesen in Richtung eines Eisbergs zieht.

»Weg! Nur weg!«, ruft mir mein Gehirn zu. Aber ich lege mich auf die Couch, direkt auf etwas drauf. Ein ärgerliches »Miau« ertönt und T. D., die Katze, hopst auf den Boden. Ein anderes, menschliches Miauen klingt an mein Ohr und Gloria lässt sich neben mich auf die Couch gleiten. »Und jetzt«, schnurrt sie, »gib mir einen von deinen donnernden Tuba-Küssen.«

Gloria, lass mich etwas klarstellen. Meine Tuba ist in Wirklichkeit ein großer Frosch, der nur vorgibt eine Tuba zu sein, und ich behandele ihn mit dem größtmöglichen Respekt. Wir küssen uns nicht. Wir schütteln uns nicht einmal die Hände. Außerdem donnert meine Tuba nicht. Das ist nicht der richtige Ausdruck, um Tubamusik zu beschreiben. Und ich muss dir auch noch gestehen, auch wenn es dafür reichlich spät ist, dass ich noch nie zuvor ein Mädchen geküsst habe und keine Ahnung habe, wie ich das anstellen soll. Was erklärt, warum ich dir gerade in die Nase gebissen habe.

»Autsch, du hast mich gebissen.«

»Wirklich? Aber das war kein richtiger Biss. Es war . . . ein Liebesbiss. Gloria, vielleicht sollte ich jetzt besser gehen . . .«

»Dreh mal deinen Kopf. So, ist es richtig. Wow, ich habe gehört, dass du toll küssen kannst.«

Glory Halleluja, ich kann mir nicht vorstellen, von wem du das gehört haben willst, denn bis zu diesem Moment hat noch kein empfindungsfähiges Wesen auf diesem Planeten, angefangen bei dem majestätischen Adler bis hinunter zum Einzeller in den Tiefen des Ozeans, mir gestattet mich seinen Lippen auf Kussweite zu nähern. Aber da du mir offensichtlich mit meinem angeblichen Ruf als fähigem Küsser schmeicheln möchtest, macht mir das gar nichts aus. Mit dir hier auf der Couch zu liegen und dich zu küssen ist der Höhepunkt meines Lebens. Die Musik ist schön – obwohl zu laut; die Beleuchtung ist schön – vielleicht etwas zu dunkel; und du fühlst dich sehr weich und warm und herrlich anschmiegsam an und alles wäre ganz wunderbar, wenn ich nicht plötzlich ein lautes Klopfen an der Tür vernehmen würde.

Das muss mein Herz sein. Ganz bestimmt ist es das Blut, das durch meine Arterien pumpt.

»GLORIA? GLORIA!«

Das ist sicher meine tief verborgene Seele, die deinen Namen ruft, wie der Herbstwind, der die Sommerrose liebkost. Aber warum klingt es dann wie die Stimme des Bulldozers?

»GLORIA, BIST DU DA DRIN? ES WÄRE BESSER FÜR DICH, WENN DU ALLEINE WÄRST!«

Gloria verkrampft sich spürbar. »Oh mein Gott, es ist mein Vater. Aber keine Angst – ich habe die Tür abgeschlossen.«

»GLORIA, BRING MICH NICHT DAZU, DIE TÜR EINZUTRETEN!«

Ich versuche aufzustehen, zu fliehen. Aber Gloria hält mich auf der Couch fest. »Du kannst nirgends hin, John. Die Garagentür lässt sich nur mit der Fernbedienung öffnen und die habe ich nicht hier unten. Aber mach dir keine Sorgen, das ist alles nur heiße Luft«, flüstert sie mir zu. »Er schafft es nie, die Tür aufzubrechen.« Und dann brüllt sie: »ALS OB DU DIE TÜR AUFBRECHEN WÜRDEST! DAS WAGST DU NIE!«

Gloria, es ist wohl in dieser beunruhigenden Krisensituation nicht ratsam, deinen Vater noch mehr zu provozieren. Einige sanfte und beruhigende Worte deinerseits an die ältere Generation könnten womöglich . . .

»WARUM SPRINGST DU NICHT EINFACH IN DEN TEICH, DU SCHWACHKOPF?«, schreit sie weiter. »DU MACHST MIR KEINE SEKUNDE LANG ANGST!«

»GLORIA«, donnert die Stimme des Bulldozer von oben. »DU ÖFFNEST JETZT BESSER DIESE TÜR UND GNADE DIR GOTT, WENN DU NICHT ALLEINE BIST. DANN GIBT ES EIN UNGLÜCK!«

»DU NARR! DU SCHWEIN! DU GROSSER, BRUTALER HANS-WURST!«, brüllt Gloria zurück. »DU HAST KEINE KONTROLLE ÜBER MICH! DU HAST HIER KEINE MACHT! GEH INS BETT UND LASS MICH IN RUHE!«

KA-WUMM! Ein krachendes Geräusch zerfetzt die Luft. Ich glaube fast, dass der Bulldozer in einen niedrigeren Gang geschaltet und sein beachtenswertes Gewicht gegen die Tür geworfen hat, die wie durch Zauberei standhält.

»HA, ICH WUSSTE JA, DASS ER SIE NICHT AUFBRECHEN KANN!«, schreit Glory Halleluja und ist offensichtlich leicht enttäuscht.

KA-WUMM, KA-WUMM! Ein ungeheurer Doppelschlag und das Geräusch splitternden Holzes, das unter einem menschlichen Rammbock nachgibt, dringt nach unten.

Ich springe auf die Füße und schaue die Treppe hinauf.

»Oh mein Gott«, sagt Glory Halleluja zu mir und sie klingt, als sei sie völlig hingerissen. »Ich glaube, er hat es tatsächlich getan. Er hat wirklich die Tür aufgebrochen.«

Die gewaltige Figur eines Racheengels erscheint auf der oberste Stufe der Treppe. Wie du dich vielleicht erinnern kannst, hat Glory Halleluja das Licht gedämpft, um eine romantische Stimmung zu erzeugen, also ist es schwierig zu sehen, was genau sich dort oben auf der Treppe abspielt. Aber selbst in diesem Dämmerlicht ist es deutlich erkennbar Glorias Vater, der da die Stufen hinabgestapft kommt. Stufe für Stufe taumelt er uns entgegen. Um seine Schultern ist etwas gewickelt, was aussieht wie eine riesige hölzerne Halskette – wahrscheinlich die

Überreste des Türrahmens. Auf der Hälfte der Treppe fällt sein Blick auf mich. Vielleicht kann er erkennen, dass ich ohne Hemd dastehe. Er bleibt stehen und starrt mich an.

»Bitte, Mr Halleluja, Euer Majestät, Lord Bulldozer, bitte glauben Sie nicht, dass etwas Unschickliches zwischen mir und Ihrem kleinen Entchen vorgefallen ist. Im Gegenteil, ich habe Ihr Entchen stets mit der größten Ehrerbietung behandelt. Ich habe mich an Ihren Rat gehalten, habe berücksichtigt, dass meine Verabredung mit Ihrer Tochter zu einem Basketballspiel nichts mit einem Wettrennen zu tun hat, und habe wirklich nichts getan, dessen ich mich schämen müsste. Die zehnsekündige Kuschelei auf dem Sofa muss man als das sehen, was sie ist: als ein Ausdruck gegenseitiger Freundschaft zwischen zwei Klassenkameraden. Ich möchte noch zu bedenken geben, dass wir jung sind und uns manchmal der Hafer sticht und dass Sie wahrscheinlich aus Ihrer eigenen Bulldozer-Jugend noch wissen, dass einem da manchmal schon die Pferde durchgehen können, wenn Sie verstehen, was ich meine. Aber es ist schon spät und wir sind alle müde, also möchte ich mich jetzt gerne zurückziehen, falls Sie mich netterweise vorbeilassen würden, Sir.«

All das möchte ich Glorias Vater gerne sagen, aber bevor ich meinen Mund öffnen kann, tut er, was der König der Tiere tun würde, wenn er nach einem Spaziergang über die Savanne nach Hause käme und entdecken würde, dass sich irgendeine verräterische Hyäne in seine Höhle geschlichen und eines seiner kostbaren Löwenbabys angeknabbert hat. Glorias Vater wirft sein Löwenhaupt in den Nacken und gibt ein Grauen erregendes Brüllen von sich, das den gesamten Urwald bis in die kleinsten Spitzen der höchsten Bäume erschüttert.

»Oh mein Gott«, sagt Gloria, »er wird dich umbringen. Und es gibt keinen Ausweg. Es ist vorbei. Du bist tot.«

In den Annalen der Lashasa Palulu gibt es ein Ereignis, das beispielhaft für eine Rettung in letzter Sekunde steht. Eines unglücklichen Tages war der ganze Stamm von seinen furchterregendsten Feinden, den riesenhaften und unbesiegbaren Kannibalenkriegern, umringt und beinahe vollständig vernichtet worden. Als der Kreis der hungrigen Menschenfresser sich um die Lashasa zu schließen begann, sprang der Häuptling auf seine Hände, reckte die Füße in den Himmel und schlug sie aneinander. Er betete um Dunkelheit. Und plötzlich verschwand auf wunderbare Weise die Sonne in einer totalen Sonnenfinsternis. In der nachtschwarzen Dunkelheit gelang es den Lashasamännern und ihren Frauen zwischen und unter den riesigen Kannibalen hindurchzuschlüpfen und in den Dschungel zu entkommen.

Ich würde ja auch um eine solche Sonnenfinsternis bitten, aber leider befinde ich mich in einem abgeschlossenen Kellerraum, der durch elektrisches Licht beleuchtet wird. In der Zwischenzeit hat der Bulldozer den Fuß der Treppe erreicht und steuert auf mich zu. Der Ausdruck auf seinem zornigen Gesicht lässt keinen Zweifel daran aufkommen, dass er beabsichtigt, mir jeden Knochen in meiner Wirbelsäule einzeln zu brechen.

Ich halte mich an die Methoden der Lashasa Palulu, selbst in dieser hoffnungslosen Situation. Ich packe einen meiner Schuhe, die ich auf Glorias Bestreben vor unserer unglückseligen Kuschelei auf der Couch abgelegt hatte, springe auf das Sofa, stoße mich wie von einem Trampolin wieder ab, springe hoch an die Decke und schlage mit einem gezielten Hieb gegen die schwach leuchtende Glühbirne.

Glas splittert und mit einem Mal liegt der Keller in völliger und undurchdringlicher Dunkelheit. Ich lande in dieser Schwärze auf etwas Hartem, das durchaus einmal ein Couchtisch gewesen sein könnte, der in Zukunft allerdings nie wieder seinen gewohnten Platz einnehmen wird, da ich ihn gerade in Stücke geschmettert habe.

»GLAUB JA NICHT, DASS DU MIR IM DUNKELN ENTKOMMEN KANNST, DU KLEINE RATTE!«, brüllt der Bulldozer. »ICH WURDE IM DSCHUNGEL VON VIETNAM IM NACHTKAMPF AUSGEBILDET!«

Das sind zwar nicht gerade gute Nachrichten, aber schließlich sind wir ja nicht in Vietnam und selbst ein Bulldozer kann im Dunkeln nichts sehen. Ich ducke mich hinter der Couch und verharre in Bewegungslosigkeit.

»Daddy, ich hab Angst im Dunkeln«, quietscht Glory Halleluja. *»Tu doch was!«*

»Du wirst schon sehen, was ich gleich tue«, versichert ihr der Bulldozer. Er hört sich gefährlich nahe an. »Ich werde deinen sauberen Freund zu Brei schlagen.« Er stapft nur Zentimeter an mir vorbei. »Ich krieg dich schon, du liebestoller Hengst«, sagt er. »Ich kann dein Herz schlagen hören. Ich kann deinen Angstschweiß riechen.«

Mein ganzer Körper befindet sich jetzt auf Alarmstufe Rot. Mein Gehirn hat mit einem Handstreich wieder die Kontrolle übernommen. Bitte lass nicht zu, dass dir auch nur der geringste Angstgeruch entströmt, fleht mein Gehirn meine Haut an. Okay, stimmt meine Haut zu. Wir sind ein Team und gemeinsam müssen wir versuchen zu überleben. Alle Ausdünstungen sind bis auf weiteres gestoppt. Die Poren in meiner Haut schließen sich mit einem Klick. Herz, hör auf zu schlagen, befiehlt mein Gehirn. Denk dir eine leisere Möglichkeit aus, das Blut durch den Körper zu pumpen. Mein Herz fährt sofort seine Aktivitäten auf halbe Kraft zurück und improvisiert ein neues Tröpfelsystem statt der herkömmlichen Pumpbewegung.

Direkt neben mir gibt es einen lauten Aufprall.

»So, hab ich dich beim Genick«, sagt der Bulldozer schadenfroh. »Was sagst du jetzt, Romeo?«

Die Kampftechnik des Bulldozers im nächtlichen Dschungel ist offenbar seit Vietnam erheblich eingerostet, denn er hat mich weder am Genick noch an irgendeinem anderen Körperteil gepackt. Ich kauere immer noch in der Dunkelheit, mucksmäuschenstill, ohne Herzschlag, ohne Atmung und ohne jegliche Körperausdünstung. Ich glaube, er hat stattdessen T. D. am Kragen, die Katze, die entsetzt aufjault und seinem Griff zu entkommen versucht, indem sie ihn in die Hand beißt.

»AAAH, ICH WURDE VON EINER KATZE GEBISSEN!«, brüllt der Bulldozer. »Ich werde diesem Drecksvieh das Fell abziehen!«

»Wenn du meinem kleinen T. D. wehtust, rufe ich die Polizei«, ruft Gloria mit bewundernswerter Leidenschaft, die meiner unmaßgeblichen Meinung nach jedoch dem falschen Opfer gilt.

Eine pelzige Kanonenkugel streift mich, als sie in eine Ecke des Zimmers saust, die ich bislang noch nicht näher untersuchen konnte. T. D. hat offenbar beschlossen sein Schicksal nicht herauszufordern und stattdessen diesen ungastlichen Ort zu verlassen.

Ich war schon immer der Meinung, dass Menschen in punkto Überleben sehr viel von ihren vierbeinigen Freunden lernen können. Wenn man sich beispielsweise auf einem Schiff befindet und plötzlich beobachtet, dass die Ratten ins Wasser springen, ist das, glaube ich, ein frühzeitiges Warnsignal, dass das Schiff Feuer gefangen hat und es Zeit wird, sich nach einem Rettungsboot umzusehen. Es stimmt zwar, dass mir ein Rettungsboot in meiner momentanen misslichen Lage wenig nutzen würde, aber der Keller ist T. D.s Revier und ich hoffe, dass die Aussicht, als Pelzstola oder Muff zu enden, Glorias Katze dazu bringen wird, den nächstgelegenen Notausgang zu benutzen.

Ich folge T. D.s huschenden Katzenpfoten.

Von oben erklingt eine neue Stimme. Die süße Tonlage von Mrs Halleluja dringt an mein Ohr. Sie schwärmt nicht länger von Debussy und Mallarmé. Sie hört sich vielmehr beunruhigt an.

»Was ist los da unten?«, fragt sie. »Ich habe die Polizei gerufen. Sie sind schon unterwegs. Sie schicken zwei Streifenwagen.«

»Gut gemacht, Schatz«, ruft der Bulldozer zu ihr hinauf. »Jetzt bring mir eine Taschenlampe.«

»Eine Sekunde«, sagt sie. »In der Küche ist eine.«

T. D. und ich verstecken uns jetzt in der äußersten Ecke des Kellerraums. Er versucht einen Karton zur Seite zu schieben, der an der Wand steht. Ich helfe ihm. Ohne auch nur ein Wort des Dankes verschwindet er durch eine winzige Öffnung in der Wand, knapp über dem Fußboden. Ich beuge mich hinab und taste die Öffnung mit meinen Händen ab. Es ist so etwas wie eine Katzentür – eine Pendeltür, durch die kleine Haustiere rein und raus laufen können. Unglücklicherweise bin ich kein kleines Haustier.

»Hier ist die Taschenlampe!«, trällert Mrs Halleluja nach unten.

»Großartig, Schatz«, sagt der Bulldozer und ich höre, wie er die Treppe hinaufgeht, um sie sich zu holen.

Plötzlich zerschneidet ein Lichtstrahl die Dunkelheit. Der Bulldozer schwenkt ihn zunächst in Richtung Couch. Dann erweitert er den Lichtkreis bis hin zu den entferntesten Winkeln des Zimmers.

Jeden Moment kann er mich entdecken.

Ich knie mich hin, lege mich dann flach auf den Bauch und versuche mich durch die Katzentür zu zwängen. Traurigerweise ist mein Schädel größer als die kleine Öffnung, von meinen Schultern und meine Hüften ganz zu schweigen.

»*Wo versteckst du dich?*«, schreit der Bulldozer. »Was ich mit Dickman gemacht habe, ist nichts im Vergleich zu dem, was dich erwartet, du Tuba-Tunte. Ich werde dich zerquetschen. Sie werden dich mit einem Schwamm aufwischen und in einem Eimer wegtragen müssen. Und danach werde ich dieses Katzenvieh zerquetschen.«

Ich höre Glorias besorgte Stimme. »Mom! Dad macht meinem kleinen T. D. Angst!«

Der Strahl der Taschenlampe gleitet nun an der dunklen Wand entlang in meine Richtung. »Schädel, mach dich kleiner«, befiehlt mein Gehirn. »Schultern, zieht euch zusammen. Hüften, verengt euch. Also gut, jetzt alle auf drei. Eins, zwei, drei . . .«

Es ist erstaunlich, wie wahre Verzweiflung menschlichem Bestreben zur Hilfe eilen kann. Mein Körper reißt sich in einer unglaublichen Anstrengung zusammen, um eine Transmogrifikation möglich zu machen – was immer das auch ist. Irgendwie schaffe ich es, mich für Sekunden auf die Größe einer Hauskatze zu reduzieren, und winde mich durch die Katzentür. Ich schlage mir den Kopf an. Ich kratze mir das Knie auf. Ein Fetzen Haut von meinem linken Ellenbogen bleibt an einer Ecke des Plastikrahmens hängen. Aber die Hauptsache ist: Irgendwie komme ich durch.

Leider bin ich immer noch nicht draußen. Ich weiß nicht, wo ich bin. Ich krieche in tiefster Dunkelheit durch einen engen Tunnel. Es riecht penetrant nach Katze. Ich berühre Haufen, von denen ich hoffe, dass es Fell ist – oder war. Dieser Trip in der Dunkelheit macht wahrhaftig keinen Spaß, aber es wäre noch weniger vergnüglich, zurückzugehen und sich dem Bulldozer zu stellen. Also krabbele ich weiter. Irgendwo muss diese Katzenkriechröhre ja hinführen.

Kurz darauf erreiche ich das Ende des Tunnels, was aber keine angenehme Erfahrung ist. Der Tunnel endet im Nichts. Ich falle hinaus in die Nacht, plumpse etwa eineinhalb Meter in die Tiefe und lande schmerzhaft auf einem Haufen Zweige, die meinen Sturz auffangen. Ich befinde mich außerhalb des Kellers der Ponderosa, am niedrigsten Punkt des Grundstücks.

Ich führe eine kurze Bestandsaufnahme durch. Ich habe einige kleine Schnitte und Kratzer, aber anscheinend keine gebrochenen Knochen. In meiner Nähe öffnet sich eine Tür. Ich höre das wütende Knurren des Bulldozers.

»Lauf!«, befiehlt mein Gehirn. Ich stehe auf und taumele davon, so schnell ich kann. Es ist ein erregendes Gefühl, am Leben zu sein.

Nach etwa hundert Metern höre ich Polizeisirenen heulen. Dann Stimmen. Starke Scheinwerferstrahlen fegen über das Gelände, aber ich bin schon vier Gärten weit entfernt – in Sicherheit und außer Reichweite.

Gerade als ich mich allmählich wieder sicher fühle, bemerke ich, wie kalt mir ist. Ich friere. Das ist verständlich, wenn man bedenkt, dass meine Schuhe, mein Weihnachtspulli und mein braunes Jackett mit all meinem Geld sich noch immer in Glory Hallelujas Keller befinden.

Leider kann ich nicht hingehen und sie zurückfordern.

Halb nackt und zitternd setze ich den Kurs, der mich in meinen sicheren Heimathafen bringen wird, fort.

15 Ein schneller Fischzug

Ich weiß nicht, ob du jemals ohne Jacke, Hemd, Schuhe und Socken und mit Schnittwunden und Kratzern an deinen Armen und
Beinen im Spätherbst durch eine kalte Nacht gejoggt bist, während zwei Polizeiwagen die Dunkelheit nach dir absuchen.

Wenn nicht, wirst du vielleicht nicht nachvollziehen können, wie
sehr ich mich danach sehne, sobald wie möglich in die vier Wände
meines Zuhauses zu kommen, das kein Zuhause ist. Meine große
Nacht hat mit einem milden Abend begonnen, doch die Tempera-
tur ist in der Zwischenzeit beträchtlich gefallen. Es war eine ereig-
nisreiche, anstrengende Nacht voller Gefahren und selbst ein
Heim, das kein Heim ist, erscheint mir nun als ein vergleichsweise
angenehmer Ort – ein Unterschlupf im Sturm sozusagen.

Die Worte, mit denen ich dieses Kapitel einleite, sollen dir klar-
machen, dass ich weit reichende Gründe habe, die üblichen
Vorsichtsmaßnahmen für den Rückzug in ein Kriegsgebiet zu
vernachlässigen. Ich führe keine präventive Erkundung durch.
Ich spähe nicht durch jedes Fenster im Erdgeschoss. Ich klettere
nicht an der Regenrinne hinauf und krabbele auch nicht wie ein
Dieb durch ein offenes Fenster im ersten Stock.

Die Eingangstür ist unverschlossen und ich trete einfach ein.

Das Haus ist so dunkel wie eine Höhle. Ich taste nach dem Licht-
schalter. Plötzlich werde ich so fest am Handgelenk gepackt,
dass ich aufschreie.

Ich rieche heißen Whiskeyatem. Die Stimme des Mannes, der
nicht mein Vater ist, zischt: »Wo ist es?«

»Wo ist was?«, frage ich und versuche Zeit zu schinden, obwohl ich zu wissen glaube, was er meint.

WHUMMPF. Der harte Schlag auf meinen Hinterkopf zaubert Sterne vor meine Augen und ein Klingeln in meine Ohren. Er packt mich mit seiner linken Hand und schlägt mich mit seiner rechten. Ich kann mich nicht losreißen. »Spiel keine Spielchen mit mir. Wo ist das Geld?« Im Mondlicht, das durch ein Fenster fällt, kann ich nur sein wütendes Gesicht sehen.

»In meiner Jackentasche.«

»Und wo ist deine Jacke?« WHUMMPF.

Der zweite Schlag trifft mein Ohr und ist so fest, dass er mich umgeworfen hätte, wenn der Mann, der nicht mein Vater ist, mich nicht festhalten würde. Tränen schießen mir in die Augen und mir ist plötzlich, als würde ich den Mann, der nicht mein Vater ist, durch ein Kaleidoskop anblicken, das seine Gesichtszüge auseinander bricht und wieder zusammensetzt. »Ich musste sie liegen lassen«, stoße ich hervor. Und dann, um einem dritten Hieb zuvorzukommen, sage ich hastig: »Ich kann sie morgen holen.«

Mein Arm wird mit einem grausamen Griff verdreht, den ein professioneller Ringer als Flügelbrecher bezeichnen würde. »Das reicht mir nicht. Ich werde es mir noch heute Nacht wiederholen.«

»Lass los oder ich schreie«, sage ich in der Gewissheit, dass meine Mutter zu Hause ist.

»Nur ein Ton und du wirst es bereuen«, kontert der Mann, der nicht mein Vater ist, mit einem nicht sehr liebenswürdigen Ausdruck in seiner Stimme.

Ich rechne damit, ins Zimmer geschleppt und weiter verhört und geprügelt zu werden, doch zu meiner Überraschung stößt mich der Mann, der nicht mein Vater ist, vor sich her hinaus in die kalte Nacht.

Es mag dir merkwürdig vorkommen, dass ich, nachdem ich ohne einen einzigen Kratzer dem Aufruhr in meiner Anti-Schule entkommen bin und mich dann ohne große Blessuren einem Kellergemetzel entzogen habe, dem Mann, der nicht mein Vater ist, nicht entwischen, ihn weder überlisten noch bezwingen kann.

Ich möchte dich über eine einfache und sehr erschreckende Tatsache informieren: Dein schlimmster Feind ist jemand, der dich kennt. Und je besser er dich kennt, je näher er dir steht, desto mehr Möglichkeiten hat er, dir wehzutun. Völlig Fremde, die bei einer Sportveranstaltung die Beherrschung verlieren und ausrasten, sind keine wirkliche Bedrohung, wenn man die entsprechenden Maßnahmen ergreift. Fürsorgliche Väter von hübschen vierzehnjährigen Mädchen knurren und bellen, brüllen und fluchen, aber am Ende kehren sie in ihre warmen Betten zurück und lassen dich in Ruhe.

Aber der Mensch, der einen Bereich deines Lebens mit dir teilt, der mit dir zusammenlebt und all deine Gewohnheiten kennt und genau weiß, welche Dinge dir etwas bedeuten, dies ist der wahre Feind, den es zu fürchten gilt.

Der Mann, der nicht mein Vater ist, schiebt mich im Gänsemarsch zu seinem Laster. Ohne seinen Griff um mich zu lockern, schließt er die Heckklappe auf. Ich ahne, was er vorhat, und versuche mich zu wehren, aber er verdreht meinen Arm noch ein Stück weiter, sodass ich vor Schmerz aufjaule. Ich spiele mit dem Gedanken, aus voller Brust zu schreien, aber ich tue es nicht. Wenn ich jetzt um Hilfe rufe, stehen meine Chancen fünfzig zu fünfzig: Die Straße liegt dunkel und verlassen da, und wenn niemand auf meinen Hilferuf reagiert, erwartet mich eine unbarmherzige Bestrafung. Ich bin nicht bereit dieses Risiko einzugehen.

Er öffnet die Klappe und stößt mich rücksichtslos auf die dunkle

Ladefläche des Lasters. Ich schlage hart auf dem Metall auf. Bevor ich mich aufrappeln kann, hat er die Klappe bereits wieder geschlossen und ich höre, wie er sich von außen an dem Schloss zu schaffen macht.

Ich bin gefangen. Es ist dunkler als dunkel. Ich kann mich im Inneren des Wagens nur orientieren, weil ich ihn immer noch an der Rückseite hantieren höre. Ich werfe mich gegen die Metallklappe, doch sie rührt sich nicht.

Dann wird alles still. Ich sitze da und frage mich, was er vorhat. Wird er mich hier drin verhungern lassen? Ich höre, wie sich in meiner Nähe eine Tür öffnet und schließt. Der Mann, der nicht mein Vater ist, ist in das Führerhaus geklettert. Kurz darauf höre ich, wie der Dieselmotor angeworfen wird und stotternd zum Leben erwacht. Dann beginnen wir uns zu bewegen.

Es ist kalt. Es ist dunkel. Und ich habe so viel Angst wie noch nie zuvor in meinem Leben, das kein Leben ist. Wir fahren lange Zeit mit einer ziemlich hohen Geschwindigkeit. Es ist zu dunkel, um einen Blick auf meine Armbanduhr zu werfen, daher weiß ich nicht, ob wir eine Stunde oder vielleicht drei Stunden unterwegs sind, aber wir könnten gut und gerne bereits in einer anderen Stadt sein, in einem anderen Bundesstaat – oder vielleicht auch in einem anderen Universum.

Dann wird der Laster langsamer. Ich höre ein metallenes Quietschen und andere, kratzende Geräusche. Ein schweres Eisengatter wird geöffnet. Der Wagen fährt noch eine kurze Strecke einen Abhang hinunter und kommt dann zum Stehen.

Zehn oder fünfzehn Minuten bleibe ich in den vier Metallwänden eingeschlossen und lausche den Aktivitäten um mich herum. Ich höre Stimmen, während irgendwelche Leute an dem Laster vorbeigehen. Dann höre ich, wie das Vorhängeschloss von der Heckklappe abgenommen und die Tür geöffnet wird.

»Raus mit dir«, sagt der Mann, der nicht mein Vater ist.

Ich klettere aus dem Laster. Zuerst glaube ich, dass wir in einer Garage sind, denn ich kann die rostigen Karosserien mehrerer ausgeschlachteter Autos erkennen. Ohne Räder an den Achsen, ohne Türen und ohne Sitzpolster ähneln sie Patienten, die von ihrem Arzt mitten in der Untersuchung sitzen gelassen wurden. Möglicherweise sind wir auch in irgendeinem Keller, denn wir sind die letzten Meter abwärts gefahren und befinden uns in einem großen, dämmrigen Raum ohne erkennbare Fenster. Der Boden um den Laster ist mit hohen Stapeln Pappkartons voll gestellt.

Außer dem Mann, der nicht mein Vater ist, befinden sich drei weitere Männer in dem großen, schlecht beleuchteten Raum. Zwei davon rauchen etwas entfernt von ihm in einer Ecke ihre Zigaretten. Sie tragen dunkle Hosen und Sweatshirts und würdigen mich keines Blickes, nicht einmal aus Neugier.

Der dritte Mann geht auf uns zu und betrachtet mich von oben bis unten. Er ist klein, nur ein bisschen größer als ich selbst. Sein schmuddeliger weißer Haarschopf hängt wie ein hartnäckiges Büschel Unkraut über seinem verkniffenen Gesicht. Es sieht so aus, als würden die hervorstechendsten Merkmale seines Gesichts – seine Nase, sein Mund und seine Augen – sich um den Platz auf einer viel zu kleinen Reklametafel prügeln. Er betrachtet mich mit säuerlichem Gesichtsausdruck und fragt dann den Mann, der nicht mein Vater ist: »Bist du sicher?«

Der Mann, der nicht mein Vater ist, antwortet: »Du bist derjenige, der gesagt hat, dass wir einen Mann zu wenig haben.«

»Ich sagte, ein Mann.«

»Er wird wie ein Mann arbeiten. Dafür werde ich sorgen.«

»Mir gefällt das nicht. Er ist noch ein Kind. Er hat ja nicht einmal Schuhe an.«

»Er braucht keine Schuhe.«

»Komm mal her«, sagt der kleine Mann zu mir.

»Lass ihn in Ruhe«, sagt der Mann, der nicht mein Vater ist.

Es ist ein furchtbares Gefühl, dass der Mann, der nicht mein Vater ist, nun mein einziger Schutz ist. Ich habe das dumpfe Gefühl, dass die Männer in dieser Garage keine warmherzigen und gutmütigen Menschen sind, die Jugendlichen ihre Rechte zugestehen und sie als die Generation der Zukunft betrachten. Der Mann, der nicht mein Vater ist, könnte womöglich der harmloseste des ganzen Haufens sein.

Der kleine Mann lächelt unmerklich. »Ich bezahle ihm die Hälfte.«

»Du wirst mir bezahlen, was seine Arbeit wert ist, wenn wir fertig sind.«

Der kleine Mann macht den Eindruck, als wolle er handeln. Doch dann sagt er nur: »Wenn er überhaupt was wert ist«, und lässt uns stehen.

Der Mann, der nicht mein Vater ist, schaut mich an. »Mach die Arbeit anständig und halt den Mund.«

Ich nicke.

»Sag ›Ja, Sir‹.«

Ich habe den Mann, der nicht mein Vater ist, noch niemals Sir genannt, aber ich hatte auch noch nie zuvor im Leben solche Angst. Wir sehen einander in die Augen. Ich zögere einen Herzschlag lang und er merkt mir meine Furcht und meine Unentschlossenheit an. Er genießt sie förmlich.

Der kleine Kerl, der in seinem Drehstuhl vor der Schalttafel in meinem Gehirn sitzt, ist ein notorischer Feigling. Er hängt sich ein Schild um den Hals, auf dem *Hosenscheißer* steht. »Ja, Sir«, höre ich mich flüstern.

»Lauter.«

»Ja, Sir.«

Der Mann, der nicht mein Vater ist, lächelt. »Jetzt mach dich an die Arbeit. Das wird dich warm halten.«

Die nächste halbe Stunde verbringe ich damit, den drei Männern und dem Mann, der nicht mein Vater ist, dabei zu helfen, die Kartons in den Laster zu laden. Wir arbeiten schnell und schweigsam. Außer Grunzen und Keuchen ist nichts zu hören. Eine Zeit lang rätsele ich darüber nach, was wohl in den Kartons verpackt ist. Sie haben alle dieselbe Größe und sind ziemlich schwer. Einige der Kisten sind oben offen, andere haben Löcher in den Seitenwänden, die offenbar von scharfen Objekten gerissen wurden. Als ich einen davon gemeinsam mit einem der Männer hochhebe, spähe ich durch eines dieser Löcher und sehe genug, um zu erraten, was darin ist.

Wir verladen Fernsehapparate. Insgesamt müssen hier mehr als einhundert brandneue Breitbildschirmfernseher herumstehen. Ich beschließe weder den Mann, der nicht mein Vater ist, noch seinen kleinen Kompagnon zu fragen, ob sie für die Geräte bezahlt haben. Irgendetwas sagt mir, dass sie eher das sind, was man im Fachjargon der Unterwelt »heiße Ware« nennt. Offenbar ist der Mann, der nicht mein Vater ist, in irgendwelche Hehlergeschäfte verwickelt. Das würde seine gelegentlichen »schnellen Fischzüge« erklären und auch das dicke Päckchen Banknoten in seiner Sockenschublade. Jetzt ist mir auch klar, wo der Fernsehapparat herkommt, den er als einziges Möbelstück in unseren Haushalt mitgebracht hat und der in unserem Wohnzimmer auf seinem Eichenthron sitzt.

Natürlich ist es möglich, dass der Hass, den ich für den Mann, der nicht mein Vater ist, empfinde – und für den ich gute Gründe habe –, mein Urteilsvermögen beeinflusst. Es ist gut möglich, dass es sich hierbei um ein völlig legales Geschäft handelt. Und doch erscheint es mir unwahrscheinlich, dass ein Hi-Fi-Laden eine Niederlassung in einer dunklen Garage betreibt, die noch dazu so spät in der Nacht geöffnet ist.

Wir sind fertig mit dem Verladen der Kisten. »Kletter hinten rein«, befiehlt mir der Mann, der nicht mein Vater ist.

»Keine gute Idee«, sagt der kleine Mann zu ihm. »Wenn die Kartons verrutschen, wird er zerquetscht.«

»Komisch, aber ich kann mich nicht erinnern dich nach deiner Meinung gefragt zu haben«, erwidert der Mann, der nicht mein Vater ist, mit der ihm eigenen Höflichkeit und Wärme. Dann dreht er sich zu mir um und sagt: »Los, rein da.«

»Ja, Sir«, sage ich und meine in Wirklichkeit: »Ich will nicht auf die Ladefläche klettern und von umfallenden Fernsehapparaten zerschmettert werden, aber so verabscheuungswürdig du auch bist, habe ich dich doch zu meinem kommandierenden Offizier erkoren, um die Schlacht dieser Nacht zu überleben, und ich werde mich für kurze Zeit deinem Befehl unterwerfen und dir Respekt und Ehrerbietung entgegenbringen, obwohl du weder das eine noch das andere verdienst.« Ich klettere auf den Laster und schiebe mich in einen Zwischenraum zwischen zwei Kartonstapeln.

Die Heckklappe wird zugeschlagen und wieder sitze ich in der Dunkelheit, dieses Mal in einem Wald von Fernsehapparaten. Wir fahren etwa eine Stunde lang. Ich hasse es, mich zu wiederholen, aber ich habe noch nie in meinem Leben solche Angst gehabt. Heute Nacht scheine ich in dieser speziellen Disziplin einen neuen Rekord aufzustellen.

Obwohl ich mich am Wunder des Fernsehens immer erfreut habe und mir so manche dämliche Show mit großem Vergnügen angeschaut habe, verspüre ich nicht das geringste Verlangen, unter einer Tonne Fernsehapparate begraben zu werden. Dennoch lässt sich diese Möglichkeit nicht so einfach von der Hand weisen, denn jedes Mal, wenn der Laster um eine Kurve biegt, schneller wird oder abbremst, schwanken die Stapel bedrohlich hin und her. Jeweils drei oder vier der großen Kartons stehen übereinander. Wenn ein Stapel auf mich fallen oder gegen einen anderen stoßen und so eine Kettenreaktion auslösen sollte, wäre ich schneller, als man braucht, um mit der Fernbedienung den Sender zu wechseln, platt wie ein Pfannkuchen.

Man könnte glauben, dass die Aussicht, von einem Haufen elektronischer Haushaltsgeräte erschlagen zu werden, so erschreckend ist, dass in meinem verängstigten Gehirn nichts anderes mehr Platz hat. Aber der kleine Kerl in seinem Drehstuhl, der die Hebel meines Gehirns bedient, ist ein solcher Angsthase, dass er durchaus fähig ist mit zwei oder sogar drei entsetzlichen Gedanken gleichzeitig zu hantieren. Eine weitere Befürchtung schleicht sich ein – eine Einsicht, wenn man so will –, die mich nicht mehr loslässt, während der Laster durch die Nacht rumpelt. Sie kam mir schon in den Sinn, als ich die Kartons verladen habe. Ich habe zunächst versucht sie zu ignorieren, sie weit von mir zu weisen. Aber meine Ahnung benimmt sich wie eine Stechmücke – nachdem sie einmal ihr Opfer entdeckt hat, umkreist sie es und sucht einen geeigneten Landeplatz. Hier in der dunklen Einsamkeit des Lasters bin ich ihr wehrlos ausgeliefert.

Meine Befürchtung ist folgende: Der Mann, der nicht mein Vater ist, ist zwar ein Mistkerl, aber er ist kein Narr. Er weiß, dass ich ihn abgrundtief verabscheue. Er ist viel zu clever, um mir eine Waffe in die Hand zu drücken, die ich möglicherweise gegen ihn richten könnte.

Wenn er in etwas Illegales verwickelt wäre, würde er es mir verheimlichen. Er wüsste genau, dass ich es ansonsten sofort meiner Mutter erzählen würde. Ich könnte sogar zur Polizei gehen. Wir sind erklärte Feinde, dieser Mann und ich, und er ist viel zu geschickt, um seinem Todfeind nicht nur seine Waffe, sondern auch die dazugehörige Munition zu überlassen.

Und trotzdem hat er mich auf diese Tour mitgenommen. Das kann nur zwei Dinge bedeuten. Entweder beabsichtigt er mich ein für allemal zum Schweigen zu bringen, wenn die Arbeit dieser Nacht vollbracht ist. Allerdings halte ich dies nicht für wahrscheinlich. Er ist ein fieser und gewalttätiger Mann, aber ich glaube dennoch nicht, dass er ein kaltblütiger Killer ist, der mit vierzehnjährigen Jungen, die sich Geld von ihm borgen, kurzen Prozess macht.

Oder aber er hat mir sein wahres Gesicht gezeigt, weil er aus Gründen, die ich noch nicht kenne, weiß, dass ich ihn nicht verraten werde. Mit anderen Worten: Er hat noch eine Trumpfkarte im Ärmel, die er ausspielen wird, bevor diese Nacht zu Ende ist. Es muss einen Grund geben, warum er glaubt, dass ich mein Wissen niemals gegen ihn verwenden werde, selbst wenn er mich freiließe. Ich kann mir nicht vorstellen, was das für eine Karte sein soll, aber sogar jetzt, während ich im Dunkel des Lasters mit dem Rücken an einen Stapel Pappkisten lehne, die jeden Moment umkippen können, ahne ich, dass es irgendetwas mit meiner Mutter und ihrer Abwesenheit von unserem Haus, das kein Haus ist, zu tun hat.

Der Laster hält schließlich an. Wieder wird die Heckklappe geöffnet. Ich klettere hinaus. Unser Fischzug hat uns nun zu einem Lagerhaus geführt, möglicherweise in der Nähe des Hafens. Ich kann das Meer riechen und von Zeit zu Zeit ertönt weit entfernt das kehlige Tröten eines Nebelhorns. Die Wände des Lagerhauses sind aus Beton und der Raum ist mindestens neun Meter hoch. Tausende von Kisten stehen an den Seiten aufgestapelt und bilden ein wahres Pappgebirge. »Stellt sie alle hier hin«, sagt der kleine Mann und deutet auf einige Holzpaletten neben dem Laster. »Also los.«

Dieselben Männer, die den Laster beladen haben, beginnen mit der Arbeit. Ich kann ihnen nicht dabei helfen. Meine schmerzenden Muskeln und Sehnen haben sich während der Fahrt so verkrampft, dass ich kaum laufen kann, geschweige denn mich bücken und einen schweren Fernsehapparat wuchten. Ich bleibe unschlüssig stehen.

»Sieht so aus, als ob dem Winzling die Puste ausgegangen wäre«, sagt der kleine Mann zu dem Mann, der nicht mein Vater ist. »Nein«, erwidert der Mann, der nicht mein Vater ist. »Er wird schon arbeiten.« Und dann dreht er sich zu mir um. Seine rechte Hand schießt nach vorn und packt ein Büschel meiner Haare. Ich habe das Gefühl, dass er mich ein oder zwei Sekunden lang tatsächlich an den Haaren hochzieht, sodass meine Füße vom Boden abheben. »Das war erst die halbe Miete«, sagt er.

Meine Schädeldecke fühlt sich an, als habe sie Feuer gefangen. »Ja, Sir«, keuche ich. Er lässt von mir ab, aber ich merke, dass er mich beobachtet, bereit zuzuschlagen, falls nötig. Mein Gehirn versucht umgehend all die erschöpften Reservetruppen aus ihren Biwaks zu scheuchen, um sie zu einem letzten Gewaltmarsch zu mobilisieren. Es bläst zum Abmarsch. »Arme, meldet euch zum Dienst. Beine, fangt an zu laufen. Wir befinden uns auf feindlichem Gebiet. Rechts, links, rechts, links.«

Langsam und müde bewege ich mich. Beuge mich. Strecke mich. Wieder und wieder. Zehn Minuten vergehen. Zwanzig Minuten. Schließlich steht auch der letzte Karton aus dem Laster auf einer der Holzpaletten.

Der kleine Mann zieht ein Bündel Geldscheine hervor. »Hier ist dein Anteil«, sagt der kleine Mann zu dem Mann, der nicht mein Vater ist. »Und zwanzig für den Nackedei da drüben.«

»Fünfzig«, verlangt der Mann, der nicht mein Vater ist.

»Das soll wohl ein Witz sein? Dreißig, und das ist schon zu viel.«

»Fünfzig, oder du kriegst Ärger.«

Alles wird still. Offenbar befinde ich mich unter Männern, die keine leeren Drohungen ausstoßen. Das Wort »Ärger« schwirrt durch die Luft wie eine wütende Wespe, die sich auf ein ausgebreitetes Picknick stürzt. Der kleine Mann mustert den Mann, der nicht mein Vater ist, abschätzend. Der Mann, der nicht mein Vater ist, hält seinem Blick stand. Plötzlich frage ich mich, ob der Mann, der nicht mein Vater ist, seine Pistole aus der Sockenschublade genommen und eingesteckt hat.

»Also gut, und jetzt mach, dass du verschwindest«, sagt der kleine Mann schließlich, zählt noch ein paar Scheine von seinem Bündel ab und streckt sie ihm hin.

Der Mann, der nicht mein Vater ist, steckt das Geld ein und wendet sich mir zu. »Du weißt, wo's langgeht«, sagt er.

»Ja, Sir.« Ich klettere wieder hinten in den Laster. Ohne die Fernsehapparate erscheint die Ladefläche viel größer. Der Mann, der nicht mein Vater ist, schließt mich ein, steigt in die Fahrerkabine und schon sind wir weg, wir beide ganz allein, und jagen durch die dunkle und eiskalte Nacht davon.

Unser schneller Fischzug ist zu Ende, aber ich habe das dumpfe Gefühl, dass diese furchtbare Nacht noch nicht vorbei ist.

16 Die Trumpfkarte

Wir fahren eine ganze Weile. Ich versuche mir einzureden, dass wir uns auf dem Weg nach Hause befinden und dass ich schon bald in meinem warmen Bett liegen werde.

Ich bin mir nicht sicher, was ich machen werde, wenn ich plötzlich wieder in meiner Straße stehe vor meinem Haus, das kein Haus ist. Vielleicht werde ich so laut schreien, dass alle es hören können. Oder vielleicht werde ich ins Haus rennen, meine Mutter aufwecken, die zweifellos tief und fest schläft, und ihr die Wahrheit über den Mann erzählen, den sie mit nach Hause gebracht hat, um ihr Bett – und das meines Vaters – mit ihm zu teilen. Vielleicht werde ich es aber auch geschickter anstellen und den richtigen Zeitpunkt abwarten, um zur Polizei zu gehen.

Aber tief in meinem Herzen muss ich mir eingestehen, dass ich nicht daran glaube, auf dem Heimweg zu sein. Ich glaube, dass der Mann, der nicht mein Vater ist, etwas anderes vorhat. Die ganzen außergewöhnlichen Ereignisse dieser Nacht scheinen sich ihrem dramatischen Höhepunkt zu nähern – was immer das auch bedeuten mag. Ich weiß nicht genau, auf welche Art er mir wehtun wird, aber ich habe keine Zweifel, dass dies sein einziges Ziel ist und dass er sich dafür etwas besonders Grässliches ausgedacht hat.

Ganz allein im dunklen Raum des Lasters, ohne die Gesellschaft der Fernsehapparate, kann ich laut und deutlich den Schlag meines ängstlichen Herzens hören. Ka-*wumm*. Ka-*wumm*. Ich ertappe mich bei etwas, das ich nur äußerst selten tue – ich schicke flüsternd ein Gebet zu meinem Gott, der nicht mein Gott ist.

Mein Gott ist nicht mein Gott, weil er nie eines meiner Gebete beantwortet. Entweder hat er keine Macht – dann ist er vielleicht ein ganz netter Kerl, aber bestimmt kein Gott –, oder aber er kann mich nicht leiden – dann mag er ja ein Gott sein, aber definitiv nicht *mein* Gott. Ich habe früher oft zu ihm gebetet und er hat nicht ein einziges Mal getan, um was ich ihn gebeten habe. Tatsächlich macht er meistens das Gegenteil davon. Vielleicht sollte ich ihn um das bitten, was ich nicht will, dann könnte es möglicherweise klappen.

»Oh Gott, der du nicht mein Gott bist«, bete ich, »und der du nie auch nur einen meiner meistens durchaus vernünftigen Wünsche erfüllt hast. Du fragst dich vielleicht, warum ich überhaupt zu dir bete, wo wir doch scheinbar in der Vergangenheit nicht besonders gut miteinander ausgekommen sind. Nun, ganz einfach: Ich sitze hier völlig allein im Laderaum eines Lasters, und egal, ob du ein Gott bist oder nicht, egal, ob du mich leiden kannst oder nicht, du bist alles, was ich im Moment noch habe. Mein Ein und Alles.«

Das Gebet zu meinem Gott, der nicht mein Gott ist, klingt nicht gerade ehrerbietig, aber ich glaube daran, dass Ehrlichkeit das Wichtigste an einem Gebet ist, und in dieser Hinsicht tue ich mein Bestes. Also fahre ich fort:

»Es ist richtig, dass ich bislang kein perfektes Leben geführt habe. Ich gebe zu, dass einige der Gedanken, die mir durch den Kopf schießen, schändlich und sündhaft sind und einfach ganz abscheulich, und wenn es wahr ist, dass du sie lesen kannst, kann ich mir vorstellen, warum du so enttäuscht von mir bist. Ich weiß auch, dass ich bei mehr als einer Gelegenheit habe verlauten lassen, dass ich nicht an dich glaube. Aber die Wahrheit ist, oh mein Gott, der du nicht mein Gott bist, dass ich immer an dich geglaubt habe. Ich hatte einfach nicht genug Angst, um es zuzugeben. Jeder glaubt an Gott, wenn er sich nur richtig fürchtet, und gerade jetzt bin ich ganz besonders gläubig.

Aber – und dies ist der wichtigste Punkt der ganzen Sache, also höre mich bitte zu Ende an – tief in meinem Herzen glaube ich, dass ich gar kein so schlechter Kerl bin. Ich bin nicht grausam. Ich füge niemandem ohne Grund Schmerzen zu. Und ich werde mich bemühen ein noch viel besserer Mensch zu werden, wenn du mir nur eine einzige, einfache Gnade gewährst: Bring mich hier raus. Lass mich heimgehen. Erlaube nicht, dass der Mann, der nicht mein Vater ist, mich auf die grässliche Art verletzt, die er sich ausgedacht hat. Gib mir ein Zeichen, dass du bei mir bist und mein Gebet gehört hast und dass du mir beistehen wirst.«

In der lautlosen Einsamkeit warte ich auf ein göttliches Zeichen. Es wäre schön, wenn sich jetzt eine Taube auf meiner Schulter niederlassen würde. Eine Motte, die auf meine Nase flattert, wäre mir auch recht. Aber wenn da irgendwo ein Zeichen ist, entgeht es meiner Aufmerksamkeit. Wir rollen weiter durch die Nacht. Und ich bin immer noch ganz allein in der Dunkelheit und lausche auf meinen Herzschlag. Ka-*wumm*. Ka-*wumm*.

Der Laster wird langsamer und hält schließlich an. Der Mann, der nicht mein Vater ist, hat mich dahin gebracht, wo er mich haben wollte, und ich spüre, dass der Showdown kurz bevorsteht. Ich stehe in der tiefen Dunkelheit auf der Ladefläche des Lasters und frage mich, wo wir sind. Wir könnten überall gelandet sein. Wir könnten uns am anderen Ende des Universums befinden. So, wie diese Nacht bislang verlaufen ist, würde mich das nicht im Geringsten überraschen.

Der Mann, der nicht mein Vater ist, öffnet die Tür. Er hält eine Taschenlampe in der Hand. Er leuchtet mir damit direkt in die Augen. Diesmal muss er mir nicht einmal befehlen auszusteigen. Ich klettere freiwillig nach draußen.

Wir sind nicht in einem anderen Universum, aber wir sind auch nicht vor meinem Haus, das kein Haus ist. Wir sind mitten im Nirgendwo. Das Nirgendwo stellt sich als kalt und sehr dunkel heraus. Ein Nachtwind bläst, und während ich aus dem Laster steige und meine schmerzenden Arme und Beine bei jeder Bewegung protestieren, habe ich das Gefühl, dass der Wind geradewegs durch mich hindurchweht.

Wir scheinen uns auf einem schmalen Weg mitten in einem Wald zu befinden. Über mir kann ich die knochigen Silhouetten von Zweigen vor einem silbrigen Mond erkennen. Und ich höre, wie der Wind heulend zwischen Baumstämmen hindurchfegt und sich pfeifend in den Ästen verfängt. Wenn du nicht glaubst, dass der Wind sich wie ein Lebewesen anhören kann – wie ein hungriges und gefährliches Tier –, dann hast du noch niemals nachts in einem dunklen Wald gestanden.

»Du hast heute Nacht gut gearbeitet«, sagt der Mann, der nicht mein Vater ist. »Ich bin stolz auf dich.«

Ich sage kein Wort. Ich habe keine Ahnung, wo das hinführen soll, aber ich bin mir ziemlich sicher, dass ich nichts an mir habe, was ihn mit Stolz erfüllt. Er will mich reinlegen. Genau das versucht er.

»Und ich war stolz auf dich, weil du nicht irgendeine Dummheit versucht hast, wie zum Beispiel wegzurennen oder um Hilfe zu schreien. Das wäre ein großer Fehler gewesen und du warst klug genug, es nicht zu tun. Du bist schon clever, auf deine Art. Es wäre dir sehr schlecht bekommen.«

»Du kannst aufhören mir zu drohen«, sage ich zu ihm. »Ich habe zwar nicht geschrien und ich bin auch nicht weggelaufen, aber du würdest es nicht wagen, mir etwas anzutun. Und wir beide wissen das.«

Der Strahl seiner Taschenlampe ist auf mein Gesicht gerichtet. Ich kneife meine Augen zusammen und starre zurück, obwohl ich ihn in der Dunkelheit kaum erkennen kann. Aber ich höre seine Stimme ganz deutlich, die jetzt fast amüsiert klingt. »Und warum glaubst du das?«

Ich spiele meine einzige Karte aus. »Meine Mutter.«

Er lacht. »John, deine Mutter ist weg.«

Noch nie im Leben war mir so kalt. Meine Zähne klappern so laut, dass ich kaum sprechen kann. »Weg? Wohin?«

»Viel zu weit weg, um dich schreien zu hören. Ungefähr fünfhundert Meilen. Ihre Tante liegt im Sterben. Wahrscheinlich hat die alte Tante Rose sonst niemanden mehr und deine Mutter ist die Einzige, die sie anständig unter die Erde bringen kann. Sie ist heute Morgen gefahren. Feiert die Überstunden ab, die sie in der Fabrik angesammelt hat. Hat den Bus nach Maysville genommen.«

Einen Moment lang empfinde ich selbst in dieser bitteren Kälte eine Welle des Mitleids für diese liebe alte Frau. Ich habe sie nur zweimal getroffen, als sie uns vor vielen Jahren besuchte. Sogar damals war sie schon zerbrechlich gewesen, mit weißen Haaren, und schien ganz allein auf der Welt zu sein.

»Zuerst gefiel es mir gar nicht, dass deine Mutter wegfahren wollte«, sagt der Mann, der nicht mein Vater ist. »Sie gehört nach Hause und soll sich gefälligst um mich kümmern. Ich habe ein paar Gläser getrunken und das Haus ein bisschen aufgemischt. Aber dann habe ich nachgedacht. Vielleicht vererbt uns die alte Rose ihr Geld. Ich hoffe, deine Mutter sorgt für ein billiges Begräbnis.«

Ich kann mich immer noch nicht mit der Tatsache abfinden, dass meine Mutter mich verlassen hat. »Ich glaube dir nicht«, platze ich heraus. »Sie würde niemals weggehen, ohne mir Bescheid zu sagen.«

»Sie wollte nicht, dass ihre alte Tante stirbt, bevor sie ankommt«, erklärt der Mann, der nicht mein Vater ist. »Und ich habe ihr versichert, dass ich bestens auf dich Acht geben würde, bis sie zurückkommt. Vielleicht bleibt sie zwei Tage. Vielleicht eine Woche. Keiner weiß, wie viel Leben noch in der alten Rose steckt.« Er verstummt. Obwohl ich sein Gesicht nicht deutlich sehen kann, weiß ich, dass der Mann, der nicht mein Vater ist, mir ein grausames kleines Lächeln schenkt. »Du hast Recht – sie wollte dich eigentlich mitnehmen, aber ich habe sie davon überzeugt, dass es nicht gut für dich wäre, wenn du den Unterricht versäumst. Außerdem fanden wir beide, dass es eine gute Gelegenheit sei.«

Die Art, wie er diesen letzten Satz betont, jagt mir einen Schauer über den Rücken. Wir kommen dem Kern der Sache näher. Er hält seine Trumpfkarte bereits in den Händen, aber er hat sie noch nicht ausgespielt. »Gelegenheit wofür?«, frage ich.

»Damit wir uns an unsere neue Beziehung gewöhnen können«, sagt der Mann, der nicht mein Vater ist.

Ich fürchte mich davor zu hören, was er als Nächstes sagen wird. Er spricht es nicht sofort aus – schweigt einige Sekunden lang, so als ob er zögern würde mir eine schlechte Nachricht beizubringen. »Weißt du, John, der Mann, der dein richtiger Vater ist, kommt zurück nach Hause. Er wird schon morgen früh hier sein. Ich werde ausziehen. In deinem Heim ist jetzt kein Platz mehr für mich. Dein Leben wird von nun an sehr schön sein. Ich wollte dich heute Nacht bei diesem schnellen Fischzug nur dabeihaben, damit du erkennst, was für ein Mensch ich wirklich bin und wie schrecklich dein Leben geworden wäre, wenn es nicht diese glückliche Wendung genommen hätte.«

Aber natürlich sagt der Mann, der nicht mein Vater ist, nichts dergleichen. Dies sind die Worte, die ich mir zu hören wünsche, aber es sind nicht die Worte, die er ausspricht. Er steht nur da, leuchtet mir mit der Lampe in die Augen und beobachtet, wie ich vor Kälte zittere. Schließlich fängt er an zu sprechen: »Deine Mutter und ich werden heiraten, John«, erklärt er. »Sobald sie aus Maysville zurückkommt. Nichts Großartiges. Nur eine kleine Feier. Was immer Rose uns hinterlässt, kommt gerade zur rechten Zeit.«

In meinen Ohren saust und brüllt es und es hat nichts mit dem Wind zu tun, der um uns herumwirbelt.

»Nun, hast du nichts zu sagen?«, fragt er.

»Was zum Beispiel?«

»Wie wär's mit ›Herzlichen Glückwunsch‹?«

»Herzlichen Glückwunsch«, höre ich mich murmeln.

Zum ersten Mal dreht er die Taschenlampe zur Seite, sodass ich sein Gesicht sehen kann. Es ist ein Gesicht, das ich hasse, vom Kinn bis zum Haaransatz, von einem Ohr zum anderen. »Herzlichen Glückwunsch – was?«

Ich zucke mit den Schultern. Was macht es jetzt noch aus?

»Herzlichen Glückwunsch, Sir.«

»Nein«, korrigiert er mich. »Herzlichen Glückwunsch, Vater.«

»Das ist etwas, was ich niemals sagen werde«, versichere ich ihm. »Nicht in einer Million Jahre. Du kannst mit mir machen, was du willst, und ich werde es trotzdem niemals sagen.«

Er lächelt. »Du siehst durchgefroren aus, John. Ich schätze es ist Zeit für uns nach Hause zu gehen. Wir können ein anderes Mal darüber reden. Wir haben jetzt viel Zeit zum Reden.« Und das ist eindeutig eine Drohung. Ich weiß jetzt, dass alles, was er sagt, eine Falle oder eine Tretmine ist und eine verborgene Drohung enthält. Und je gütiger und ehrlicher er sich gibt, desto gefährlicher ist er in Wirklichkeit. Als er mich jetzt ansieht, ist sein Blick fast mitleidig und ich bin auf das Schlimmste gefasst. »Aber«, sagt er mit leiser Stimme, »egal, was vorgefallen ist, auch wenn du mich verabscheust – du musst zugeben, dass ich ein besserer Mann bin, als dein Vater es jemals war.«

»Das ist eine Lüge«, sage ich viel zu laut. »Du kennst meinen Vater nicht einmal. Du weißt gar nichts über ihn.«

»Nur das, was mir deine Mutter erzählt hat«, stimmt er zu. »Aber das ist genug. Ich habe nie behauptet ein Heiliger zu sein, John, aber ich wäre niemals so kaltblütig zu tun, was er getan hat. Eine junge Frau und ihren kleinen Sohn einfach so zu verlassen, ohne Erklärung und ohne eine Adresse. Einfach zu verschwinden – über den Rand der Erde zu fallen. Das ist mehr als grausam. Das ist mehr als herzlos. Denk von mir, was du willst, John, aber so etwas würde ich nie tun. Das ist mehr als verachtenswert.«

Ich öffne meinen Mund, aber es gibt nichts, was ich darauf erwidern kann. Stattdessen fühle ich Tränen in meinen Augen und einen Kloß in meiner Kehle und so senke ich einfach beschämt meinen Kopf, denn – so wahr mir Gott helfe – was er gesagt hat, ist die reine Wahrheit.

17 Ausgerissen

Du kennst mich nicht und du wirst mich nicht vermissen.

Ich packe nur eine Tasche. Was für eine deprimierende und gleichzeitig aufregende Erkenntnis das ist – alle Dinge, die mir in diesem Leben etwas bedeuten, passen in einen kleinen, schwarzen Rucksack.

Die beste Zeit, um von zu Hause wegzulaufen, ist nicht mitten in der Nacht. Das ist in Wirklichkeit einer der schlechtesten Zeitpunkte für ein solches Vorhaben. Nachts ist es dunkel und kalt und jeder, der nicht gerade von zu Hause ausreißt, schläft, daher wirst du umso mehr auffallen. Polizisten können dich an Bushaltestellen entdecken. Vorbeifahrende Autos werden nicht sehen, wie du am Straßenrand deinen Daumen ausstreckst, oder sie werden sich nicht trauen dich mitzunehmen.

Die beste Zeit ist eindeutig der frühe Morgen, wenn die Sonne gerade aufgeht und jeder damit beschäftigt ist, sich die Zähne zu putzen und anzuziehen, und wenn die Straßen, die Bushaltestellen und die Flughäfen sich mit Menschen füllen, die es eilig haben.

Ich bin am frühen und strahlenden Morgen auf der Straße unterwegs, bekleidet mit meinem Wintermantel und mit meinem schwarzen Rucksack über der Schulter. Ich friere nicht, denn ich trage lange Unterhosen unter meinen Jeans und ein Flanellhemd. Sssumm, sssumm. Die Autos sausen vorbei, aber das kümmert mich nicht. Irgendeins wird schon anhalten.

Am Tag zuvor habe ich zwei Briefe geschrieben. In dem einen, adressiert an die Polizei, habe ich alles aufgeschrieben, was ich über die illegalen Geschäfte des Mannes, der nicht mein Vater ist, weiß. Ich habe den Brief gestern Nachmittag abgeschickt und er sollte heute in der Polizeiwache eintreffen. Der andere Brief war an meine Mutter gerichtet. Darin steht, dass sie ihre Wahl getroffen hat und dass ich nun meine treffe. Diesen Brief habe ich auf ihrem Schminktisch liegen lassen, sodass sie ihn findet, wenn sie nach Tante Roses Begräbnis zurück nach Hause kommt.

Sssumm, sssumm. Die Autos rasen vorbei.

Und dann hält eins an. Es ist ein glänzender, roter Sportwagen, an dessen Steuer eine sehr hübsche, junge Frau sitzt. »Bist du ein Tramper?«, fragt sie mich.

Diese Frage überrascht mich. »Warum sollte ich wohl sonst meinen Daumen ausstrecken?«, erwidere ich.

»Aber ... du siehst aus, als solltest du jetzt in der Schule sein.«

»Ich werde mich nicht in Ihre Angelegenheiten mischen, also bitte mischen Sie sich nicht in meine«, entgegne ich. »Ich brauche eine Mitfahrgelegenheit. Wollen Sie mich mitnehmen?«

»Wohin willst du?«, fragt sie.

»Wohin wollen *Sie?*«, frage ich zurück.

»Los Angeles«, sagt sie.

»Da will ich auch hin.«

Sie wirft mir einen langen Blick zu. »Hast du dir das auch gut überlegt?«

»Ja«, sage ich.

»Und du hast alle anderen Möglichkeiten in Erwägung gezogen?«

»Es gibt keine anderen Möglichkeiten.«

»Besser ich als jemand anderes«, sagt sie mit einem Seufzen. »Steig ein.«

Zusammen fahren wir durch die Weiten der Vereinigten Staaten. Wir sausen durch die Prärie. Wir beobachten Bisamratten. Wir fahren über Berge. Wir beobachten Dickhornschafe. Wir überqueren Flüsse. Wir sehen Lastkähne und Ausflugsdampfer. Die Vereinigten Staaten sind ein großartiges, wunderbares Land. Der Mann, der nicht mein Vater ist, wird mich niemals finden. Stattdessen wird ihn die Polizei meiner Heimatstadt, die keine Heimatstadt ist, aufspüren, aber weder sie noch meine Mutter werden mich jemals ausfindig machen.

Ich bin frei wie ein Vogel.

Der Name der Frau ist Miranda. Am frühen Nachmittag eines sonnigen Tages halten wir an einer Raststätte, die auf einem Berg liegt und den Blick auf eine Steppe freigibt, um Mittag zu essen. Ich breche meine eigene Regel, mich nicht in ihre Angelegenheit einzumischen, und frage sie: »Warum fahren Sie nach Los Angeles?«

»Ich wohne dort«, sagt Miranda. »Ich fahre nach Hause.«

»Was machen Sie dort?«

»Ich leite eine Mädchenschule«, sagt sie. »Es ist keine große Schule, aber etwas ganz Besonderes. Wir unterrichten etwa zweihundert Mädchen. Und habe ich schon erzählt, dass auch der Lehrkörper nur aus Frauen besteht? Die Schule liegt direkt am Strand. Sie heißt *Los Angeles Mädchenschule am Strand*. Wenn du noch nicht weißt, wo du in Los Angeles unterkommen sollst, John, kannst du mit mir kommen und eine Weile in der Schule wohnen.«

»Was hätte ich da zu tun?«, frage ich.

»Du könntest als Bademeister an unserem großen Whirlpool aufpassen«, sagt sie. »Und du könntest die Mädchen mit Sonnenöl eincremen, damit sie keinen Sonnenbrand bekommen . . .«

Wie dir inzwischen vielleicht aufgefallen sein dürfte, bin ich gar nicht von zu Hause ausgerissen. Wenn ich weglaufen würde, stünden die Chancen, dass ich von einer wunderschönen Frau namens Miranda mitgenommen würde, ziemlich schlecht. Viel wahrscheinlicher wäre, dass ich im Auto eines Verrückten, eines Bankräubers oder eines Pädophilen landen würde. Aber das ist nicht der Grund, warum ich nicht weggelaufen bin.

Ich laufe nicht weg, weil dies das Eingeständnis meiner Niederlage bedeuten würde. Ich bin zwar ziemlich am Boden, aber ich bin noch nicht ausgezählt worden. Im Augenblick liege ich auf meinem Bett. Es ist Montag, eigentlich ein Schultag, aber ich bin nicht in der Schule. Heute Morgen habe ich für den Mann, der nicht mein Vater ist, das Frühstück gemacht, genauso wie ich es am Samstagmorgen und auch am Sonntagmorgen getan habe, ganz nach seinen Wünschen. Ich habe ihm die Zeitung geholt. Ich habe Kaffee für ihn gekocht. Ich habe ihn Sir genannt. Ich habe nicht gewusst, dass ich jemanden so hassen kann, wie ich ihn hasse.

Mein Körper ist nicht mehr so wund wie am Samstagmorgen, als ich ihn kaum aus dem Bett hieven konnte, aber er tut immer noch weh. »Ich werde heute nicht in die Schule gehen«, habe ich heute Morgen zu dem Mann, der nicht mein Vater ist, gesagt, nachdem er mit dem Frühstück fertig war. »Ich bin krank.«

»Was fehlt dir?«, fragte er.

»Mir tut immer noch alles weh von Freitagnacht.«

Er musterte mich über seine Zeitung hinweg und seine Augen verengten sich gefährlich. »Freitagnacht ist nichts passiert und du wirst deinen Mund halten.«

»Ja, aber ich fühle mich nicht gut.«

»Dann geh halt nicht zur Schule. Was kümmert's mich? Aber morgen wirst du hingehen, egal, wie es dir geht. Hast du mich verstanden?«

»Ja, Sir.«

Der Mann, der nicht mein Vater ist, fuhr nach dem Frühstück mit

seinem Laster fort und ich liege jetzt auf meinem Bett, stelle mir
vor von zu Hause wegzulaufen und weiß gleichzeitig, dass ich es
nie tun würde. Ich werde es nicht tun, weil ich niemals vor dem
Mann, der nicht mein Vater ist, kapitulieren werde. Aber es gibt
noch einen anderen Grund. Ich kann unmöglich von zu Hause
ausreißen, weil ich gar kein Zuhause habe, von dem ich weglaufen kann. Mein Heim ist kein Heim – es ist feindliches Kriegsgebiet. Man kann nicht vor etwas davonlaufen, das es gar nicht gibt.
Der Mann, der nicht mein Vater ist, hat seine eigenen Vorstellungen von Familienleben, an denen er mich liebenswürdiger-
weise teilhaben ließ, als wir Freitagnacht aus dem Wald nach
Hause fuhren. Ich gebe zu, dass ich mich nicht mehr sehr gut an
diese Fahrt erinnern kann. Ich zitterte wie Espenlaub vor Kälte
und Elend und versuchte mindestens eine Stunde lang mit dem
Weinen aufzuhören – ohne großen Erfolg.

»Oh, hör auf mit der Heulerei«, sagte der Mann, der nicht mein
Vater ist, mehrmals mit dem üblichen Mitgefühl in seiner Stimme. »Du glaubst, du hättest eine Niete gezogen, nur weil dein
Vater abgehauen ist und du es jetzt mit mir zu tun hast. Nun, ich
kann dir versichern, dass jeder seine Lektion im Leben lernen
muss. Jeder hat sein Päckchen zu tragen. Habe ich dir jemals
von Mona erzählt?«

Ich bin mir nicht bewusst ein besonderes Interesse an diesem
Thema gezeigt zu haben, aber der Mann, der nicht mein Vater
ist, bahnte sich unbeirrbar seinen Weg durch seine Variation eines Vater-Sohn-Gesprächs.

»Mona war mein Engel. Es gab niemanden außer Mona. Ich
schaue diese Kuh an, deine Mutter, denke an meine Mona und
könnte glatt kotzen. Wir waren füreinander geschaffen, Mona
und ich. Du hast ja keine Ahnung, John. Du wirst das nie begreifen. Eine solche Liebe ist nur wenigen Menschen vergönnt und
du bist nicht der Typ, der genug Mut aufbringt, um nach einer

solchen Liebe zu suchen. Der Tag, an dem Mona meine Frau wurde, war der glücklichste Tag meines Lebens. Ich habe geglaubt, dass ich gestorben und in den Himmel gekommen sei und dass sie die Belohnung meines Erdenlebens sei. Wir haben drei Jahre miteinander verbracht. Wir hatten ein tolles Haus, ich schwamm im Geld und ich hätte nie geglaubt . . .«

Der Mann, der nicht mein Vater ist, brach ab.

Ich sah eine winzige Möglichkeit, ihm Schmerz zuzufügen, und natürlich ließ ich sie mir nicht entgehen. »Ich habe immer gedacht, dass sie bei einem Autounfall gestorben wäre«, sagte ich. Und dann fragte ich ihn: »Was passierte mit Mona?«

Er antwortete nicht sofort, aber ich sah, wie seine Finger sich einige Millimeter tief in den Kunststoff des Lenkrads bohrten. »Was passiert ist?«, sagte er schließlich. »Nun, ich habe meine Lektion gelernt. Sie war wie dein Vater – kalt wie Eis. Sie lernte einen Mann kennen, der ein Autohaus besaß, und er brauchte nur mit ein paar großen Scheinen zu winken. Das war der Autounfall. Wenn er mir jemals über den Weg gelaufen wäre, hätte er es bereut, überhaupt geboren worden zu sein. Sie hat mich verlassen, ich habe angefangen zu trinken, habe das Haus verloren und mich regelrecht die Toilette runtergespült. Und jetzt sitzen wir hier alle gemeinsam in der Scheiße«, schloss der Mann, der nicht mein Vater ist, seine Ausführungen mit einem bitteren Lachen und einer seiner vulgären Metaphern, die er so meisterlich beherrscht.

Einige Minuten lang schwieg er. »Aber der Punkt ist, John«, sagte er dann, »dass ich gelernt habe mein Päckchen zu tragen. Und deine Mutter ist das Beste, was ich jetzt noch kriegen kann. Und auch deine Mutter hat es begriffen. Ehrlich gesagt, Johnny, mein Junge, bist du eines der Päckchen, mit denen sich deine Mutter abschleppen muss. Aber das ist nicht deine Schuld. Und ich halte dir zugute, dass auch du einiges auf dem Buckel hast.

Also sitzen wir im selben Boot, oder besser in derselben Scheiße, und wir müssen einfach das Beste daraus machen. Und wenn dir die Aussicht, mich als Vater zu bekommen, nicht besonders gut gefällt, empfehle ich dir, es von der positiven Seite zu betrachten. Du bist bald mit der Highschool fertig. In kürzester Zeit steht dir die ganze Welt offen und du kannst gehen, wohin du willst.«

So weit das Vater-Sohn-Gespräch während unserer Fahrt durch den Wald, zumindest der Teil davon, an den ich mich erinnere. Ich muss leider berichten, dass es mich nicht besonders aufgemuntert und mir auch nicht sonderlich viel Hoffnung für die Zukunft gegeben hat, aber das war, glaube ich, auch gar nicht beabsichtigt. Ich glaube, die zentrale Botschaft dieses Gesprächs lag darin, mich wissen zu lassen, dass ich ab jetzt das Mitglied der Familie bin, auf das man am leichtesten verzichten kann, und dass ich am besten jetzt schon anfange mich mit dem Gedanken an die Straße anzufreunden.

Ich denke, ich weiß auch, warum der Mann, der nicht mein Vater ist, mir erlaubt hat auf der Rückfahrt in der Fahrerkabine des Lasters zu sitzen. Auf dem Hinweg hat er mich hinten eingesperrt, damit ich mir kein auffälliges Merkmal der Landschaft einprägen könnte, anhand dessen ich den Weg zu jener Kellergarage oder dem Lagerhaus wieder finden könnte. Er ist nicht dumm, dieser Mann, der nicht mein Vater ist. Nur für den Fall, dass ich auf die Idee kommen könnte, zur Polizei zu gehen, hat er dafür gesorgt, dass es nichts gibt, was ich ihnen erzählen könnte. Ich weiß ja nicht einmal, in welchem Bundesstaat das Be- und Entladen des Lasters durchgeführt wurde.

Ich habe keine Beweise. Mein Wort stünde gegen seins. Und er ist jetzt mein neuer Stiefvater, den ich zutiefst verabscheue. Der Mann, der nicht mein Vater ist, ist ein sehr verschlagener Mann, und er hat mich genau da, wo er mich haben wollte.

In den letzten zwei Tagen habe ich auch zwei kurze Gespräche mit meiner Mutter geführt. Anscheinend wohnt sie fast im Krankenhaus, wo ihre Tante zwischen Wachzustand und Bewusstlosigkeit hin und her gleitet. Beide Male hat sie abends angerufen, zu einer vorher verabredeten Zeit. Der Mann, der nicht mein Vater ist, stand nur wenige Zentimeter von mir entfernt und hat jedes Wort unserer kurzen und steifen Konversation belauscht.

»Wie geht es dir, John?«, fragte sie das erste Mal, als sie anrief. Als ob sie das kümmern würde!

Ich hörte meine eigene Stimme antworten, kalt und gleichgültig. »Gut.«

»Es tut mir so Leid, dass ich mich nicht von dir verabschieden konnte, aber ich musste ganz schnell weg. Ich hoffe, du verstehst, dass dies ein Notfall war.«

»Sicher.«

»Tante Rose kämpft sehr tapfer, aber es sieht nicht gut aus. Ich muss einfach bei ihr sein.«

»Klar.«

»Wie läuft's in der Schule?«

»Okay.«

»Und das Orchester? Übst du fleißig Tuba?«

»Klar.«

»Du bist so einsilbig, John. Ist alles in Ordnung?«

Ich warf dem Mann, der nicht mein Vater ist, einen Blick zu. Er stand so dicht bei mir, dass ich seinen Atem riechen konnte.

»Klar«, sagte ich. »Alles bestens.«

Ich hörte, wie sie zögerte. »Hast du die Neuigkeiten schon gehört?«

»Ja.«

»Ich wollte es dir eigentlich selbst sagen. Aber wir können ja darüber reden, wenn ich wieder da bin. Es wird großartig, du wirst schon sehen. Wir werden wieder eine Familie sein.«

»Klar«, sage ich und beiße vor lauter Entzücken über diese Aussichten fast in den Hörer. »Herzlichen Glückwunsch.«

»Kommt ihr beiden miteinander klar?«

»Sicher. Ich geb ihn dir wieder. Er steht direkt neben mir. Bis dann.«

Leider waren diese Telefongespräche mit meiner Mutter nicht dazu angetan, dass ich mich besser gefühlt hätte, und sie gaben mir auch nicht sonderlich viel Hoffnung für die Zukunft.

Es ist jetzt Montagnachmittag. Morgen muss ich wieder zur Schule, muss Mrs Mondgesicht gegenübertreten und erklären, warum ich das ganze Wochenende nicht dazu kam, meine Algebraaufgaben zu machen. Billy Banane wird wahrscheinlich wieder in der Schule sein und höchstwahrscheinlich herrscht immer noch Krieg zwischen uns. Und schließlich wird Mr Steenwilly von mir erwarten, dass ich mit meinem Tubasolo merkliche Fortschritte gemacht habe, während meine Tuba tatsächlich auf dem Grunde meines Schranks ruht und glaubt, sie sei in einem Teich.

Vielleicht ist mein Schrank tatsächlich ein Teich, denn ein Kleiderschrank ist er sicherlich nicht. Er ist kein Kleiderschrank, weil so gut wie keine Kleider darin aufbewahrt werden. All meine guten Kleidungsstücke musste ich in Glory Hallelujas Keller zurücklassen, als unsere kurze Couch-Kuschelei so rüde unterbrochen wurde. Vielleicht hat die Polizei sie als Beweismittel mitgenommen.

Ich habe Gloria nicht mehr gesehen oder mit ihr gesprochen, seit ich hinter T. D. durch die Katzentür geschlüpft bin, und es ist keine angenehme Aussicht sich vorzustellen, dass ich morgen wieder mit ihr vereint sein werde, um unsere gemeinsame Vergangenheit, unsere Gegenwart und unsere Zukunft zu besprechen.

Ich möchte hiermit zu Protokoll geben, dass ich morgen nicht in die Anti-Schule gehen will. Aber ich will auch nicht in dem Zuhause bleiben, das kein Zuhause ist. Ich kann nicht von zu Hause ausreißen, weil das einer Kapitulation gleichkäme und ich außerdem gar kein Zuhause habe, von dem ich weglaufen könnte. Also kann ich auch nicht mit Miranda auf und davon fahren, was ganz in Ordnung ist, weil sie ja gar nicht existiert.

Du kennst mich nicht und daher kannst du dir auch gar nicht vorstellen, wie eingesperrt ich mich fühle. Ich bin nicht in einem Laster eingeschlossen oder in einem Zimmer. Ich sitze in der schlimmsten Falle, die sich ein vierzehnjähriger Junge nur vorstellen kann – ich sitze in der Falle meines Lebens, das kein Leben ist.

Deshalb liege ich hier auf meinem Bett und betrachte die spinnenartigen Risse an der weißen Decke, Stunde für Stunde.

18 Der verhängnisvolle Dienstag beginnt

Es ist Dienstag, der verhängnisvolle Dienstag. Ich stehe im dritten Stock meiner Anti-Schule vor meinem Spind und stoße wilde Drohungen aus.

Ich habe die korrekte Nummernkombination gewählt. Ich habe das Rad drei nach links gedreht, vier nach rechts und fünf nach links. Ich habe sanft am Griff gezogen, dann stärker und dann mit aller Kraft.

Aber die Tür hat sich nicht geöffnet. Sie hat nicht einmal die geringsten Anstalten gemacht, sich zu öffnen. Wenn das möglich wäre, ist sie jetzt sogar noch fester verschlossen als vorher. Ich habe tatsächlich noch nie eine Spindtür gesehen, oder irgendeine andere Tür, die sich so hartnäckig in ihrem Rahmen festgesetzt und an ihre Angeln geklammert hat wie diese, fast so, als würde sie sich auf einen langen Winterschlaf vorbereiten.

Mein Spind hat keinen Mund, also kann er nicht sprechen. Aber er denkt: »Zieh Leine, Milchgesicht. Du hast keine Macht mehr über mich. Du, der du den Mann, der nicht dein Vater ist, mit Sir ansprichst und der noch nicht einmal von zu Hause weglaufen kann, weil er gar kein Zuhause zum Weglaufen hat – ich werde mich nie mehr für jemanden wie dich öffnen.«

Die erste Stunde fängt bald an und langsam wird die Zeit knapp – und meine Geduld. Ich hebe meinen Fuß. »Siehst du das?«, frage ich meine Spindtür. »Hast du zufällig schon jemals etwas von ›Eisenzeh‹ gehört? Oder sagt dir vielleicht der Ausdruck ›ewige Beule‹ etwas?«

Meine Spindtür lässt sich nicht einschüchtern. »Mein Großvater war eine Stahlkammer in Fort Knox, und wenn du versuchst mich mit einem Tritt zu zerbeulen, wirst du dir nur einen Bänderriss zuziehen, den du hundert Jahre lang nicht mehr loswerden wirst.«

Ich hole mit meinem rechten Bein aus, um meiner Spindtür einen anständigen Tritt zu verpassen. Ich glaube, es gelingt mir tatsächlich, sie ein klein wenig einzudellen oder zumindest etwas blaue Farbe abzukratzen, aber meine Spindtür schlägt zurück. Sie greift nach vorn, packt meinen rechten Fuß an der Ferse und schleudert mich mit einem Ju-Jutsu-Griff nach hinten. Der Gegenangriff trifft mich völlig unvorbereitet und ich lasse einen lauten Schrei los, als ich auf dem Rücken aufschlage.

Aus der Perspektive eines umgekippten Käfers sehe ich, wie einige von meinen Mitschülern mich anstarren, und ich glaube sogar unterdrücktes Kichern zu hören. Ich werfe ihnen meinen Toter-Fisch-Blick zu. »Starrt mich nicht so an, ihr verschwendet lediglich eure Zeit. Ich bin nichts als eine tote Flunder, die auf der Hafenmauer liegt und darauf wartet, ausgenommen zu werden. Da ich hirntot bin und mein Nervensystem sich schon abgeschaltet hat, habe ich auch keinen Schmerz mehr zu erwarten. Reserviert eure Blicke und euer Gelächter für diejenigen, die noch fähig sind Scham und Qual zu empfinden.«

Ich stehe langsam auf. Mein rechtes Bein, mein rechter Fuß und mein rechtes Knie pochen, als würden sie am liebsten von der Schulkrankenschwester amputiert werden. Erst dann sehe ich aus den Augenwinkeln, dass Glory Halleluja auf mich zugekommen ist und nur etwa einen Meter von mir entfernt steht.

Sie trägt einen hellblauen Pulli, der so weich aussieht, als bestünde er aus Zuckerwatte. Ihr wunderschönes blondes Haar fällt sanft auf ihre Schultern wie die Zweige einer Trauerweide, die an einem Sommermorgen ein grasbewachsenes Flussufer streifen. Aber ihre blauen Augen, die mich fixieren, glänzen nicht wie warme Sterne. Ich fürchte, sie glitzern eher wie kalte Speerspitzen.

»Hallo«, sage ich. »Ich habe nur einen Fußballtrick geübt.«

Gloria sagt nichts, aber ich glaube zu erkennen, dass sich Zweifel auf ihrem Gesicht ausbreiten, ob das, was sie gerade beobachtet hat, jemals von irgendeinem Spieler auf einem Fußballfeld ausgeführt wurde, seit man dieses weltweit populäre Spiel erfunden hat.

Als sich das Schweigen dem kritischen Punkt nähert, breche ich es mit einer weiteren Salve aus meinem recht spärlichen Konversationsarsenal. »Ich brauche die Sachen, die ich bei dir liegen lassen habe«, sage ich zu Gloria.

Sie entgegnet wieder nichts, aber zu dem Ärger auf ihrem Gesicht gesellt sich ein Ausdruck der Verwirrung. Es sieht fast so aus, als hätte sie keine Ahnung, von welchen Sachen ich spreche.

»Meinen Pulli, meine Schuhe und besonders meine Jacke«, erkläre ich. »Ich habe sie auf der Couch liegen lassen.«

Ihre süßen Lippen bewegen sich und ich merke, wie sie sich bereitmacht an unserem Gespräch zu partizipieren – wie auch immer sich das äußern mag. »Und das ist alles, was du mir zu sagen hast?«, fragt sie mit einer Stimme, die so kalt ist, dass ihre Stimmbänder mit Frostschutzmittel behandelt sein müssen, weil sie ansonsten reißen würden.

Ich weiß nicht, was ich auf diese Frage erwidern soll, also nicke ich.

»Du hast vielleicht Nerven«, sagt Glory Halleluja zu mir. »Das Zeug ist weg.«

»Weg? Wohin?«

»Mein Vater hat es weggenommen. Ich glaube, er hat's verbrannt.«

Ich stelle mir vor, wie mein grüner Weihnachtspulli und mein gutes, braunes Jackett in Flammen aufgehen, während der Bulldozer noch mehr Feuerzeugbenzin darüber gießt. »Aber . . . die Sachen haben mir gehört«, bemerke ich mit dem Ausdruck größtmöglicher Demut und höchster Vernunft in meiner Stimme.

»Wenn du sie so dringend brauchst, hättest du sie nicht zurücklassen dürfen«, entgegnet sie.

Ich möchte mich mit Gloria an diesem verhängnisvollen Dienstag nicht streiten, kann aber nicht umhin, etwas klarzustellen: »Ich wollte sie ja nicht zurücklassen, aber ich hatte keine Wahl. Ich musste ziemlich eilig gehen.«

Ihre blauen Augen werden noch kälter. Sie sehen jetzt aus wie zwei Zwillingseiszapfen, die in der arktischen Sonne glänzen. »Natürlich hattest du eine Wahl. Du hättest dableiben und der Situation ins Auge sehen können. Ich bin dageblieben – du hättest auch bleiben können. Stattdessen bist du weggerannt.«

Mein Spind will sich der Diskussion anschließen. Er kann zwar nicht sprechen, weil er keinen Mund hat, aber er versucht Gloria Folgendes zu sagen: »Du hast völlig Recht. Er ist nichts als ein elender Feigling und du verschwendest deine Zeit mit einem Blödmann wie ihm. Gib ihm den Laufpass und dann lass uns 'ne Tasse Kaffee trinken gehen.«

Ich werde später mit meinem Spind abrechnen. Im Werkraum liegt eine Kettensäge. Jetzt richte ich meine Aufmerksamkeit auf Gloria. »Natürlich bist du geblieben. Du wohnst schließlich da. Aber ich hatte keine Wahl. Dein Vater wollte mich umbringen. Und ich brauche diese Kleider, besonders mein Jackett. Es war Geld in der Tasche.«

Gloria macht einen Schritt nach vorn. Ich habe noch niemals so viel Zorn auf einem so hübschen Gesicht gesehen. Es ist wie ein Hagelsturm an einem schönen Frühlingstag. »Du machst dir also Sorgen um ein bisschen Geld, das du verloren hast?«, fragt sie. Sie steht jetzt ziemlich dicht vor mir. Normalerweise wäre das sehr angenehm, aber an diesem Morgen befindet sich Gloria in keiner sonderlich freundlichen Stimmung. Es sieht fast so aus, als wolle sie mich im nächsten Moment mit Gift bespritzen wie eine Kobra.

Ihre Stimme senkt sich zu einer Art Flüstern, nur dass das Wort »Flüstern« normalerweise eine weiche Stimme impliziert und an der Frage, die sie wie aus einer Pistole hervorschießt, ist nichts Weiches. »John, hast du eine Ahnung, wie viel Ärger ich deinetwegen hatte?«, fragt sie mich. »Was hätte ich sagen sollen, als du weggerannt bist? Was sollte ich der Polizei sagen? Was sollte ich unseren Nachbarn sagen, die herüberkamen, um zu sehen, ob alles in Ordnung sei?«

»Was du durchmachen musstest, tut mir sehr Leid«, sage ich. »Aber Gloria, ich hatte an dieser Situation keine Schuld.«

»Oh, aber ich? Ist es das, was du damit sagen willst?«, fragt sie. »Habe ich dich etwa gegen deinen Willen da hinuntergetragen? Ich merke schon, du bist ein sehr verantwortungsbewusster Mensch. Hast du eine Ahnung, was meine Eltern mit mir gemacht haben?« Sie macht eine dramatische Pause. Sie beißt einmal fest die Zähne zusammen. »Ich habe das ganze Wochenende Hausarrest bekommen«, sagt sie schließlich, als verkünde sie, dass sie die nächsten zwanzig Jahre in Einzelhaft auf der Teufelsinsel verbringen müsste. »Ich habe das Turnier verpasst, den Victoria Challenge Cup, und Mindy Fairchild hat Luke die ganze Zeit geritten, weil ich nicht da war. Und dann hat sie ein blaues Band gewonnen und jetzt hängt ein Bild von ihr und Luke im Stall.«

Ich wäge Glorias Strafe und ihr Unglück kurz gegen meine eigene missliche Lage ab und komme zu dem Schluss, dass das Schicksal vergleichsweise gnädig mit ihr umgegangen ist.

»Nun, ich hatte auch so meine Probleme«, sage ich zu ihr. »Es war auch für mich nicht leicht. Okay?«

Glory Halleluja – wie ist es möglich, dass deine Pupillen wie Warnleuchten aufblinken und deine anbetungswürdigen Nasenflügel so heftig flattern, dass sie fast aus der Verankerung reißen? Warum richtest du dich so hoch auf wie ein römischer Kaiser, der gerade einer kleinen, unglücklichen Provinz den Krieg erklärt? Und warum hebt deine Stimme sich jetzt weit über das Maß einer privaten Unterhaltung hinaus und füllt den gesamten Flur?

»WAGE ES JA NICHT, JE WIEDER MIT MIR ZU SPRECHEN«, befiehlt Glory Halleluja. »SCHREIBE MIR NIE WIEDER EINEN DEINER DÄMLICHEN ZETTEL. UND ERZÄHLE MIR NIE WIEDER EINE VON DEINEN IDIOTISCHEN LÜGEN.«

Wir erregen eine gewisse Aufmerksamkeit. Sicherlich werden die anderen Schüler, die uns jetzt anstarren, gleich in ihre Klassenzimmer gehen und unsere Privatsphäre respektieren.

»Was für Lügen?«, frage ich.

»DU BIST NICHT IN DER FUSSBALLMANNSCHAFT! ICH HABE CAMPELL GEFRAGT, DEN KAPITÄN, ER HAT NUR GELACHT UND GESAGT, WENN DU VERSUCHEN WÜRDEST INS TEAM ZU KOMMEN, WÜRDEN SIE DICH NICHT EINMAL DEN DRECK VON IHREN SCHUHEN WISCHEN LASSEN!«

Es kommt mir so vor, als ob der Kapitän der Fußballmannschaft damit etwas übertrieben haben könnte. Ich glaube eigentlich schon, dass sie mir gestatten würden den Dreck von ihren Schuhen zu wischen, wenn ich mich für die Mannschaft bewerben würde. Aber bin mir nicht sicher, ob ich diesen Punkt richtig stellen soll, denn Glorias Gesicht ist zornesrot und ihre Stimme ist jetzt so laut, dass man sie wahrscheinlich durch unsere ganze Anti-Schule hören kann, vom Sprachlabor im vierten Stock bis zum Heizungsraum im Keller.

»MEIN VATER HATTE RECHT!«, schreit sie mich an und deutet mit dem rechten Zeigefinger auf mich. »DU BIST EIN

SCHWINDLER! ABER JETZT WEISS ICH GENAU, WER UND WAS DU BIST. DU BIST NICHTS WEITER ALS EIN FEIGLING UND EIN LÜGNER!«

Unterdrücktes Gekicher und vereinzelter Applaus ertönen. Einige Dutzend meiner Spindnachbarn riskieren offensichtlich einen Verweis, nur um das Ende meiner kleinen Auseinandersetzung mit dem hübschesten Mädchen unserer Anti-Schule miterleben zu können.

Ich schaue in diese wunderschönen blauen Augen, von denen ich so oft geträumt habe. »Nein, Gloria, das stimmt nicht«, höre ich mich selbst sagen. Ich weiß nicht, woher ich den Mut nehme, aber ich halte ihrem Blick stand und ich glaube fast, dass meine Augen ein kleines bisschen funkeln. »Weißt du, ich kenne dich gar nicht.« Meine Stimme wird lauter und Gloria weicht einen Schritt zurück, während ich die Wahrheit verkünde, laut und deutlich, sodass alle im Flur es hören können. »UND DU WEISST AUCH NICHT, WER ICH BIN. WIR SIND LEDIGLICH EIN EINZIGES MAL MITEINANDER AUSGEGANGEN. DU KENNST MICH ÜBERHAUPT NICHT.«

»Prima. Dabei sollten wir es belassen«, sagt sie, dreht sich um und geht mit schnellen Schritten davon.

19 Der verhängnisvolle Dienstag nimmt seinen Lauf

Mir bleiben noch fünf Minuten, bevor der Anti-Matheunterricht zu Ende ist. In dieser Zeit muss ich eine dreifache Gefahr überstehen. Aus zwei Richtungen werden Todesstrahlen auf mich geschossen, links von Billy Banane und rechts von Glory Halleluja. Wenn ich mich plötzlich ducken würde, würden sie statt auf mich aufeinander feuern.

Vorne an der Tafel ist Mrs Mondgesicht in Hochform. Sie hat das Kapitel mit den Flüssigkeitsgleichungen beendet, ein neues Thema aus ihrem unerschöpflichen Fundus an Algebra-Weisheiten ausgegraben und die gesamte Stunde damit verbracht, uns das mathematische Mysterium des linearen Systems mit zwei Variablen näher zu bringen. Sie hat einen neuen Weltrekord aufgestellt und drei Tafelflächen mit Regeln, Beispielen und Lösungen voll geschrieben, die uns dieses rätselhafte Phänomen verdeutlichen sollen.

Jetzt wedelt sie mit einem ziemlich großen Stück Kreide durch die Luft, wie ein Trapper, der einen Bären mit einem Bowiemesser zu erlegen versucht, und sagt: »So, ich hoffe, ihr habt jetzt begriffen, dass man, um ein solches Gleichungssystem zu lösen, zunächst alle zueinander passenden Paare finden muss, sofern vorhanden, die zu den einzelnen Gleichungen des Systems gehören.«

Nein, Mrs Mondgesicht, das habe ich nicht begriffen. Was ich begriffen habe, ist, dass Sie das ganze Wochenende auf einen gut aussehenden Mann namens Jacques gewartet haben, der mit einem gepunkteten Schlips bekleidet auf Ihrer Türschwelle auftauchen und Sie zu einem Tänzchen ausführen sollte. Er ist nicht aufgetaucht und daher haben Sie sich entschlossen all Ihre Enttäuschung, Ihre Einsamkeit und Ihr Elend zusammenzukehren und in Ihr Gemüt zu schütten wie in einen Müllcontainer. Diese Zutaten haben Sie zu einem fünfundvierzigminütigen Algebra-Gebrabbel geschmolzen, um es in Form von nicht zu entziffernden Diagrammen und unverständlichen Gleichungen wieder auszuspucken. Was da aus Ihrem Mund herausquillt, ist mit so vielen giftigen Dämpfen durchsetzt, dass Sie damit gehärteten Stahl zum Korrodieren bringen könnten. Sie haben gerade einen Blick auf die Uhr geworfen und ich befürchte, dass Sie in diesem Moment in Ihrem Geist eine jener Todesfragen formulieren, mit der Sie mindestens einem Schüler hier im Anti-Matheunterricht den Garaus machen wollen, noch bevor die Stunde zu Ende ist.

Mrs Mondgesicht, heute habe ich weiß Gott größere Sorgen. In diesem Klassenzimmer sind Kräfte gegen mich am Werk, die sich sogar als noch tödlicher erweisen als Algebra. Jeden Moment kann mein Mathematikbuch Feuer fangen, weil es von einem jener Laserstrahlen getroffen wurde, die mir Glory Hallelujas blaue Augen zuschießen, oder von den Ionensalven, die die Nasenkanone von Billy Banane auf mich feuert.

Mein Freund, der kein Freund ist, und ich haben kurz vor dem Anti-Matheunterricht die ersten Worte seit seiner Verhaftung bei dem Basketballspiel gewechselt. Es schmerzt mich zu sagen, dass sie nicht von Wärme und Freundschaft erfüllt waren. Wenn bei den Lashasa Palulu zwei junge Männer miteinander Streit haben und der eine bereit ist die Waffen ruhen zu lassen, gilt es als wohlerzogen und klug, wenn dieser junge Mann seinem Gegner mit formellem Respekt begegnet und zunächst über solche Banalitäten wie das Wetter spricht – ein Thema, an dem niemand Anstoß nehmen kann. »Guten Morgen, William Beanman«, sagte ich, als wir ins Klassenzimmer gingen und uns Seite an Seite hinsetzten. »Und wie geht es dir heute an diesem grauen Dienstagmorgen?«

Er ließ diese Eingangsfloskeln zu einem weiterführenden Gespräch zunächst unbeantwortet, sondern knirschte nur kraftvoll mit den Zähnen, sodass die Muskeln an seinem Unterkiefer sichtbar wurden.

»Ich dachte zuerst, es würde schneien, aber jetzt sieht es eher nach Regen aus«, fuhr ich fort. »Es könnte auch hageln oder vielleicht gibt es sogar Schneeregen.« Nachdem ich alle meteorologischen Möglichkeiten ausgeschöpft hatte, lehnte ich mich zurück und wartete auf eine Erwiderung.

»Du bist ein toter Mann«, fauchte mein Freund, der kein Freund ist, schließlich in meine Richtung. »Ein toter Mann, hast du gehört? Eine Leiche.«

Noch niemals hatte mich jemand Leiche genannt und irgendwie gefiel es mir nicht besonders gut. »Starke Worte von einem, der gleich zweimal verhaftet wurde«, sagte ich zu ihm. »Du solltest wirklich langsam mal daran denken, dich zu resozialisieren. Du solltest lernen zu vergeben und zu vergessen oder du wirst eines Tages noch in der Todeszelle landen.«

Das war das Ende unseres Gesprächs. Doch während des gesamten Anti-Matheunterrichts flüsterte mir Billy Banane in wohl überlegten Zeitabständen mit einem drohenden Unterton immer wieder »Toter Mann, toter Mann« zu. Und bei mehreren Gelegenheiten, als Mrs Mondgesicht sich abgewandt hatte und ihre drei Tafelflächen mit Hieroglyphen füllte, attackierte mich Billy Banane körperlich mit diversen mathematischen Hilfsmitteln, die ihm seine Bananeneltern großzügig zur Unterstützung seiner Schulbildung zur Verfügung gestellt haben. Er schlug mich mit dem Lineal. Er stach mich mit der Spitze des Geodreiecks. Er stieß mit seinem Zirkel nach mir und traf mich so fest, dass er meine Haut durchdrang und Blut aus der Wunde hervorquoll.

Mrs Mondgesicht, ich dachte eigentlich, dass das Kultusministerium Sie damit betraut hat zu verhindern, dass Ihre Schüler während Ihres Unterrichts mit mathematischen Gerätschaften gefoltert werden. Aber statt die Unschuldigen zu beschützen, nehmen Ihre Augen jetzt den eifrigen Glanz sadistischer Vorfreude an. »Wie ich sehe, bleiben uns noch fünf Minuten«, erklären Sie, legen die Kreide weg und reiben Ihre Hände aneinander. »Ich möchte gerne an einem einfachen Beispiel verdeutlichen, wie die Lösung von zwei linearen Gleichungen in der Praxis aussieht. Wer möchte es versuchen?«

Mrs Mondgesicht hält erwartungsvoll nach Freiwilligen Ausschau. Sie gibt uns das Gefühl, dass derjenige, der die Hand hebt, für eine Beförderung und eine Tapferkeitsmedaille vorgeschlagen wird, weil er den Rest der Kompanie vor dem Untergang bewahrt hat. Wenn dies ein Kriegsfilm wäre, würde jetzt ein rotwangiger Rekrut aus dem Mittleren Westen Amerikas vortreten und sich für dieses Himmelfahrtskommando melden. »Sergeant«, würde er sagen, »nehmen Sie mich. Ich bin Ihr Mann. Ich werde durch dieses Minenfeld laufen und die MG-Stellung auf der anderen Seite ausheben.« Aber dies ist kein Kriegsfilm – dies ist der Anti-Matheunterricht und wir alle kauern uns in unsere Anti-Algebra-Schützengräben und warten, bis der Bombenangriff vorüber ist.

Als klar wird, dass niemand dämlich genug ist ihre Todesfrage freiwillig auf sich zu nehmen, macht sich Mrs Mondgesicht auf die Suche nach einem willigen Opfer. »Dann muss ich wohl jemanden aufrufen«, sagt sie genießerisch. »Mal sehen. Von wem haben wir denn lange nichts mehr gehört?«

Sie lässt ihren berüchtigten Todesblick über die Klasse streifen,

der über eine Stuhlreihe nach der anderen gleitet. Jeder wapp-
net sich für den Todesstoß. Einen Augenblick lang bleiben ihre
Augen an Husten-Henry hängen, aber der entzieht sich der Gefahr durch einen kurzen Bronchialausbruch von solcher Lungenkraft, dass es seinen Schreibtisch vom Boden hebt und einige Zentimeter weiter rechts wieder absetzt. Er erinnert ein wenig an einen Tiefseeoktopus, der seinem Verfolger durch einen
ruckartig aus seiner Tube gepressten, kräftigen Wasserschwall
entkommt.

Mrs Mondgesicht scheint einen Moment lang verwirrt – Henry
saß in der ersten Reihe, jetzt ist er plötzlich in der dritten. Sie
könnte versuchen ihn mit ihrem Todesblick auf dieser neuen
Position festzunageln, aber Henry erwidert selbstbewusst ihren
Blick, als wolle er sagen: »Mrs Mondgesicht, ich bin an diesem
Dienstagmorgen eine Beute, die sich nicht so leicht fassen
lässt. Wenn es sein muss, kann ich die nächsten vier Minuten
und achtundvierzig Sekunden damit verbringen, mich quer
durchs Zimmer zu husten.«

Mrs Mondgesicht lässt von ihm ab und sucht sich ein unbeweg-
licheres Opfer. Als Nächstes bleibt ihr Todesblick auf dem
Schreibtisch von Lucille dem Luftschiff hängen. Hinter ihr an der
Wand hängt ein großes, dunkelrotes Plakat, das den diesjähri-
gen Schulball ankündigt, und Lucille hat sich so perfekt getarnt,
dass sie förmlich mit diesem Hintergrund verschmilzt. Heute
Morgen trägt sie ein dunkelrotes Kleid, das der Farbe des Pos-
ters bis in die kleinste Nuance entspricht. Sie ist wahrhaftig unsichtbar.

Mrs Mondgesicht hält inne. Sie weiß, dass Lucille da sein muss,
weil sie auf ihrer Anwesenheitsliste steht. Sie schaut noch einmal hin, dreht ihren Kopf leicht zur Seite, schaut wieder. Kneift
ihre Augen zusammen. Geht einige Schritte nach rechts, um einen anderen Blickwinkel zu bekommen. Aber Lucille das Luft-

schiff ist wie eine Stabheuschrecke. Ein Fressfeind könnte sie direkt fixieren und würde doch nichts entdecken, was sich verdauen ließe.

Mrs Mondgesichts Todesblick schwingt zu mir. Wie ich bereits bei früherer Gelegenheit bewiesen habe, kann ich als Meister im Vermeiden unwillkommener Algebrafragen aus einem ganzen Arsenal hoch entwickelter Techniken schöpfen, wenn es nötig werden sollte. Doch es sind jetzt nur noch vier Minuten und sieben Sekunden bis zum Ende der Stunde. Mrs Mondgesicht braucht mindestens zehn Sekunden, um ihre Frage zu stellen. Und ich bin durchaus fähig vier Minuten zu schinden, ohne die Frage zu beantworten oder sie nicht zu beantworten. Also blicke ich Mrs Mondgesicht direkt in die Augen. »Sie sollten mich nicht aufrufen«, sage ich zu ihr, »es sei denn, sie legen es auf einen Ringkampf mit einer Wolke an.«

»John«, sagt sie und nimmt meine Herausforderung an. »Von dir habe ich eine ganze Weile schon nichts mehr gehört. Bitte löse diese sehr einfache Aufgabe: Eine Reparaturwerkstatt hat fünfzig Kisten mit Öl- und Luftfiltern bestellt, die insgesamt dreitausendzweihundertundelf Dollar und achtzig Cent kosten. Jede Kiste Ölfilter kostet siebzig Dollar und siebzig Cent und jede Kiste mit Luftfiltern kostet dreißig Dollar und dreißig Cent. Wie viele Kisten Ölfilter und wie viele Kisten Luftfilter wurden bestellt?« Schweigen breitet sich im Raum aus. Die Todesfrage ist Pandoras Büchse entschlüpft. Sie entrollt sich wie ein Riesenskorpion und krabbelt mit kalten Insektenaugen und bedrohlich aufgerichteter Schwanzspitze auf mich zu.

Ich bleibe erstaunlich ruhig. Mrs Mondgesicht, es hat siebzehn kostbare Sekunden gedauert, mir diese Todesfrage zu stellen. Jetzt bleiben nur noch drei Minuten und fünfzig Sekunden, die ich überbrücken muss – ein Kinderspiel für einen so geübten Fragenvermeider wie mich.

Ich fange an mit der altbewährten Methode des Ohrzupfens. Nein, Mrs Mondgesicht, lassen Sie sich durch das Ziehen an meinem Ohrläppchen nicht zu der Vermutung verleiten, ich würde ernsthaft über Ihre Frage nachdenken. Um der Wahrheit die Ehre zu geben: Ich habe keine Ahnung, wie viele Öl- und wie viele Luftfilterkisten die Werkstatt bestellt hat, und ich habe auch nicht den geringsten Schimmer, wie diese Gleichung gelöst werden kann. Wahrscheinlich geht es dem Rest der Anti-Matheklasse genau so und ich vermute, sogar der vierzehnjährige Albert Einstein hätte, selbst an einem guten Tag, mit der Lösung Ihres Problems seine Schwierigkeiten gehabt.

Sie behaupten zwar, Mrs Mondgesicht, dass dies eine praktische, realistische Aufgabe sei, doch ich glaube nicht, dass irgendeine Reparaturwerkstatt in diesem bekannten Universum seine Öl- und Luftfilter anhand solcher hoch ausgefeilter mathematischer Berechnungen bestellt. Ich glaube fest daran, dass die meisten Werkstätten gerade so viele Öl- und Luftfilter bestellen, wie auf die dafür vorgesehene Regalfläche passen, und wenn sie ihnen auszugehen drohen, sagt irgendjemand: »Hey, Joe, wir sollten besser noch 'n paar von den Luftfiltern bestellen. Und auch noch zwei, drei Kisten mit Ölfiltern.«

Es tut mir Leid, Ihnen mitteilen zu müssen, Mrs Mondgesicht, dass mein Ohrzupfen überhaupt nichts mit wahrhaftigem Nachdenken zu tun hat. Sein einziger Zweck ist es, Sie mit dieser Bewegung abzulenken – ich simuliere Gehirntätigkeit. Und weil die gute alte Methode des Ohrzupfens zwanzig Sekunden lang so wunderbar funktioniert hat, könnte ich noch ein wenig des bewährten Augenbrauenrunzelns hinzufügen. Bitte, Mrs Mondgesicht, glauben Sie nicht, dass die Runzeln und Falten, die über meinen Augen und auf meiner Stirn erscheinen und wieder verschwinden, irgendeinen Hinweis auf eine Hirntätigkeit unter meiner Schädeldecke geben. Sie dürfen ein Buch nicht nach seinem Einband beurteilen, Mrs Mondgesicht, und daher dürfen Sie auch nicht auf das Vorhandensein oder die Abwesenheit von Gedankentätigkeit schließen, nur weil sich zufällig Gesichtsmuskeln bewegen.

»John, machst du irgendwelche Fortschritte?«

Ja, natürlich, Mrs Mondgesicht. Ich bin gerade fünfzig Sekunden weit in der noch verbleibenden Zeit unseres Anti-Matheunterrichts fortgeschritten, die sich nunmehr auf lediglich drei Minuten beläuft. Das ist weniger als ein Weltklasseläufer braucht, um eine Meile zu rennen. Es ist auch weniger, Mrs Mondgesicht, als man braucht, um ein Drei-Minuten-Ei zu kochen. Sie werden heute keine Antwort mehr bekommen, Mrs Mondgesicht, aber sie werden heute auch nicht keine Antwort bekommen. Sie kämpfen gegen heiße Luft. Sie fechten mit Schneeflocken.

»Mit der Frage kriegt sie dich am Arsch, Dumpfbacke«, raunt mir Billy Banane kaum hörbar zu. »Du bist ein toter Mann. Ein toter Mann.«

Die negative Einstellung meines Algebra-Nachbarn ist zwar bedauerlich, berührt mich aber nicht im Mindesten. Auch aus der entgegengesetzten Richtung kommt wenig Ermunterung. Zu meiner Rechten lehnt sich Glory Halleluja nach vorn und legt all ihre verbliebene Feuerkraft in ihre zusammengekniffenen Augen, als wolle sie meine Tischbeine zum Schmelzen bringen. Sie schaut mich direkt an und ihre zwei blauen Augen schleudern Blitze von beängstigender Intensität.

Vor dem Anti-Matheunterricht habe ich mich entschlossen jedes Aufflackern einer freundlichen Konversation mit Glory Halleluja zu vermeiden. Wie du dich sicher erinnern wirst, hat sie heute Morgen im Schulkorridor geschworen nie wieder ein Wort mit mir zu sprechen und die dritte Stunde erscheint mir ein bisschen zu früh, um ihren Eid auf die Probe zu stellen. Wir sind uns heute Morgen noch verschiedene Male über den Weg gelaufen und sie hat mit keiner Geste erkennen lassen, dass sie das Kriegsbeil zwischen uns zu begraben wünscht.

Als ich Gloria zwischen der ersten und der zweiten Stunde im Flur begegnete, sah ich sie mit zwei von ihren Freundinnen, Yuki Kaguchi und Julie Moskowitz, beides Gründungsmitglieder der geheimen Schwesternschaft hübscher vierzehnjähriger Mädchen, in eifrigem Gespräch vertieft. Ich ging an ihnen vorbei und merkte, wie Gloria ziemlich unverfroren auf mich zeigte und zornig zu flüstern begann.

Es ist nicht meine Art, mir ein Urteil zu bilden, ohne die Fakten zu kennen, aber es sah tatsächlich so aus, als würde Gloria gewisse negative Berichte über mich – vielleicht als abschreckende Maßnahme – unter ihren Freundinnen verbreiten. Vielleicht erzählte sie ihnen, ich sei ein Lügner, ein Feigling, und würde so schlecht küssen, dass ich ihr bei einem solchen dilettantischen Versuch sogar in die Nase gebissen hätte, und nähme dann zu allem Überfluss auch noch vor gereizten Vätern Reißaus. Ich halte es für durchaus wahrscheinlich, dass bereits ein weltweiter Notruf an alle Mitglieder der geheimen Schwesternschaft hübscher vierzehnjähriger Mädchen ergangen ist, der ausdrücklich dazu aufruft, sich nie und unter gar keinen Umständen mit mir zu verabreden. Und nachdem sie all meine Chancen auf ein romantisches Erlebnis in meinem zukünftigen Leben gründlich ruiniert hat, bündelt Gloria nun ihren optischen Laserangriff zu einem einzigen vernichtenden Strahl, der mich vom Erdboden fegen soll. Ich spüre, wie die Hitze aus ihren wütenden blauen Augen die kleinen Härchen auf meinem Unterarm versengt.

»John«, sagt Mrs Mondgesicht. »Passiert da etwas in deinen kleinen, grauen Zellen? Hast du dir schon den ersten Schritt überlegt?«

Jawohl, Mrs Mondgesicht. Der erste Schritt meiner Überlegungen ist der aus der Tür hinaus. Ich kann Ihnen versichern, dass in genau zwei Minuten und siebenundzwanzig Sekunden, wenn die Glocke läutet, ich diejenige Person sein werde, die als Erstes aus dem Klassenzimmer entschwindet. Sie werden gar nicht sehen, wie ich verschwinde, aber glauben Sie mir: Ich werde weg sein. Ich werde mich mit Lichtgeschwindigkeit bewegen.

Da ich das Ohrzupfen und das Augenbrauenrunzeln nicht überstrapazieren möchte und gleich auch der Countdown eingeleitet wird – es bleiben noch zwei Minuten –, belebe ich meine Vorstellung durch einige passende Soundeffekte. Mit einem festen Blick auf Mrs Mondgesicht räuspere ich mich, als würde mir eine grundlegende mathematische Erkenntnis auf der Zunge liegen. »Äh-hämhämhrräm«, grunze ich und nicke leicht mit dem Kopf. »Hahh-rremhäm-ährhem.«

Ich beobachte, Mrs Mondgesicht, wie mein wohl einstudiertes Räuspern Sie völlig gefangen nimmt. Sie lehnen sich vor, als glaubten Sie, dass ich damit tatsächlich die Verkündigung einer Lösung auf Ihre Todesfrage einleiten wollte. Sie bemerken gar nicht, dass dies die gleichen Räuspergeräusche sind, die ich im letzten Frühjahr von mir gegeben habe, als mir eine Fliege in den Mund geflogen war und sich in meiner Speiseröhre verfangen hatte.

»John, versuchst du etwa, die Aufgabe im Kopf zu lösen? Hast du schon eine Lösungsmöglichkeit gefunden? Mach es Schritt für Schritt, John. Hast du überhaupt schon deine Variablen definiert?«

Es bleibt nur noch eine Minute! Mrs Mondgesicht attackiert mich mit Fragen, aber ich erwidere ihr Feuer aus allen Rohren. Ich ziehe so stark am Ohrläppchen, dass es schließlich beinahe bis zum Kinn reicht. Meine Augenbrauen und meine Stirn bewegen sich so schnell und so heftig, dass meine Brauen Gefahr laufen, sich von ihrem Platz zu lösen und aus meinem Gesicht zu fallen. Ich wiege mich in meinem Stuhl vor und zurück, als könnte ich meiner Erregung angesichts eines so fesselnden Algebra-Rätsels kaum Herr werden. Und alle fünf oder zehn Sekunden ziehe ich eine neue Räuspervariante für Mrs Mondgesicht aus meiner Kehle, als wäre es tatsächlich meine Absicht, mit meiner nächsten Äußerung die Grundfesten der modernen Mathematik zu erschüttern.

»John, wir haben nicht mehr viel Zeit.«

»Stimmt genau, Mrs Mondgesicht.«

»Was hast du gesagt?«

»Netter Versuch, Mrs Mondgesicht, aber Sie werden mich nicht dazu verleiten, mit einer falschen Antwort herauszuplatzen, um vorzugeben, dass ich damit begonnen habe, ein Problem zu lösen, das ich gar nicht zu lösen beabsichtige. Mrs Mondgesicht, Ihr Leben mag ja so furchtbar sein, dass Sie es nötig haben, uns mit diesen Algebra-Fragen aus den tiefsten Tiefen der Hölle in Grund und Boden zu stampfen, uns zu Narren zu machen und unser letztes Restchen Selbstbewusstsein in Schall und Rauch aufgehen zu lassen. Das heißt aber noch lange nicht, dass ich Ihrem Bedürfnis nach Selbstbefriedigung, die Sie sich in Form von sadistischen Algebra-Folterfragen an unschuldige Schüler verschaffen, auch nur einen Millimeter entgegenkomme . . .«

In diesem Moment wird mir bewusst, dass die ganze Klasse vor Lachen brüllt. Ich sehe, wie die gewöhnlich cremefarbene Tönung von Mrs Mondgesichts Miene bleich geworden ist, ihre Züge eine verzerrte Faltenkontur angenommen haben, über die – so glaube ich fast – eine salzhaltige Substanz rinnt. Sie gibt etwas von sich, was sich auf halbem Wege zwischen einem Seufzer und einem Schrei bewegt, und stützt sich schwer auf ihr Pult.

Voller Entsetzen wird mir klar, dass dem kleinen Mann in seinem Drehstuhl ein schrecklicher, fataler Fehler bei der Bedienung der

Schalttafel unterlaufen ist. Geblendet durch die Laserstrahlen des Mädchens meiner Träume, durcheinander gebracht durch das Ionenfeuer meines Freundes, der kein Freund ist, krank vor Wut auf meine Mutter und außer mir vor Rage über den Mann, der nicht mein Vater ist und auch niemals mein Vater sein wird, verwirrt durch eine Algebra-Frage mit rasiermesserscharfen Scheren und einem giftigen Stachel und völlig orientierungslos und ohne Kompass mitten im tosenden Ozean meines Lebens, das kein Leben ist, habe ich meine Gedanken tatsächlich laut ausgesprochen! Ich habe Mrs Mondgesicht Mrs Mondgesicht genannt und ich habe es ihr direkt ins Gesicht gesagt!

Die ganze Klasse schüttelt sich vor Lachen. Einige der rücksichtsvolleren Teilnehmer am Anti-Matheunterricht bemühen sich ihren Heiterkeitsausbruch zu unterdrücken, denn die arme alte Mrs Mondgesicht ringt nach Atem ... und ihre Finger zittern unkontrolliert ...

Und dann ertönt die Glocke. Anti-Mathe ist vorbei. Ich erhebe mich und steuere mit Lichtgeschwindigkeit auf den Ausgang zu, aber ich bin nicht die erste Person, die durch die Tür tritt. Mrs Mondgesicht schlägt mich um Längen. Das Letzte, was ich von ihr sehe, ist, wie sie auf die Damentoilette zusprintet, ihr Gesicht in ihren Händen verbirgt und dabei Geräusche von sich gibt, als würde sie ertrinken.

20 Der verhängnisvolle Dienstag erreicht seinen Höhepunkt

»Meine lieben, lieben Mitglieder dieser Orchesterfamilie«, sagt Mr Steenwilly. Aus jedem Wort und aus jeder hektischen Geste spricht Nervosität. »Ich weiß, dass ihr alle so hart am *Liebeslied des Ochsenfrosches* gearbeitet habt, wie euch nur möglich war, dass ihr Tag und Nacht geübt habt. Ich muss euch sicher nicht darauf hinweisen, dass unser Winterkonzert – die Weltpremiere dieses meines besten Werkes – bereits in zwei Wochen stattfindet. Aber heute haben wir die große Gelegenheit zu einer kleinen Weltpremiere vor der großen Premiere! Heute ist ein besonderer Tag!«

Mr Steenwilly hält inne. Schauen Sie mich bitte nicht an, Mr Steenwilly. Es ist tatsächlich ein besonderer Tag, aber leider aus den völlig falschen Gründen. Dies ist der verhängnisvolle Dienstag und alles, was ich anfasse, zerfällt zu Staub. Schauen Sie von mir aus aus dem Fenster des Musikzimmers oder nach unten auf die Spitzen Ihrer Schuhe, aber wenden Sie Ihre freudig erregten schwarzen Augen bitte nicht in meine Richtung.

»Wir haben heute einen Gast«, verkündet Mr Steenwilly. »Einen ganz besonderen Gast. Einen berühmten Gast! Niemand anderen als Professor Gustav Slavodan Kachooski, mein alter Lehrer und Mentor vom Eastman-Konservatorium und – in den Augen vieler Fachleute – einer der herausragendsten Musikwissenschaftler aller Zeiten! Er kam heute bei unserer Schule vorbei und stattete mir einen Überraschungsbesuch ab und er hat sich einverstanden erklärt zu bleiben und euch spielen zu hören!«

Mr Steenwilly blickt in die Runde. »Das ist eine große Ehre«, sagt er und seine Stimme trieft vor Ehrfurcht, was sich so anhört wie das Rauschen einer laufenden Waschmaschine. »Wahrhaftig eine große Ehre. Bitte, Professor.«

Ein kleiner, glatzköpfiger alter Mann in einem dunklen Anzug tritt aus dem Büro in unser Musikzimmer und schnäuzt sich mit einem lang anhaltenden Röhren in b-Moll die Nase. Schließlich steckt er das Taschentuch weg, rückt sich seine schwarzgerahmte Brille auf seiner schmalen Nase zurecht und sagt: »Bitte, Arthur, bitte. Sie sind zu gütig, zu gütig. Die Ehre ist ganz auf meiner Seite, ganz auf meiner Seite. Schließlich waren Sie mein bester Schüler, mein bester Schüler.«

Professor Kachooski, wenn Sie wirklich einer der herausragendsten Musikwissenschaftler aller Zeiten sind, empfehle ich Ihnen die Beine in die Hand zu nehmen und aus unserer Anti-Schule zu rennen, solange Sie noch können. Mr Steenwilly, darf ich mir die Freiheit erlauben, auch Ihnen einen Rat zu geben, den Sie beherzigen, wenn Sie klug sind: Sie sollten Ihren alten Professor zurück ins Büro schleppen, ihm eine schöne heiße Tasse Earl Grey kochen – mit fettarmer Milch – und gemeinsam mit ihm von den alten Zeiten auf der Musikakademie schwärmen.

Aber wenn Sie darauf bestehen, Mr Steenwilly, dieses Überraschungskonzert durchzuziehen, wäre es nur fair, Professor Kachooski wissen zu lassen, dass der Tubasolist, den er gleich hören wird, sich im Zentrum einer persönlichen Kernschmelze befindet, die der Tschernobylkatastrophe in nichts nachsteht. An diesem verhängnisvollen Dienstag könnte ich nicht einmal *Alle meine Entchen* spielen, ganz zu schweigen vom *Liebeslied des Ochsenfrosches*.

Mr Steenwilly zieht einen Klappstuhl für Professor Kachooski herbei, damit der alte Mann eine gute Sicht und ein noch besseres Ohr auf unsere zu erwartende Darbietung genießen kann. »Näher«, sagt Kachooski zu ihm. »Noch näher, Arthur. Ich möchte nicht eine einzige brillante Note verpassen.«

Kachooski, Sie haben es nicht anders gewollt, also sagen Sie nachher nicht, ich hätte Sie nicht gewarnt. Ich möchte ja in Bezug auf die Qualität des musikalischen Vortrags, den sie jetzt hören werden, nicht unken, aber ich rate Ihnen dringend dieses weiße Taschentuch, das sie vor kurzem weggesteckt haben, hervorzuziehen und sich in die Ohren zu stopfen.

Mr Steenwilly steigt auf sein Dirigentenpult und schaut uns an. Sein dünner Schnurrbart bebt über seiner Lippe, als sei er so überwältigt von der Bedeutung des Augenblicks, dass er fürchtet die Fassung zu verlieren. Es sieht so aus, als würde er überlegen, ob er nicht besser von seiner Position herabgleiten und sich im gestärkten Kragen seines weißen Hemdes verstecken solle. »Darf ich noch sagen«, erklärt Mr Steenwilly mit einem nervösen kleinen Grinsen, »dass die Schüler der Eastman-Musikakademie Professor Kachooski einen Spitznamen verliehen haben. Wir nannten ihn nur ›den Mann mit dem goldenen Ohr‹. Und dieses goldene Ohr wird nun das Vergnügen haben, einige goldene Noten von euch zu hören.«

Kachooski lehnt sich in seinem Klappstuhl zurück und lächelt uns an. Er weiß nicht, dass der »Mann mit dem goldenen Ohr« gleich den »Jungen mit dem Frosch, der so tut, als sei er eine Tuba« kennen lernen wird und dass diese Begegnung vergleichbar ist mit »Shirley Temple trifft Frankensteins Braut«.

»Und jetzt«, sagt Mr Steenwilly mit einem letzten nervösen Blick auf Kachooski, »*Das Liebeslied des Ochsenfrosches.*«

Herunter fegt sein Arm mit dem Taktstock. Die Wilde Violet spielt die Eröffnungstakte. Die Waranechse, die so tut, als sei sie ein Saxofon, muss durch Kachooskis Anwesenheit eingeschüchtert sein, denn sie enthält sich jeglicher Reptilienschreie.

Im Gegenteil: Ganz ruhig liegt sie in Violets Arm und gibt eine ausgezeichnete Imitation eines Musikinstrumentes zum Besten, das von einer ernsthaften Oberstufenschülerin, die lang und hart geübt hat und sich mit jeder ihr verfügbaren Gehirnzelle konzentriert, gut gespielt wird. Die Wilde Violet meistert ihre Ouvertüre.

Von seinem Podium lächelt Mr Steenwilly zu ihr herab und die Spitzen seines Schnurrbarts vollführen vor lauter Stolz und Freude einen Stepptanz auf seinen Wangenknochen. Professor Kachooski in seinem Klappstuhl lächelt über das ganze Gesicht. Sein Kopf ist ein wenig zur Seite geneigt, damit seinem goldenen Ohr kein einziger Ton von Mr Steenwillys Opus entgeht.

Während die Saxofonmelodie verklingt, legt Andy Pearce einen rhythmischen Trommelwirbel aufs Parkett. Normalerweise hört sich Andys Trommelei an wie ein Auffahrunfall, bei dem verschiedene große Fahrzeuge mit hoher Geschwindigkeit aufeinander prallen. Heute allerdings scheint ein fähiger Verkehrspolizist Dienst zu tun: Andy Pearce spielt weich und ohne Fehler.

Mr Steenwillys Augen schießen förmlich wie zwei Champagnerkorken triumphierend aus ihren Höhlen. Kachooski nickt und schürzt nachdenklich die Lippen, als wolle er sagen: »Gut gemacht, Steenwilly. Sie haben sich auf einen Kreuzzug begeben und Licht ins Dunkel dieser Anti-Schule gebracht. Gut gemacht.«

Ich selbst habe leider keine Zeit, die Musik zu genießen. Mein Tubasolo kommt wie ein Alligator mit weit aufgerissenem Maul durch die Notenlinien auf mich zugekrochen.

Ich erwäge kurzfristig die Vortäuschung eines Herzinfarkts. Ich versuche mich aus dem Musikzimmer schweben zu lassen, aber es gelingt mir nicht, mich auch nur einen Millimeter vom verschlissenen Fußboden abzuheben. Ich versuche zu berechnen, wie hoch die Wahrscheinlichkeit ist, dass ein Blitz meine Anti-Schule aus heiterem Himmel treffen wird oder dass eine Expedition außerirdischer Wesen, die man vor Lichtjahren in einer dunklen Ecke des Universums ausgeschickt hat, um den Planeten Erde zu erkunden, in den nächsten zwölf Sekunden, bevor mein Tubasolo beginnt, hier ankommt. Keine der beiden Berechnungen gibt Anlass zur Hoffnung.

Der Frosch, der so tut, als sei er meine Tuba, gibt kein Lebenszeichen von sich. Ein versteinerter Frosch, dessen Knochen im Schiefer oder im Kalkstein eines vorgeschichtlichen Flussbetts unzählige Jahrmillionen lang konserviert, erscheint mir lebendiger als die kalte Tuba in meinen Händen. Mir fällt ein, dass der Frosch, der vorgibt eine Tuba zu sein, das ganze Wochenende lang in meinem Schrank, der kein Schrank ist, geschlafen hat. In der letzten, verzweifelten Anstrengung, eine Katastrophe zu verhindern, bemühe ich mich ihn mit einer Geschichte zum Leben zu erwecken.

»Es war einmal ein gut aussehender Ochsenfrosch, der lebte auf dem Grund eines Sees«, erzähle ich ihm. »Eines Tages kam eine wunderschöne Prinzessin an diesen See, und als er sie küsste, verwandelte sie sich in ein liebreizendes Froschmädchen. Er dachte, er hätte sein Glück und die einzig wahre Liebe gefunden, aber Prinzessin oder Froschmädchen: Es stellte sich heraus, dass sie den Charakter einer Eiterbeule hatte. Das heißt nicht, dass der Ochsenfrosch nun niemals glücklich sein wird. Es hüpfen Millionen anderer Froschmädchen da draußen herum, in tausenden und abertausenden von Seen. Eigentlich«, so rede ich meiner Tuba ein, »kann man dieses enttäuschende Erlebnis als ersten Schritt in die richtige Richtung betrachten. Es war eine wichtige Erfahrung und der Ochsenfrosch ist nun viel klüger geworden.«

Der Frosch, der so tut, als sei er meine Tuba, zeigt sich von meiner Geschichte nicht beeindruckt. Er erhebt sich nicht aus seiner Lethargie, sondern antwortet mir stattdessen mit einer eigenen Erzählung. »Es war einmal ein Junge, der ein Leben hatte, das kein Leben war«, sagt er zu mir. »Er lebte in einem Haus, das kein Zuhause war, mit einem Vater, der nicht sein Vater war. Seine Freunde waren nicht seine wahren Freunde und es gab eigentlich nichts, woran er sich hätte erfreuen können. In der mathematischen Zahlenreihe belegte er eine Null, weder plus noch minus irgendwas, weder eine ganze Zahl noch ein Bruch.

Dann, eines Tages, durfte er eine Prinzessin zu einem Basketballspiel begleiten. Er war närrisch genug zu glauben, dass er nun die wahre Freude gefunden hätte. Er glaubte, er könnte ein Musiker werden, ein Gelehrter, eine romantische Gestalt. Aber aus nichts kann nun einmal nur nichts werden. Der Staub erhob sich für einen Moment in die Lüfte, erhaschte einen einzigen Sonnenstrahl, blinkte kurz auf und sank wieder als Staub zur Erde. Die Prinzessin erkannte sein wahres Gesicht und wandte sich entsetzt ab. Sein Vater, der nicht sein Vater war, spielte jede einzelne seiner Karten gegen ihn aus. Seine Freunde, die nicht seine Freunde waren, bezeichneten ihn als toten Mann. Er war grausam zu seinen Lehrern, die genauso empfindsame und verletzliche Kreaturen waren wie er selbst und die Respekt und Zuneigung verdienten. Schließlich ertrug es sogar seine Tuba nicht länger, von ihm gespielt zu werden, und beging blasinstrumentarischen Selbstmord vor dem versammelten Orchester – eine Ungeheuerlichkeit, die, wie Professor Kachooski zweifellos bestätigen wird, ein Novum in den Analen der Musikgeschichte darstellt.«

Die Geschichte meiner Tuba und ihre unverhohlene Drohung am Schluss schrecken mich auf. »Jetzt hör mir mal zu«, sage ich zu meiner Tuba und schüttele sie leicht. »Niemand wird hier Selbstmord begehen. Du und ich, wir sind alte Kriegskameraden. Wir haben schon ganz andere Kämpfe überstanden. Wir sind Arm in Arm durch die *Tollerei der Karibus* marschiert. Halte durch, alter Freund. Das Tubasolo ist nur zwanzig Notenlinien lang. Gemeinsam schaffen wir das. Und los geht's!«

Mein Tubasolo steht vor der Tür. Vor uns auf dem Podium beschreibt Mr Steenwillys Kopf mehrere Male einen kompletten Kreis um sich selbst, bis er schließlich an einem seitlichen Punkt einrastet und seinen Blick auf mich fixiert. Mr Steenwillys Augen huschen nach oben, über den Wald seines lockigen, schwarzen Haars, den Panama- und den Suezkanal hinter seinen Ohren hinab und vereinigen sich wieder auf seinem Hinterkopf, um dem alten Professor Kachooski einen flüchtigen Blick zuzuwerfen.

Der bedeutende Musikwissenschaftler lehnt sich in seinem Klappstuhl nach vorn. Seine rechte Hand liegt an seinem goldenen Ohr, als wolle er jenes weltberühmte Organ noch ein wenig weiter öffnen, damit mein Tubasolo ungehindert eintreten kann.

Mr Steenwillys Augen springen zurück in ihre Höhlen wie zwei aufgeregte Wiesel in ihren Bau und richten sich erwartungsvoll auf mich. Hinauf schießt der rechte Steenwilly-Arm. Hinunter saust sein Taktstock und kündigt meinen großen Auftritt an: »Tritt hervor«, lädt er mich ein. »Dies ist der große Moment, oh mein Auserwählter. Blase deine Tuba und zaubere jene Noten hervor, die mir meinen angestammten Platz im Pantheon der modernen Komponisten sichern werden, und gewinne für mich die ungetrübte Bewunderung meines lieben alten Professors und Mentors.«

Der Frosch, der meine Tuba ist, hat etwas anderes im Sinn. Er saugt einen langen, scheinbar endlosen Atemzug Teichluft ein. Seine amphibischen Lungen schwellen an, mehr und mehr, bis schließlich jedes zusätzliche Sauerstoffmolekül seine räumliche Kapazität zum Bersten bringen würde.

»Bitte«, flehe ich. »Tu dir das nicht an und mir auch nicht.«

»Ade, du schnöde Welt«, höre ich meine Tuba leise gurgeln ... und dann schluckt der Frosch einen letzten, tödlichen Zug Teichluft hinunter. BAAAAAA-BLAAAAAMMMMM! Der Raum wird von einer ohrenbetäubenden Klangexplosion zerrissen, die so wütend, so verzweifelt und so kraftvoll ist, dass die vier Wände nach außen gedrückt werden und zu bersten drohen, um jenes schreckliche Geräusch in die grenzenlosen Weiten des Universums freizulassen. Seit Anbeginn der Zeiten hat man einen solchen Ton in einem Musikzimmer noch nie gehört. Er gehört einfach nicht in das Klangspektrum einer Tuba. Er ist schlicht und einfach der Todesschrei eines riesenhaften Frosches, der sich gerade selbst in die Luft gejagt hat.

Mr Steenwillys Schnurrbart wird ihm aus dem Gesicht gefegt. Er flattert hilflos durch das Zimmer und sucht Schutz auf einem Deckenbalken. Sein Taktstock bricht entzwei und seine Schuhe lösen sich von seinen Füßen und verkriechen sich angstvoll unter dem Instrumentenschrank.

Ein paar Meter hinter mir wird Professor Kachooski, der dem Epizentrum nahe genug war, um die volle Wucht der Explosion zu spüren, aus seinem Stuhl geschleudert. Er fliegt quer durch den Raum und prallt gegen die Wand, von wo aus er langsam zu Boden gleitet. Der Klappstuhl kracht auf ihn herunter und bleibt aufrecht über ihm stehen wie ein Grabstein, den man zum Gedenken an einen der bedeutendsten Musikwissenschaftler der modernen Zeit errichtet hat.

Ich sitze nur da. Unbeweglich. Atemlos.

Einige beherzte Mitlieder meiner Orchesterfamilie spielen noch kurze Zeit ohne mich weiter. Noten wirbeln um mich herum wie Schmeißfliegen über einem mit Blut und abgerissenen Körperteilen bedeckten Schlachtfeld.

»Spiel weiter«, verlangt Mr Steenwilly kühn, schwenkt seinen zerbrochenen Taktstock und versucht seine versprengten Truppen wieder zu versammeln. »Die Show muss weitergehen. Dies ist das einzige, unabänderliche Gesetz im Showbusiness. Hier stehe ich, schnurrbartlos, entehrt und doch bereit euch bis zum Ende anzuführen. Spiel weiter, John.«

Ich kann nicht, Mr Steenwilly. Es ist alles vorbei.

Ein Instrument nach dem anderen verstummt. Die traurige und zittrige Stimme der Posaune verklingt als Letztes.

»John?«, fragt Mr Steenwilly und steigt von seinem Dirigentenpult. »Ist alles in Ordnung mit dir?«

In dem Musikzimmer hat sich absolute Stille ausgebreitet. Eine Reihe vor mir dreht sich die Wilde Violet um und betrachtet mich mit – so scheint es fast – besorgtem Ausdruck in ihren Augen.

Tränen strömen über mein Gesicht. Mir ist schwindelig. »Der Frosch ist tot«, höre ich mich selbst mit einer fremden Stimme sagen. Ich kann Mr Steenwilly nicht anblicken, aber ich kann auch nicht wegschauen.

Die Mitglieder meiner Orchesterfamilie haben keine Ahnung, was sie von meinem Zusammenbruch halten sollen. Ich höre ihre geflüsterten Bemerkungen klar und deutlich, obwohl sie von sehr weit herzukommen scheinen.

»Warum weint er?«

»Er sagte irgendwas von einem Frosch, der tot ist.«

»Nein, ein Rock. Er sagte, der Rock sei rot.«

»Seit wann trägt er denn Röcke?«

Einige Münder lachen. Ich höre es, aber es ist mir egal. Ich glaube, ich zittere. Ich lasse meine Tuba los und sie fällt scheppernd zu Boden.

Mr Steenwilly erhebt seinen halben Taktstock und lässt ihn mit einem Knall auf den blechernen Notenständer sausen, auf dem seine Partitur liegt. »*Ruhe!*«, donnert er energisch. Das Gelächter verstummt. »Die Orchesterprobe ist vorbei. Ihr könnt jetzt gehen. Raus jetzt! Ihr alle.« Und dann, sanfter: »John, komm, lass uns in mein Büro gehen.«

Aber noch bevor sich einer von uns rühren kann, dringt ein hochrangiger Beamter mit strenger Miene in unser Musikzimmer ein, bahnt sich unbeirrt seinen Weg durch die Reihen der Musiker und packt mich am Kragen. Es ist Mr Kessler, der stellvertretende Schulleiter und leitende Strafvollzugsbeamte unserer Anti-Schule, der meines Wissens nach niemals so viel Interesse an musikalischen Darbietungen gezeigt hat, um uns jemals zuvor mit seiner Anwesenheit zu beehren. Aber jetzt ist er da – ein stämmiger Mann mit hervorstehendem Kinn und dichten, kurz geschnittenen, weißen Haaren, die aussehen wie eine Lage Dauerfrost, die seine Schädeldecke nicht wegschmelzen kann.

Er zerrt mich am Kragen auf die Füße. »Ich hoffe, du bist stolz auf dich«, knurrt er. »Ich hoffe, du bist wirklich stolz.« Und er zieht mich hinter sich her zur Tür.

»Nein, warten Sie«, ruft Mr Steenwilly aus und versucht sich tapfer gegen diesen ranghöheren Offizier durchzusetzen. »Sie verstehen nicht. Wir haben hier eine Situation . . .«

»Aus dem Weg, Steenwilly«, bellt Kessler.

»Aber dieser Junge sollte nicht bestraft werden«, protestiert Mr Steenwilly. »Vielleicht braucht er sogar viel eher unsere Hilfe . . .«

»Treten Sie zurück. Ich werde mich darum kümmern«, kläfft ihn Mr Kessler an. »Und für den Fall, dass ich Sie daran erinnern muss: Ich bin der stellvertretende Leiter dieser Schule, während Sie als noch relativ neues Mitglied des Lehrerkollegiums über keinerlei Amtsgewalt verfügen und sich noch dazu des Öfteren in Dinge einmischen, die Sie nicht das Geringste angehen. Treiben Sie es nicht zu weit! *Treten Sie zurück!*«

Mr Steenwilly tritt zurück. Er ist kein Feigling. Er ist lediglich seinem Gegenüber an Rang und Bewaffnung unterlegen.

Mr Kessler packt mich mit jenem Hemdkragenwürgegriff, der jedem stellvertretenden Schulleiter in einem speziellen Trainingslager beigebracht wird. Er zerrt mich zur Tür. Eine kleine Gestalt taucht plötzlich vor unseren Füßen auf und verstellt uns den Weg. Jemand in diesem Zimmer hat keine Angst vor Mr Kessler! Jemand probt den Widerstand!

»Halt!«, befiehlt eine strenge Stimme unserem stellvertretenden Schulleiter. »Dies ist ein talentierter, junger Musiker, der unsere Hilfe braucht, Sie Barbar!«

Mr Kessler beäugt verblüfft die Erscheinung, die es wagt, ihn herumzukommandieren und ihn auf seinem eigenen Grund und Boden zu beleidigen. Er sieht vor sich einen kleinen, alten, kahlköpfigen Mann in einem schwarzen Anzug. »Wer zum Teufel sind Sie?«

»Ich bin Kachooski!«

»Gesundheit«, sagt Mr Kessler. »Und jetzt gehen Sie mir aus dem Weg.«

»Ich habe nicht geniest«, widerspricht Kachooski und reckt würdevoll die Schultern. »Und dieser begabte junge Tubaspieler braucht unser Mitgefühl. Vertrauen Sie mir, ich bin Musikwissenschaftler. Ich bin niemand anderes als Gustav Slavodan Kachooski!«

»Gesundheit«, sagt Mr Kessler wieder. »Sie sollten sich mal von einem Hals-Nasen-Ohren-Arzt untersuchen lassen.« Dann schiebt er Kachooski mit der Schulter zur Seite und stößt mich durch die Tür aus dem Musikzimmer.

Ich erhasche einen letzten Blick in den Raum, bevor sich die Tür schließt. Mr Steenwilly steht hilflos und geschlagen mit gesenktem Kopf da. Gerade, als ich zu ihm hinschaue, öffnet sich seine Hand und der zerbrochene Taktstock fällt zu Boden.

21 Das Jüngste Gericht

Während mich Mr Kessler halb schiebend, halb zerrend den langen Hauptkorridor entlangschleppt, hält er mir einen kleinen
Vortrag aus der Perspektive eines Erziehers, der unendlich viele
Klassen mit Schülern an unserer Anti-Schule hat kommen und
gehen sehen. »Ich verachte deine gesamte Generation«, beginnt er seine Rede. »Ich wünschte, ich könnte dich an deinen
dürren Schultern hochheben und wie ein Kissen durchschüt-
teln, bis die Füllung herauskommt. Leider darf ich das nicht,
denn heute, in diesen dunklen, rückständigen Zeiten, würde
man mich zweifellos wegen Kindesmisshandlung anklagen.
Aber ich wünschte, ich könnte es tun. Du gehörst nämlich gut
durchgeschüttelt, junger Mann, und ich bin genau der stellvertretende Schulleiter, der das besorgen könnte!
Damals, in den Fünfzigern, als ich in die Oberschule gegangen
bin, hatten wir noch Respekt. Wir glaubten an Gott und wir
wussten genau, dass er uns beobachtet. Unser wahrer Feind
war das kommunistische Russland, dessen Raketen genau auf
die Fußabtreter unserer hübschen, sauberen Häuser gerichtet
waren. Und selbst wenn wir zur Musik von Elvis tanzten und
dann und wann ein Verbot übertraten, wussten wir doch, dass
unsere Eltern immer Recht hatten, und wir haben ihnen zuge-
hört und ihnen gehorcht.«
Wir nähern uns jetzt dem Büro des Schulleiters im ersten Stock.
Die Glocke hat das Unterrichtsende verkündet und Schüler und
Lehrer schieben sich durch den Flur. Allerdings teilt sich die

Menschenmenge vor uns, um Mr Kessler ein ungehindertes Durchkommen zu ermöglichen. Alle starren mir nach, als ich am Kragen über den Gang gezerrt werde wie ein Kalb, das man zur Schlachtbank führt.

»Dann kamen die Sechziger mit all diesem Tohuwabohu und dem ganzen Wahnsinn«, fährt Mr Kessler fort. »Diese Hippies und Yippies haben mir überhaupt nicht behagt, aber ich habe sie respektiert. Wenigstens glaubten sie an etwas. Für die Discohüpfer der Siebziger mit ihren grellbunten Hosen und Westen empfand ich dagegen viel weniger Achtung, ganz zu schweigen von den hohlköpfigen, geldgierigen Möchtegern-Yuppies der Achtziger, aber auch die konnte ich noch verdauen. Aber du und deine Generation sind mir absolut zuwider. Vielleicht liegt es daran, dass ich heute ein alter Mann bin und kurz vor der Pensionierung stehe, aber in meinen Augen sind in den letzten Jahrzehnten Moral und Wertgefühl und alle Dinge, die mir lieb und teuer sind, von einer rasenden Lawine in den Abgrund gerissen worden. Und du und deinesgleichen repräsentieren die tiefste Tiefe dieses Abgrunds. Ihr seid weiter unten, als ich die Jugend Amerikas jemals habe sinken sehen. Ihr repräsentiert nichts. Ihr respektiert niemanden. Die Musik, zu der ihr euch bewegt, entbehrt jeder Schönheit und aller Harmonie und ihre Texte sind weder humorvoll noch intelligent. Eure Idole sind erbärmlich. Ihr empfindet keine Liebe und Achtung, weder für eure Eltern noch für euer Land noch für Gott. Ihr seid die schlimmste Art Sprösslinge, die diese große Nation jemals hervorgebracht hat. Ich verabscheue jeden Einzelnen von euch und dich besonders.«

Natürlich hält Mr Kessler diese Rede nicht laut. Aber er scheint sie wortlos in Gedanken zu halten, während seine Hacken auf den polierten Fußboden unserer Anti-Schule hämmern. Alles, was er hörbar zu mir sagt, während wir uns dem Büro des Schulleiters nähern, ist: »Ich hoffe, du bist stolz auf dich.«

Er reißt die Tür auf, die zu den Verwaltungsräumen unserer Anti-Schule führt, und stößt mich hindurch. Die Sekretärin des Schulleiters, Mrs Friendly, feilt ihre Fingernägel mit etwas, das aussieht wie eine riesige Fischgräte. Bei meinem Anblick legt sie die lange Feile weg. »Das ist er also«, sagt sie.

»Das ist er«, bestätigt Mr Kessler. »Und kein Wort der Entschuldigung oder des Bedauerns. Er ist wohl auch noch stolz auf das, was er getan hat.«

»Also, das ist wirklich ekelhaft«, sagt sie. »Widerlich. Da dreht sich mir der Magen um. Der Schulleiter will ihn sofort sehen.« Sie wirft mir einen abschließenden Blick zu. »Und ich bin froh, dass ich nicht an seiner Stelle bin.« Und damit fährt sie fort ihre Nägel zu feilen.

Mr Kessler zieht mich auf die mit kleinen Verzierungen versehene Tür zu, die in das Büro des Schulleiters führt. Er klopft zweimal.

»Ja?«, ertönt eine Stimme von drinnen.

Mr Kessler öffnet die Tür. »Dr. Whitefield? Ich habe Ihnen den Jungen gebracht.«

»Sagen Sie ihm, er soll hereinkommen, und schließen Sie die Tür.«

Mr Kessler schiebt mich in das Büro des Schulleiters und zieht von außen die Tür hinter mir zu. Ich stehe in einem großen Raum, der in der Nachmittagssonne badet und an dessen Wänden Bücherregale stehen, auf denen sich massige Wälzer über die Philosophie und die Methode der Erziehung gegenseitig stützen wie eine tatterige Gesellschaft aus dem Altersheim. Mitten im Saal steht ein Eichenschreibtisch von solcher Größe und solchem Glanz, dass man ohne Schwierigkeiten ein Hockeymatch auf seiner Oberfläche abhalten könnte.

Hinter dem Schreibtisch sitzt ein Mann, den ich bis heute nur aus der Ferne gesehen habe, etwa wenn er sich dazu herabgelassen hat, durch unsere Flure zu laufen, oder vor der versammelten Schule eine Rede gehalten hat. Aber heute stehe ich ihm von Angesicht zu Angesicht gegenüber. Dr. Whitefield scheint auf den ersten Blick ein ganz gewöhnlicher Mann zu sein, bis auf die buschigen Augenbrauen, die über seinen Augen sprießen, als ob sie dreimal am Tag gewässert und gedüngt würden, jahrein, jahraus, und sein Besitzer sie bis zu einer bis dahin ungesehenen Länge züchten und sich dann für das Guinessbuch der Rekorde bewerben wolle.

Die großen, zotteligen Augenbrauen geben ihm einen merkwürdigen Ausdruck, der zwischen nachdenklichem Optimismus und tiefem Trübsinn schwankt, als ob auch er über Amerikas Jugend gebrütet hätte. Aber im Gegensatz zu seinem zornigen Stellvertreter, Mr Kessler, scheint Dr. Whitefield unermüdlich nach einem konstruktiven Weg zu suchen, wie er uns vor dem Verderben retten kann.

»Setz dich«, sagt er. Ich sinke auf dem Holzstuhl nieder, der ihm gegenübersteht. »Ich glaube nicht, dass wir uns schon einmal begegnet sind. Wie ist dein Name?«

Meine Stimmbänder haben sich ineinander verheddert. »John«, krächze ich mühevoll.

»Also, John«, sagt er. »Du bist also derjenige, welcher.« Ein langer, gequälter Seufzer entschlüpft ihm. »Ich brauche dir wohl nicht zu sagen, dass mir diese Seite meines Amtes am wenigsten gefällt. Weißt du, mein junger Freund, es mag dich überraschen, aber ich bin Erzieher geworden, weil ich Kinder tatsächlich mag. Behandele sie gut und sie werden dich gut behandeln, das sage ich immer. Kümmere dich nicht um all die Pädagogen, die glauben die Weisheit über Kindererziehung mit den Löffeln gefressen zu haben. Oh, ich weiß, was ich tun sollte. Ich weiß, was ich tun muss. Aber es schmerzt mich dennoch und ich hoffe, du weißt das zu würdigen. Gerade jetzt winde ich mich vor Schmerzen.«

Ich kann Dr. Whitefield nicht viel Mitgefühl anbieten, denn ich habe gerade eine völlige Kernschmelze erlebt und auf meinen Wangen glänzen immer noch Tränen. Auch das Zittern hat noch nicht ganz aufgehört. Ich kann nicht sprechen, denn meine Stimmbänder sind hoffnungslos verknotet. Also nicke ich nur.

»Was soll das? Kannst du nicht antworten, wenn man mit dir spricht?«, fragt Dr. Whitefield und eine Sekunde lang wird Panik in seiner Stimme hörbar. »Du bist mir ja ein ganz Frecher! Glaubst du vielleicht, dass du mich mit dieser komischen kleinen Kopfbewegung einschüchtern kannst? Siehst du den Knopf hier auf meinem Schreibtisch? Wenn ich ihn drücke, stehen Mr Kessler und Mrs Friendly innerhalb von fünf Sekunden in diesem Büro, um dir Manieren beizubringen. Und wenn sie nicht mit dir fertig werden, werden sie Mr Watermann, den Trainer der Ringermannschaft, zur Hilfe rufen. Also, wenn ich du wäre, mein junger Freund, würde ich meine Arroganz und meine Aufmüpfigkeit ablegen und einfach nur ruhig zuhören. Vielleicht lernst du noch etwas.«

Ich sitze bewegungslos da und warte darauf, dass Dr. Whitefield weiterspricht. Er ist immerhin die einzige Person an unserer Anti-Schule mit einem Doktortitel und er hat sicherlich viele interessante und profunde Weisheiten zu verkünden. Lange Zeit sitzen wir schweigend da. Während er mich betrachtet, zieht sich seine Stirn zusammen, sodass sich seine Augenbrauen fast ineinander verhaken. In diesem Fall, fürchte ich, müsste man einen Gärtner mit seiner Heckenschere holen, um sie zu entwirren. Aber schließlich glättet sich sein Gesicht und er öffnet seine gelehrten Lippen. »Es schmerzt«, sagt er wieder. »Ich hoffe, du weißt das zu würdigen. Ich fühle mich persönlich verletzt und betrogen.«

Er erwartet eine Reaktion von mir. Ich traue mich nicht meinen

Kopf zu bewegen. Also bleibe ich nur still sitzen und schaue ihn an.

»Du willst es auf die harte Tour?«, fragt er grimmig und schlägt mit der flachen Hand auf seinen großen Eichentisch. »Also gut. Ich bin schon mit vielen uneinsichtigen Schülern fertig geworden. Dies ist eine schlimme Sache, mein junger Freund, und sie muss ein Ende haben. Aber es gibt etwas, das du wissen solltest. Ich bin mit Kitty Bradford aufgewachsen. Bradford ist der Mädchenname deiner Mathematiklehrerin, Mrs Gabriel. Wir haben sie alle damals nur Kitty genannt – ich weiß auch nicht mehr genau, warum.«

Für einen Moment erscheint eine leichte Röte auf Dr. Whitefields Wangen. Als er weiterspricht, ist seine Stimme etwas ruhiger. »Sie war ein liebenswürdiges, sanftes Mädchen«, erinnert er sich. »Wir haben unsere ganze Schulzeit miteinander verbracht, vom Kindergarten bis zum Ende der Oberstufe. Natürlich war ich einige Klassen über ihr, aber ich wusste genau, wer sie war. Ich möchte behaupten, dass die meisten jungen Männer in dieser Stadt wussten, wer Kitty Bradford war.«

Er verstummt und leckt sich die Lippen. Dr. Whitefield, empfanden sie zarte Gefühle für Mrs Mondgesicht? War sie Ihre Glory Halleluja? Lassen Sie mich Ihnen versichern, dass ich ihr nicht wehtun wollte. Sie und ich sind auf derselben Seite, Dr. Whitefield. Obwohl ich gerade eine Kernschmelze überstanden habe und kaum eines klaren Gedankens fähig bin, müssen Sie mir glauben, dass ich meinen rechten Arm hergeben würde, um ungeschehen zu machen, was ich getan habe. Trotz Ihres Doktortitels ist Ihnen vielleicht nicht bewusst, dass manchmal intime Gedanken herausplatzen, ohne dass man vorher Gelegenheit hatte, sie einer dringend nötigen Zensur zu unterziehen. Verletzende Worte brechen manchmal aus unschuldigen Mündern wie Flutwellen durch Dämme und Sandsäcke und machen mit ihrem Ungestüm all die Anstrengungen der wohlmeinenden Menschen zunichte, die sie in ihren Bahnen halten wollen.

»Kitty Bradford war so klug und so nett und so lieb, wie man sich ein Mädchen nur vorstellen kann«, erklärt mir Dr. Whitefield. Seine Finger trommeln einige Sekunden lang auf die Tischplatte, als würde er die Jahre zählen, die seitdem vergangen sind. »Entzückend und brillant. Sie war ein Wunderkind der Mathematik und bekam ein Stipendium an einer berühmten Universität. Sie hätte eine glänzende Karriere machen können. Wir blieben während ihrer Studienzeit in Verbindung und haben uns hin und wieder geschrieben.« Seine trommelnden Finger halten inne. Plötzlich ist es sehr still im Raum.

»Ich war ziemlich überrascht, als sie sich nach ihrem Universitätsabschluss gegen eine Karriere als Wissenschaftlerin entschied und stattdessen hier in diese Stadt zurückkam, um an unserer Schule zu unterrichten. Sie heiratete einen Klassenkameraden aus der Highschool, zu seiner Zeit ein sehr guter Sportler, aber, intellektuell betrachtet, kein Vergleich zu ihr. Schon damals, und auch später, als ich hierher zurückkehrte, um diesen verantwortungsvollen Posten zu übernehmen, hielt ich es für keine glückliche Wahl.« Er stockt einen Moment lang. Er schluckt und räuspert sich. »Aber wahrscheinlich hat sie ihn geliebt.«

Seine Finger nehmen den Trommelwirbel auf der Tischplatte wieder auf, möglicherweise um der Jahre zu gedenken, die glücklicher hätten gelebt werden können. »Die Zeit verging«, sinnt Dr. Whitefield traurig. »Den Tagen folgten die Nächte. Die ehrgeizigsten Hoffnungen von Männern und Frauen wurden zerschlagen. Es steht mir nicht zu, mir schon gar nicht, von Mrs Gabriels Kummer und von ihren Prüfungen zu erzählen. Aber die Wahrheit ist, dass ihre Ehe einige Jahre später in die Brüche ging, und ich glaube, das war sehr schmerzvoll für sie. Und es ist wahrhaftig kein Geheimnis, dass sie mit einer relativ ernsten Hautkrankheit zu kämpfen hat – einen Kampf, den sie immer tapfer ausgefochten hat, der aber sowohl ihre Gesundheit als auch ihre äußere Erscheinung angegriffen hat.«

Dr. Whitefield sieht mich plötzlich mit gerunzelter Stirn an und deutet mit dem Finger auf mich, als würde er seine Augenbrauen auf mich hetzen. Jene dicken, haarigen Wülste rollen gehorsam von ihrem Platz über seinen Augen herab, gleiten über die polierte Oberfläche seines Schreibtischs auf mich zu, umschlingen mich wie zwei Anakondas aus dem Amazonasdelta und halten mich so fest, dass ich kaum atmen kann.

»*Mrs Mondgesicht,* so war das doch, oder?«, fragt Dr. Whitefield. »Wer kann sich in Sachen Grausamkeit mit einem Halbwüchsigen messen? Nun, dein Ausbruch heute im Mathematikunterricht scheint der Tropfen gewesen zu sein, der das Fass zum Überlaufen brachte. Ich wurde zur Damentoilette gerufen, wo Mrs Gabriel – Mrs Mondgesicht – einen Zusammenbruch erlitten hatte. Ich fürchte, dass sie eine ganze Weile lang nicht in der Lage sein wird zu unterrichten. Ich habe sie von ihren Pflichten entbunden, damit sie sich erholen kann.«

Er steht auf und schreitet vor dem Fenster auf und ab. »Und dich werde ich ebenfalls von deinen Pflichten entbinden. Du bist von der Schule suspendiert. Wenn es nach mir ginge, würde ich beim Kultusministerium einen Schulverweis beantragen, aber da keine physische Gewalt mit im Spiel war, würden sie diesen Antrag wohl abweisen. Also werde ich mich mit einer einwöchigen Suspendierung begnügen müssen, der tägliches Nachsitzen und einige weitere Strafen folgen werden, über die ich mir noch Gedanken machen muss.«

Er bleibt stehen und wendet sich mir zu. Offenbar nähert sich unsere kleine Sitzung ihrem Ende. »Was mich am meisten überrascht«, fügt er hinzu, »ist die Tatsache, dass du anscheinend aus einem guten Hause stammst. Ich habe gerade mit deinem Vater gesprochen, der mich sehr beeindruckt hat. Er ist auf dem Weg hierher, um dich abzuholen. Er war nicht erfreut über das, was ich ihm zu sagen hatte, und er versicherte mir, dass er von nun an andere Saiten bei dir aufziehen wird. Das ist alles, was ich dir zu sagen habe, John. Und jetzt tu mir einen Gefallen und scher dich aus meinem Büro.«

22 Schweben

Es ist ein komisches Gefühl, von der Schule suspendiert zu sein. Es fühlt sich an, als sei ich mitsamt den Wurzeln aus der Erde gerissen und auf den Kopf gestellt worden. Ich stehe jeden Morgen auf, durch jahrelanges Training auf Schule programmiert, nur um mir bewusst zu machen, dass die Schule mich nicht haben will. Die Zeit vergeht langsam, weil keine Schulglocke sie mit ihrem Geläut in den Hintern tritt. Ich mache lange Spaziergänge durch meine Stadt, die keine Stadt ist, und auch durch nahe gelegene andere Städte. Natürlich ist niemand meines Alters auf der Straße zu sehen. Sie sitzen alle in ihren Klassenzimmern an ihren Schreibtischen, verwurzelt in ihrem Leben. Ich alleine wurde suspendiert und kopfüber aufgehängt wie eine einsame Fledermaus in einer verlassenen Ecke einer Höhle, blind und isoliert.

Jeden Morgen wache ich früh auf und bereite das Frühstück für den Mann, der nicht mein Vater ist. Und jeden Abend wärme ich sein Essen in der Mikrowelle auf und räume hinter ihm ab. Wenn ihm nicht schmeckt, was ich vorbereitet habe, oder wenn er an meinen Servier- oder Reinigungsleistungen etwas zu bemängeln hat, zeigt er mir das mit einem deutlichen WHUMMPF.

Du kennst mich nicht, also weißt du auch nicht, wie sehr ich diesen Mann verabscheue. Ich hasse seinen Anblick, das Geräusch seiner Stiefel auf unserem Fußboden, wenn er kommt oder geht – ich hasse jedes gemeine oder tückische oder wütende Wort aus seinem Mund und ich hasse sogar sein Schweigen.

Der Mann, der nicht mein Vater ist, hat sein Versprechen, das er Dr. Whitefield gegeben hat, wahr gemacht und in der Tat andere Saiten aufgezogen. Ich bin mir nicht sicher, ob er den Bogen, mit dem er die Saiten streicht, in der linken Hand hat – die Hand, mit der er mich festhält – oder in der rechten, mit der er regelmäßig sein WHUMMPF austeilt. Am Dienstagabend machte ich Bekanntschaft mit einer neuen Form der Bestrafung, bei der er die Saiten bereits bis zum Zerreißen spannte. Nachdem er mich nach meiner Kernschmelze von der Schule nach Hause gebracht hatte, führte er mich in den Keller und verprügelte mich mit seinem Gürtel. Sein Gürtel ist breit und aus Leder, und obwohl er brannte und lange rote Streifen auf meinem Körper, meinen Armen und meinen Beinen hinterließ, schnitt er mir nicht ins Fleisch. Daher hoffe ich, dass das Auspeitschen keine bleibenden Narben hinterlassen wird.

Du bist wahrscheinlich noch niemals ausgepeitscht worden, daher weißt du auch nicht, dass dies viel schmerzhafter und demütigender ist als ein gelegentlicher, wütender Schlag mit der Hand oder ein Fußtritt. Nur besonders hinterhältige und aufsässige Tiere sollten so behandelt werden und auch nur im äußersten Notfall. Du hörst die Person, die dich verprügelt, schwer atmen, denn das Auspeitschen ist harte Arbeit. Du spürst, wie der Arm zurück- und dann nach oben schwingt. Dann hörst du das Geräusch des herabsausenden Gürtels, der mit einem lauten WHAP deinen Rücken oder in die Seite trifft. Du denkst nicht einmal daran, Widerstand zu leisten oder wegzulaufen, denn das würde zu noch viel schlimmeren Schlägen führen. Alles, was du machen kannst, ist zu versuchen dich irgendwie zu schützen und darauf zu warten, dass es vorübergeht. Ich nahm die Hiebe hin, während ich mich zusammenkauerte, fast auf meinen Knien lag, das Gesicht in meinen Händen.

»Wenn du vorhast mir die Sache mit deiner Mutter zu vermasseln, wenn du auch nur wagst mir Ärger zu machen, denk immer daran: Ich bin dir um mindestens einen Schritt voraus.« WHAP. »Du wirst dich von nun an ruhig verhalten, sowohl in der Schule als auch hier zu Hause, du kleiner Scheißkerl.« WHAP. »Du wirst nächste Woche wieder in die Schule gehen und du wirst schön brav sein, und kein Wort zu deiner Mutter. Oder du wirst es für den Rest deines elenden Lebens bereuen.« WHAP. »Hast du mich verstanden?«

»Ja, Sir.«

WHAP. WHAP.

Seitdem vergeht keine Stunde, egal, ob ich auf meinem Bett liege und lese oder fernsehe oder durch die Straßen unserer Stadt gehe, in der ich nicht irgendwann unvermittelt an diesen Gürtel denken muss, wie er da unten im Keller auf mich niedersauste. Ich erinnere mich, wie aus meinen Augen, von denen ich geglaubt hatte, dass sie während meiner Kernschmelze leer geweint worden wären, neue Tränen hervortraten und ich meine Arme nach oben anwinkelte, um mein Gesicht zu schützen. Ich erinnere mich, dass meine Stimmbänder, die eigentlich zu sehr ineinander verknotet waren, um eines einzigen Tons fähig zu sein, lautes, ängstliches Gewimmer hervorbrachten. Am deutlichsten erinnere ich mich an die Stimme des Mannes, der nicht mein Vater ist, und daran, wie sehr ich ihn hasse und wie absolut hilflos ich war. Es gab nichts, was ich hätte tun können, um ihn aufzuhalten.

Ich schäme mich fast zuzugeben, dass ich mindestens zweimal in den Tagen, die dem Auspeitschen folgten, ernsthaft darüber nachgegrübelt habe, ob der Frosch, der vorgab meine Tuba zu sein, vielleicht Recht hatte. Vielleicht, dachte ich, ist es besser, den Schmerzen ein Ende zu bereiten als sie zu ertragen.

Am Rande meiner Stadt steht ein fünfstöckiger Wasserturm. Am Mittwochnachmittag kletterte ich hinauf und stand ganz alleine oben auf seiner höchsten Ebene. Der Wind blies und ich streckte meine Arme wie ein Segel aus. Die Sonne schien und ich dachte: »Warum nicht? Warum nicht jetzt?« Ich stellte mir genießerisch vor, wie ich hoch über unserer Stadt dahinschweben würde. Vielleicht würde ich auf meinem Haus landen, das kein Zuhause ist, und durch das Dach in das Schlafzimmer einbrechen, das meine Mutter mit dem Mann, der nicht mein Vater ist, teilt. Wenn ich Glück hätte, würde ich sogar das ganze Haus mit mir in Grund und Boden reißen. Oder ich könnte durch ein Fenster meiner Anti-Schule direkt in das Büro von Dr. Whitefield segeln und kometengleich einen Krater in die Mitte seines Eichenschreibtischs reißen.

Im Küchenschrank unter der Spüle stehen einige Reinigungsmittel, die laut Etikett höchst giftig sind. Ich muss zugeben, dass ich auch daran dachte, mir daraus einen Teufelstrank zu brauen und ihn mit einem einzigen, großen Schluck auszutrinken. Wenigstens würde das meine Mutter dazu bringen, mit dem ersten verfügbaren Bus aus Maysville nach Hause zu kommen. Und dann würden Mr Kessler und Dr. Whitefield schon sehen, wie sehr mir die Sache mit Mrs Mondgesicht Leid tut. Ich würde es denen schon zeigen!

Aber ich bin nicht gesprungen und ich habe auch keinen Teufelstrank getrunken. Das wäre kein würdiger Ausweg – lediglich eine bedingungslose Kapitulation. Ich glaube, es versteht sich von selbst, dass eine Armee Widerstand leisten muss, auch wenn sich das Kriegsglück gegen sie gewendet hat. Auch wenn sie sich durch Eis und Schnee kämpfen muss. Auch wenn es ein gefährlicher Kampf ist, schmerzhaft und sehr, sehr einsam. Man muss weiterkämpfen, das ist die einzige ehrenvolle Möglichkeit, die es gibt.

Niemand aus der Schule hat mich angerufen. Niemand ist bei mir vorbeigekommen – weder Freunde noch Freunde, die keine

Freunde sind, und auch keine Feinde. Wie gesagt, niemand ist gekommen, aber ich glaube, dass ich Mr Steenwilly zweimal gesehen habe, wie er mit seinem alten blauen Chevrolet langsam an meinem Haus, das kein Haus ist, vorbeigefahren ist. Ich weiß nicht, warum er das tut. Vielleicht liegt mein Haus auf seinem Heimweg oder er fährt einfach nur gerne spazieren. Allerdings habe ich ihn früher noch nie gesehen. Möglicherweise steht mein Haus auch unter besonderer Beobachtung.

Am Mittwochabend rief meine Mutter an und dann noch einmal am Donnerstag. Sie hat keine Ahnung von meiner Kernschmelze oder von der Suspendierung. Sie ist immer noch in Maysville, fünfhundert Meilen weit entfernt. »Tante Rose geht es schlechter«, war die düstere Nachricht am Mittwochabend. Und am Donnerstag: »Die Ärzte sagen, dass sie die Nacht wahrscheinlich nicht überlebt.«

Um vier Uhr an diesem kalten und trostlosen Freitagnachmittag ruft sie erneut an und überbringt die traurigen Neuigkeiten: Die arme, alte Tante Rose ist gestorben. »Sie hat zum Schluss nicht mehr leiden müssen«, sagt meine Mutter zu mir. »Ich bin froh, dass ich da war, um ihre Hand zu halten. Ich war die Einzige. Die arme Rose. Sie war so eine liebe Frau und hatte so ein einsames Leben. Ich muss nur noch einige Dinge erledigen. Die Beerdigung wird morgen stattfinden und es gibt noch ein paar rechtliche Fragen zu klären. Dann komme ich heim.«

Der Mann, der nicht mein Vater ist, nimmt mir den Hörer aus der Hand und wechselt in mitfühlendem Ton einige abschließende Worte mit meiner Mutter. Wenn sie nur sein Gesicht sehen könnte, als er auflegt und halb zu mir, halb zu sich selbst murmelt: »Bingo! Wer hätte gedacht, dass das alte Mädchen fünftausend Mäuse zur Seite geschafft hat? Ich wette, ich weiß besser als die alte Rose, wie man sich damit amüsiert. Ich hoffe nur, dass deine Mutter sie billig unter die Erde bringt.« Und mit diesen liebenswürdigen und respektvollen Worten steigt er in seinen Laster und fährt davon.

Seit meine Mutter in Maysville ist, war der Mann, der nicht mein Vater ist, jeden Tag unterwegs. Wahrscheinlich nutzt er ihre Abwesenheit für möglichst viele seiner schnellen Fischzüge. Er macht Heu, wenn die Sonne scheint – das sind seine Worte. Ich habe nichts dagegen. Je öfter er weg ist, desto besser.

Ich habe ernsthaft darüber nachgedacht, mit meinem Verdacht zur Polizei zu gehen. Aber es ist auch gut möglich, dass der Mann, der nicht mein Vater ist, seine undurchsichtigen Machenschaften – wie immer die auch aussehen mögen – für eine Zeit lang aufgegeben hat, jetzt, wo seine zukünftige Ehefrau eine Erbschaft zu erwarten hat. Wenn ich der Polizei einen Hinweis gäbe, sie ihn überwachen und sie dann nichts Illegales entdecken würden – was mehr als wahrscheinlich ist, denn er ist ein sehr gewitzter Mann –, wäre ich der Dumme. Zweifellos würde sich sogar meine eigene Mutter gegen mich wenden, weil ich der Polizei Märchen über den Mann erzählt hätte, den sie offenbar liebt und heiraten will.

Der Mann, der nicht mein Vater ist, hat mich in eine furchtbare Situation gebracht: Ich weiß genau, wer und was er ist, aber ich habe nicht die Spur eines Beweises und keine Möglichkeit, jemand anderen von meinem Wissen zu überzeugen. Er könnte jetzt genauso gut auf einem Campingausflug oder zum Eisfischen gefahren sein. Das Einzige, was ich mit Sicherheit sagen kann, ist, dass er zwischen acht und zehn Uhr heute Abend nach Hause kommen und sein Essen verlangen wird wie ein Fürst, dem ich Gefolgschaft schulde.

Es ist halb fünf vorbei. Ich liege auf meinem Bett und versuche nicht nachzudenken. Die Schatten wandern über meine Wand. Aus Bäumen werden Wolken. Arme, alte Tante Rose. Aber vielleicht ist sie jetzt besser dran. Vielleicht ist es besser, den Schmerz zu beenden als ihn zu ertragen.

Fünf Uhr kommt und geht. Und dann, um ungefähr Viertel nach fünf, höre ich ein lautes BZZZZ. Jemand ist an der Haustür. Ich werde nicht nachsehen. Es können keine guten Nachrichten sein. »Gehen Sie weg. Ich bin suspendiert.« BZZZZ. Wer immer es ist, er ist sehr hartnäckig. Aber ich bin noch hartnäckiger. »Gehen Sie weg. Sie verschwenden lediglich die Energie in Ihrem Zeigefinger.« BZZZZZZZ. Der fremde Besucher lehnt sich jetzt volle zehn Sekunden auf die Türklingel. Dann höre ich eine Mädchenstimme, die meinen Namen ruft. »John, bist du da?«

Ich kenne die Stimme, aber es überrascht mich maßlos, sie zu hören. Also stehe ich auf und gehe die Treppe hinab zur Tür. Vor mir steht die Wilde Violet. »Hallo«, sagt sie.

»Hallo«, antworte ich.

»Ich hab dir ein paar Schokoladenkekse mitgebracht«, sagt sie und streckt mir ein Päckchen entgegen. Ich merke, dass das Paket geöffnet ist und zwei oder drei Plätzchen auf mysteriöse Weise verschwunden sind. Aber es ist dennoch eine nette Geste.

»Danke schön, aber ich bin nicht hungrig«, sage ich.

»Na ja, vielleicht bekommst du noch Hunger«, bemerkt sie. »Auf jeden Fall habe ich sie dir geschenkt, also kannst du sie auch ruhig nehmen.«

Ich nehme das Päckchen. »Danke.« Wilde Violet, was machst du hier? Du bist noch nie zuvor hierher gekommen. Ich hatte keine Ahnung, dass du weißt, wo ich wohne. Und irre ich mich oder hast du dich besonders hübsch gemacht? Sind das Ohrringe in deinen Ohrläppchen? Und trägst du nicht auch ein bisschen Make-up? Was passiert hier? Weißt du nicht, dass man mich suspendiert hat?

»Möchtest du mich nicht hereinbitten?«

Wilde Violet, der Mann, der nicht mein Vater ist, könnte jeden Moment zurückkommen. Aus diesem Grund lade ich nur sehr wenige Leute in mein Haus ein, das kein Haus ist. Es ist über ein Jahr her, seit ein Freund bei mir war. Ich glaube, der Letzte, der mich zu Hause besucht hat, war Billy Banane, lange bevor wir einander den Krieg erklärten. »Ähm – lass uns lieber spazieren gehen«, schlage ich vor.

»Toll«, sagt sie. »Ich gehe gerne spazieren.«

Die Wilde Violet und ich laufen lange nebeneinander her, ohne ein Wort zu sagen. Sie ist ein großes Mädchen und macht große Schritte. Es ist ein kalter, trostloser Freitag und die Sonne geht bereits unter. Ich kann schon fast den Winter spüren. Wir gehen Seite an Seite meine Straße entlang. Mir gefällt ihr Schweigen. Wir biegen rechts ab und wandern die Overlook Lane hinauf. Meine Stadt, die keine Stadt ist, liegt unter uns wie eine Patchworkdecke, bestickt mit Häusern, die keine Häuser sind, und Straßen, die keine Straßen sind.

»Ich habe mir Sorgen um dich gemacht«, sagt die Wilde Violet schließlich.

»Mir geht's gut.«

»Bist du sicher?«

»Sicher bin ich sicher.« Eine Spur Ärger liegt in meiner Stimme und sie ist klug genug die Frage nach meinem Befinden nicht weiter zu verfolgen.

»Wir vermissen dich wirklich im Orchester. Mr Steenwilly dreht total durch, weil du nicht da bist, um dein Tubasolo zu üben.«

»Ich spiele keine Tuba mehr«, sage ich zu ihr. »Ich hab's aufgegeben.«

»Machst du Witze? Ich liebe die Art, wie du Tuba spielst. Es ist so voller Seele und Gefühl. Du bist einfach der Beste.«

»Meine Tuba ist tot«, erkläre ich ihr.

Die Wilde Violet schaut mich an, als habe sie gerade erst erkannt, dass ich vom Planeten Pluto stamme. Hast du das noch nicht gewusst, Wilde Violet? Mädchen sollten für solche Dinge doch eigentlich ein Gespür haben, oder? Muss ich dir erst meine grüne Haut und die Antenne zeigen, die aus meiner Stirn wächst? »John, bist du sicher, dass es dir gut geht?«, fragt sie.

»Das ist schon das zweite Mal, dass du mir diese dämliche Frage stellst«, fauche ich sie an.

»Entschuldigung«, sagt sie. »Ich verstehe nur nicht, wie eine Tuba sterben kann.«

»Ich muss jetzt nach Hause«, sage ich.

»Jetzt schon?«

»Ja. Jetzt. Tut mir Leid.«

Wir gehen den Hügel hinab. Bald schon erreichen wir meine Straße und nähern uns meinem Haus, das kein Haus ist. Die Wilde Violet bleibt stehen. Ich gehe noch zwei oder drei Schritte weiter, aber ich kann sie doch nicht einfach da stehen lassen, wo sie mir schließlich eine Packung Schokoladenkekse mitgebracht hat. Also bleibe ich ebenfalls stehen und drehe mich zu ihr um. »Es tut mir Leid«, sage ich, »aber ich muss jetzt wirklich gehen. Vielen Dank, dass du vorbeigekommen bist.«

»John?« Warum schaust du mich so an, Wilde Violet? Deine braunen Augen sind mit einem Mal so groß wie Schokoladentaler. »Weißt du, was morgen ist?«

»Samstag?«, rate ich.

»Und was passiert am Samstag?«, fragt sie.

Ich zucke mit den Schultern. Ich habe keine Ahnung.

Wilde Violet, warum siehst du plötzlich so nervös aus? Ich habe dich noch nie zuvor nervös erlebt. Es passt nicht zu dir. Ein Mädchen, dass es schafft, eine Waranechse niederzuringen, hat wahrhaftig keinen Grund, nervös zu werden. Aber ich glaube fast, du zitterst.

»Der Abschlussball«, sagt sie.

Oh, ja. Der Abschlussball. Ich erinnere mich, dass ich mich einst der wunderbaren Einbildung hingegeben habe, Glory Halleluja zu diesem glänzenden Ereignis zu begleiten. Allerdings glaube ich nicht, dass dieses Jahr etwas daraus wird. Glory Halleluja hat einen Eid geschworen, in ihrem ganzen Leben nie wieder ein Wort mit mir zu wechseln, also könnte sie nicht einmal Nein sagen, wenn ich sie fragen würde, ob sie mit mir zum Ball gehen will, wozu sie allerdings nie eine Chance bekommen wird, weil ich sie nicht fragen werde. »Oh, ja«, murmele ich. »Der blöde Ball. Richtig.«

»Gehst du hin?«

»Nein«, sage ich. »Ich hasse das Tanzen. Und ich weiß auch nicht, warum man das Ganze Abschlussball nennt, denn bis zu den Ferien dauert es noch ziemlich lange. Aber die meisten Dinge sind nicht das, was sie zu sein scheinen. Siehst du mein Haus dort drüben? Es ist in Wirklichkeit gar kein Haus. Aber ich werde jetzt trotzdem besser hineingehen.«

Die Wilde Violet sieht mich jetzt so an, als habe sie gerade bemerkt, dass ich gar nicht vom Pluto, sondern vielmehr aus einer völlig fremden Galaxie komme. Ich bin jetzt ganz sicher, dass sie zittert. Wilde Violet, es ist zwar ein kalter Nachmittag und der Winter steht auch schon vor der Tür, aber das ist doch um Himmels willen kein Grund, so furchtbar zu zittern, dass sogar deine großen braunen Augen zu beben scheinen. »Du könntest mit mir hingehen«, sagt sie.

»Nein«, sage ich. »Ich . . . ich kann nicht tanzen.«

»Das macht mir nichts aus«, sagt sie. »Ich kann es auch nicht.«

Ich schaue in diese großen, braunen Augen, rund und weich wie Schokoladentaler. »Es wird Abendgarderobe verlangt, nicht wahr?«, sage ich. »Ich habe nichts anzuziehen.« Ich füge nicht hinzu, dass ich vor kurzem noch im Besitz recht respektabler Kleidung war, dass ich sie allerdings in einem Kellerraum zurückgelassen habe, wo sie von einem Bulldozer verbrannt wurde.

»Du bist ungefähr so groß wie mein Bruder. Du könntest dir etwas von ihm leihen.«

»Ich bin pleite. Ich kann mir nicht einmal die Eintrittskarten leisten.«

»Ich lade dich ein«, sagt die Wilde Violet.

»Ich kann nicht. Ich bin doch suspendiert.«

»Der Ball findet dieses Jahr nicht in der Schule statt, sondern im Bürgerhaus.«

Oh, Wilde Violet, deine Augen bringen mich um. Schalte sie aus. Lass die Rollläden runter. Soll ich dir sagen, dass der Mann, der nicht mein Vater ist, mir befohlen hat nach Hause zu kommen und sein Essen vorzubereiten und hinterher aufzuräumen? Soll ich dir sagen, dass ich gegen sein Grundgesetz verstoße, wenn ich es wage, mich zu amüsieren? Soll ich dir sagen, welche Konsequenzen es für mich nach sich zieht, wenn ich nicht gehorche? »Es tut mir Leid«, sage ich. »Ich kann nicht. Ich kann wirklich nicht.«

Sie schaut mich an. Ihre großen, braunen Augen schwimmen in Tränen. »Aber John, du musst.«

»Warum?«

»Weil ich sonst niemanden habe, mit dem ich gehen könnte«, gibt die Wilde Violet zu. Ich merke, wie schwer es ihr fällt, das zu sagen. »Und ich möchte so gerne gehen. Ich war noch niemals auf einem Ball. Noch nie.« Sie zwinkert ein paar Mal und atmet schnell ein und aus. »Und . . . John. Ich möchte so gerne mit dir gehen.«

23 Straße ohne Aussicht

Grau und kalt dämmert der Abschlussballsamstag herauf. Am Nachmittag schneit es. Die Flocken wehen aus dem Norden herbei, zunächst dünn und trocken wie Staubpartikel, später zunehmend dicker und feuchter.

»Sieht aus wie Kopfschuppen«, knurrt der Mann, der nicht mein Vater ist. Er ist scheinbar kein Schneeliebhaber. »Wahrscheinlich wird's glatt. Genau das, was ich brauche.« Um vier Uhr fährt er mit seinem Laster weg. So ein Glück. Ich dachte schon, ich müsste mich aus dem Haus stehlen, aber die Mühe hat er mir erspart.

Allein zu Haus fange ich an mir Gedanken zu machen, was ich anlässlich der abendlichen Festivitäten tragen werde. Die Wilde Violet hat mir netterweise angeboten mir einige Sachen ihres Bruders zu leihen, aber ich würde mir komisch vorkommen als ihre Verabredung bei ihr aufzutauchen und um ein Almosen zu bitten.

Ich durchwühle meinen Schrank, der kein Schrank ist, und halte nach verborgenen Kleidungsstücken Ausschau, die möglicherweise vor Jahren in Ritze und Spalten gefallen sind und sich seitdem dort versteckt halten.

Wenn mein Schrank ein richtiger Schrank wäre, würde ich sicherlich ein paar vergessene Klamotten herumliegen sehen, die genau richtig für einen Abschlussball wären. Passiert das nicht andauernd? Wie oft höre ich Leute sagen: »Schau dir an, was ich ganz unten in meinem Kleiderschrank gefunden habe. Ein seidenes Dinnerjackett! Das hatte ich ganz vergessen. Und schau, wie gut es noch aussieht!«

Aber mein Schrank ist in Wirklichkeit eine Küche oder ein Badezimmer, das sich als Schrank verkleidet hat, und auf seinem Grund entdecke ich nichts als eine löchrige Socke, einen Stiefel, den Sprocket wohl irrtümlicherweise für einen Knochen gehalten und angeknabbert hat, und einen Tennisschläger mit gerissener Bespannung. Nichts, was auch nur den Versuch wert gewesen wäre, mich damit herauszuputzen.

Für die Schuhe, die ich gezwungenermaßen neben Glory Hallelujas Couch zurücklassen musste, finde ich keinen ebenbürtigen Ersatz. Ich quetsche mich in ein Paar hinein, das ich seit meinem zwölften Lebensjahr besitze. Sie sind mindestens eine Nummer zu klein für mich und die Hacken sind zu kleinen Stummeln abgelaufen, sodass es sich beim Gehen anfühlt, als würde der eine Fuß bergab und der andere bergauf laufen. Selbst Fred Astaire in seinen besten Jahren hätte es wohl nicht geschafft, in diesen Schuhen zu tanzen.

Meine grauen Kordhosen sind dank der Flucht durch die Katzentür und die anschließende Krabbelei durch den Tunnel am Knie aufgerissen und durch die nächtliche Plackerei mit den Kartons völlig verdreckt. Ich überlege mir, ob ich sie nähen oder waschen soll, ziehe sie dann aber einfach an, wie sie sind. Was soll's, wenn mein nacktes Knie zu sehen ist? Immerhin ist es ein ziemlich ansehnliches Knie. Ich habe kein gutes Hemd, keinen guten Pulli und kein Jackett. Also ziehe ich einfach an, was da ist. Als ich mich im Spiegel betrachte, finde ich, dass ich einer Vogelscheuche ähnele, die so lang auf dem Feld gestanden hat, dass sogar die Krähen Mitleid mit ihrer zerschlissenen Garderobe empfinden.

Egal. Die Wilde Violet will mich haben und sie wird mich bekommen. Suspendierung hin oder her und allen Drohungen des

Mannes, der nicht mein Vater ist, zum Trotz: Ich habe mich entschlossen zu diesem Abschlussball zu gehen. Ich empfinde eine seltsame Anwandlung von Tapferkeit. Den ganzen Tag über wurde dieses Gefühl immer stärker und jetzt, so abgerissen ich auch aussehen mag, fühle ich mich richtig mutig. Tief in meinem Inneren weiß ich natürlich, dass dieser Mut nichts weiter ist als Idiotie. Abgrundtiefe Dummheit. Aber was soll's? Wenn dein Leben, das kein Leben ist, immer schlimmer und schlimmer wird, erreichst du irgendwann einen Punkt, an dem du nichts mehr zu verlieren hast. Und so verlasse ich, parfümiert mit dem Duft abgrundtiefer Dummheit, das Haus.

Wer ist diese Vogelscheuche, die in schäbigen Schuhen und zerrissenen Hosen die Main Street entlanggeht? Wer ist dieser junge Landstreicher, der durch die Grandview Lane schlurft und jedes Mal, wenn er eine Straßenlaterne passiert, auf seine Armbanduhr schaut? Ich erkenne ihn nicht. Ist er ein Clown? Ein Bettler, der im Rinnstein nach Geldmünzen sucht, die Passanten aus den Hosentaschen gefallen sind? Das kann nicht ich sein. Sogar ich würde nicht wagen in diesem bemitleidenswerten Aufzug bei einem Mädchen aufzutauchen, um sie zu einem Ball abzuholen.

Und da steht das Haus der Wilden Violet. Alle Häuser in diesem Teil der Grandview Lane sehen fast identisch aus und dieses Haus steht so eingezwängt zwischen zwei anderen, dass es aussieht, als lehne es sich an seine Nachbarn, um sich vor dem schneidenden Winterwind zu schützen. Ich habe keine Ahnung, warum diese Straße Grandview Lane heißt, *Gasse der schönen Aussicht*, denn man hat von hier aus weder eine schöne noch überhaupt irgendeine Aussicht auf irgendetwas und es ist auch keine Gasse, sondern eine ziemlich breite Straße. Man sollte sie in Straße ohne Aussicht umbenennen.

Der Clown stolpert über die inexistenten Absätze seiner Schuhe, die keine Schuhe sind, und fällt auf einen Gully, wo er wahrscheinlich auch hingehört. Aha, also bin ich es doch! Ich stehe auf und klopfe mir Schnee und Schmutz von Händen und Knien. Der Sturz in den Rinnstein hat meine äußere Erscheinung nicht gerade verbessert. Ich eile die aussichtslose Straße entlang und betrete das Grundstück der Wilden Violet.

Ich hebe meinen Arm, um an die Tür zu klopfen, schwinge ihn zurück, doch die Tür wird geöffnet, bevor meine Fingerknöchel Bekanntschaft mit ihrer Oberfläche machen können. Ich kann meinen Schwung nicht mehr bremsen und gebe dem Mädchen, mit dem ich heute Abend verabredet bin, kräftig eins auf die Nase. Macht nichts. Die Wilde Violet ist scheinbar aus Eisen. Sie steckt den Schlag ein und lächelt sogar. »Wow. Ich freue mich auch dich zu sehen«, sagt sie. Und dann: »Du schaust aber gut aus.«

Ich werfe einen Blick über meine Schulter, um zu sehen, ob noch ein weiterer Typ auf ihrer Türschwelle steht. Wilde Violet, ich weiß nicht, wen du hier vor dir siehst, aber wenn er gut aussieht, kann ich es nicht sein. Du allerdings hast dich wahrhaftig in Schale geworfen. Ich glaube nicht, Wilde Violet, dass ich dich schon jemals in einem Kleid gesehen habe. Grün steht dir ausgezeichnet. Und was immer du mit deinem Haar angestellt hast – es sieht toll aus.

»Komm rein. John, das ist mein Vater. Dad, das ist John.«

Ich hätte es nie für möglich gehalten, aber der Vater der Wilden Violet ist sogar noch massiger als der Bulldozer. Auf der Richterskala für Väter wäre er ein Erdbeben der Stärke neun. Er muss ungefähr dreihundert Pfund wiegen und das wenigste davon scheint Fett zu sein. Er hat ein glänzendes, leicht gerötetes Gesicht, als hätte er sich in der Kneipe nebenan einen Drink zu viel genehmigt. Seine Arme sind so lang, dass sie fast seine Knie streifen, als er jetzt auf mich zukommt, um mich zu begrüßen. Irgendwie sieht er wie ein freundlicher, leicht berauschter Berggorilla aus.

Mr Hayes, sehr verehrter Herr Gorilla, lassen Sie mich vorausschicken, dass ich bislang auf wenig gute Erfahrungen mit den Vätern der Mädchen zurückblicken kann, mit denen ich mich verabredet habe, was ich allerdings inständig zu ändern wünsche. Ich möchte Ihnen ebenfalls versichern, Fürst aller Primaten, dass meine Gefühle für Ihre Tochter absolut und ausschließlich platonischer Natur sind. Sie ist für mich wie die Schwester, die ich nie hatte und nie wollte, was aber keineswegs negativ zu verstehen ist.

Ich weiß, dass ich Ihnen keinen besonders guten Eindruck vermittele, wie ich hier stehe, eine Vogelscheuche, die man wegen Schlampigkeit vom Getreidefeld gejagt hat, aber ich verspreche Ihnen, dass ich mich wie ein perfekter Gentleman benehmen werde. Ich werde die Wilde Violet sicher nach Hause zurückbringen, gut durchgetanzt, aber ohne jedes Getatsche. Sogar ohne Getätschel.

»Du bist also der Typ, von dem Violet ständig erzählt?«, fragt mich Mr Hayes. Dabei grinst er über das ganze Gesicht.

Er nimmt meine Hand. Ich habe noch niemals einem Berggorilla die Hand geschüttelt. Es stellt sich heraus, dass sie erstaunlich zart fühlende Tiere sind mit großen, zotteligen Pfoten. Natürlich habe ich noch nie einen erlebt, wenn er provoziert wurde, aber ich habe auch nicht die Absicht, jemals irgendetwas zu tun, was dieses riesenhafte Exemplar von einem Vater reizen könnte.

»Komm mit nach oben, John, und lass uns nachschauen, ob wir ein anständiges Jackett für dich finden«, sagt Mr Hayes. »Meine bessere Hälfte ist leider nicht da, aber sie hat ein paar von Donnys Sachen herausgelegt, die dir passen könnten.«

»Donny ist mein Bruder«, erklärt mir die Wilde Violet, während wir die Stufen hinaufsteigen. »Er wohnt nicht mehr hier, aber er hat ein paar Klamotten dagelassen, die er trägt, wenn er uns besucht.«

Kurz darauf stehen wir in einem kleinen Schlafzimmer, wo verschiedene Jacketts auf dem Bett liegen. Aha, das ist in der Tat eine schöne Auswahl an Herrenbekleidung, Mr Hayes. Dieser marineblaue Blazer mit den Messingknöpfen würde mir ausgezeichnet stehen, wenn ich das sagen darf. Bis auf eine kleine Kleinigkeit. Ihr Sohn Donny scheint zwar genauso groß zu sein wie ich, hat aber offensichtlich ihre Gorilla-Arme geerbt. »Diese Ärmel sind ein Problem«, sagt die Wilde Violet.

»Er kann sie doch einfach hochkrempeln«, schlägt Mr Hayes vor.

»Daddy, das würde dämlich aussehen.«

»Es ist ganz egal, wie du aussiehst und wie die Leute dich sehen – wichtig ist nur, wie du dich selbst siehst«, erklärt Mr Hayes. Mir fällt auf, dass ihm ein Hemdzipfel aus der Hose hängt.

Ich würde mir diese Perle der Weisheit gerne aufschreiben, um sie zukünftigen Generationen weiterzugeben, aber unglücklicherweise habe ich weder Stift noch Papier bei mir.

»Daddy, wolltest du dir nicht das Spiel ansehen?«, erinnert ihn die Wilde Violet.

»Oh, natürlich. Die Halbzeit ist wahrscheinlich schon um.« Noch einmal bietet mir der Berggorilla seine Pfote an. »Es war schön, dich kennen zu lernen, John. Ich wünsche euch beiden viel Spaß. Tanzt wie der Teufel und versucht euch nicht allzu viel auf den Füßen zu stehen.« Und damit dreht er sich um und trottet die Stufen hinab.

»Ich denke, ich könnte das schon richten«, überlegt die Wilde Violet. Sie verschwindet in ihrem eigenen Zimmer und kommt einen Moment später mit einem Nähkorb zurück. Sie steckt hier etwas ab und stichelt dort ein paar Nähte und in Windeseile schmiegt sich der marineblaue Blazer an meinen Körper, als sei er für mich maßgeschneidert. Wilde Violet, du hast tatsächlich verborgene Talente. »Lass uns gehen«, sagt sie. »Der Ball hat vor einer halben Stunde angefangen. Sie haben wahrscheinlich schon die Ballkönigin gekürt und danach geht die Party erst richtig los!«

24 Der Abschlussball

Wer ist dieses junge Paar, das durch den kalten Winterabend eilt? Der Wind pfeift, der Mond scheint eine Pelzkappe aus grauen Wolken zu tragen und der Schnee ist so schwer und feucht, dass er fast als Decke niederfällt. Aber die zwei jungen Leute, die sich beeilen ins Bürgerhaus zu kommen, scheinen das schlechte Wetter gar nicht zu bemerken. Sie halten sich nicht an den Händen, sie werfen einander keine verlangenden Blicke zu, aber sie sehen trotzdem glücklich aus. Ich bilde mir sogar ein, vereinzeltes Gelächter aus ihrer Richtung zu hören.

Sie treten in den Vorraum des Bürgerhauses. Die junge Frau öffnet ihre Geldbörse und kauft zwei Eintrittskarten, während der junge Mann in einem Wandspiegel seine Garderobe prüft. Zu seinem Spiegelbild gesellt sich plötzlich das eines großen Mädchens in einem grünen Kleid. Ihre Hand schiebt sich in seine.

»Nun, John«, sagt die Wilde Violet, »sind wir nicht ein glänzendes Paar?«

»In der Tat«, antworte ich und verkneife mir die Bemerkung, dass ich das Adjektiv »glänzend« normalerweise mit blank gescheuerten Bratpfannen assoziiere.

»Hier, das ist dein Willkommensgeschenk. So was bekommt jeder, der eine Eintrittskarte kauft«, sagt die Wilde Violet und überreicht mir eine Zuckerstange. Nein, auf den zweiten Blick erkenne ich, dass es ein Kugelschreiber ist, der sich als Zuckerstange verkleidet hat. Auf dem Kuli stehen Datum und Ort des heutigen Abschlussballs in fetten schwarzen Lettern vor einem weiß-rot gestreiften Hintergrund. Ich schiebe dieses kostbare Erinnerungsstück in irgendeine Tasche, um eines Tages meinen Enkelkindern beweisen zu können, dass ich an jenem denkwürdigen Ereignis teilgenommen habe.

Die Wilde Violet und ich, immer noch Hand in Hand, folgen den Klängen der Musik durch einen langen Gang hindurch. Wir nähern uns einer großen, doppelflügeligen Tür, die in einen Saal führt. Plötzlich wird diese Tür aufgestoßen und ein Paar riesige Augenbrauen treten hindurch, bleiben wie angewurzelt stehen und runzeln sich wütend bei meinem Anblick. Nein, diese Augenbrauen sind nicht körperlos. Halb versteckt unter ihnen erblicke ich den Torso und die Beine von Dr. Whitefield, dem Schulleiter unserer Anti-Schule, dessen Pflichten offenbar die Beaufsichtigung des Abschlussballs einschließen.

Bitte, Dr. Whitefield, bevor sie mich aus dem Saal werfen lassen, möchte ich Sie daran erinnern, dass der Anlass dieses Balls die Weihnachtsferien sind. Wenn ich mich nicht irre, ist das eine rote Nikolausmütze, die da keck auf ihrer Stirn sitzt. Der heilige Nikolaus würde sich nie zu einer Handlung hinreißen lassen, die so völlig dem Weihnachtsgedanken widerspricht – wie zum Beispiel mich mit einem Fußtritt hinaus in die eisige Kälte zu befördern. Sie sollten mich vielmehr mit einem fröhlichen Lächeln begrüßen anstatt sich zu einer Szene hinreißen zu lassen, nicht im Angesicht meiner Begleiterin – und nicht im Angesicht der kleinen Dame, die Ihnen gerade aus der Tür nachfolgt, und bei der es sich zweifellos um die Frau handelt, die Sie geheiratet haben, nachdem Sie es aufgegeben haben, noch länger auf Mrs Mondgesicht zu warten.

»Was zum Teufel machst du denn hier?«, will Dr. Whitefield wissen.

»Ich möchte auf den Abschlussball gehen, Sir«, sage ich.

»Das geht nicht. Du bist suspendiert. Raus mit dir.«

Die Wilde Violet schiebt sich zwischen Dr. Whitefield und mich. »Er ist von der Schule suspendiert«, berichtigt sie ihn. »Dies hier ist nicht die Schule.« Wilde Violet, riskierst du wirklich gerade deinen Hals für mich und widersprichst dem Schulleiter, seines Zeichens mächtigster Mann an unserer Anti-Schule? Glaubst du etwa, dass ich damit nicht alleine fertig werde?

»Wer bist du?«, fragt Dr. Whitefield.

»Ich bin seine Begleiterin.«

»Nun, dann tust du mir Leid«, sagt Dr. Whitefield.

Mir liegt schon auf der Zunge, wie sehr ich meinerseits Mrs Whitefield bemitleide, behalte die Bemerkung aber vorläufig für mich.

Unser gemütlicher kleiner Plausch wird jäh unterbrochen, als ein Mann, dem zwei Fotoapparate um den Hals baumeln, völlig außer Atem zu uns gerannt kommt. »Dr. Whitefield? Sind Sie bereit für die Aufnahme?«

Die beiden riesigen Augenbrauen schwingen in seine Richtung. »Welche Aufnahme?«

»Das Foto für die Titelseite der morgigen Ausgabe des *Star Ledger*«, keucht der Mann. »Mit Ihnen, Ihrer Frau, dem Bürgermeister und seiner Gemahlin vor dem großen Weihnachtsbaum.«

»Oh, *die* Aufnahme«, sagt Dr. Whitefield. »Der Bürgermeister, so so?« Ich beobachte, wie Dr. Whitefield seinen Schlips zurechtrückt. »Nun, ich hasse es, den Bürgermeister warten zu lassen, aber wie Sie sehen bin ich mit einer außerordentlich wichtigen Angelegenheit die Schule betreffend beschäftigt.«

In diesem Moment fragt die Frau, von der ich glaube, dass sie Mrs Whitefield ist: »Haben Sie Titelseite gesagt, junger Mann?«

»Ja, Madam. Es wird in Farbe auf der Titelseite abgedruckt. Der Bürgermeister und seine Frau stehen schon vor dem Baum.«

Zweifellos würde Dr. Whitefield am liebsten erst seines Amtes walten und mich aus dem Bürgerhaus werfen lassen, um danach für das Foto zu posieren, aber die kleine Frau, die ich für seine Gattin halte, schnappt ihn am Arm, wirft ihn sich über die Schulter und trägt ihn mit Lichtgeschwindigkeit in Richtung Weihnachtsbaum davon.

Die Wilde Violet lächelt mich an und gemeinsam gehen wir durch die große Tür.

Ich weiß nicht, ob du schon jemals bei einem Abschlussball im Bürgerhaus warst, daher gestatte mir, dass ich dir die Szenerie beschreibe. Wir befinden uns in einem großen, hohen Raum mit einer dunklen Holztäfelung, der mit Luftschlangen und Lametta dekoriert wurde. Auf den Tischen in den Ecken und entlang der Wände stehen Teller mit Plätzchen und riesige Schalen voll Weihnachtspunsch.

Bing Crosby schmachtet *White Christmas*, während einige tollkühne Paare vor den Fenstern, durch die man dicht fallende Schneeflocken sieht, Walzer tanzen. Nein, streich diesen Satz. Es ist nicht Bing Crosby, stattdessen läuft ein Rocksong. Und die Paare tanzen auch keinen Walzer, sie wackeln mit den Hüften. Nein, nein, streich das bitte auch. Es ist in Wahrheit auch kein Rock 'n' Roll – sondern eine Mischung aus HipHop und Rap und einer kreischenden, Ohren zerschmetternden Heavymetal-Gitarre. Die Paare tanzen weder Walzer noch wackeln sie mit den Hüften; sie hopsen und treten und schütteln sich und das Ganze sieht eher aus wie ein Nahkampf.

Wilde Violet, ich habe dich sehr gern zu diesem Abschlussball begleitet, aber ich möchte noch einmal betonen, dass ich kein Tänzer bin. Niemand hat mir je beigebracht, wie man tanzt, und das ist möglicherweise gut so, denn ich glaube, ich habe dazu auch überhaupt kein Talent. Die traurige Wahrheit ist, dass ich nicht einmal zum Rhythmus der Musik still stehen könnte. Zudem trage ich Schuhe, die keine Schuhe sind. Es sind vielmehr Folterinstrumente, die einzig zu dem Zweck der Blasenbildung an Füßen hergestellt wurden. Dank dieser Schuhe, die keine Schuhe sind, lehne ich mich von einer Seite auf die andere, wie der schiefe Turm von Pisa, der sich nicht entschließen kann, in welche Richtung er nun kippen soll. Es wäre der reine Selbstmord, wenn ich versuchen würde in diesen Schuhen zu tanzen, und dieses Kapitel habe ich bereits hinter mir.

Wilde Violet, warum führst du mich mitten auf die Tanzfläche? Hast du nicht gehört, was ich gesagt habe? Wilde Violet, tanzen wir etwa Walzer? Fühle ich da deinen weichen Körper, der sich fest an meinen presst? Tanzen wir Twist? Legen wir gerade einen Breakdance aufs Parkett? Ist der Saal umgekippt oder stehe ich etwa auf einer Wand? Ist das tatsächlich Musik oder ein Granatenangriff? Und ist diese hüpfende, schwingende und tretende Masse Heranwachsender eine Tanzgesellschaft oder schlägt sie vielmehr gerade die erste Schlacht des dritten Weltkriegs?

Wir machen eine Atempause. Ich hole der Wilden Violet und mir selbst ein Glas Punsch.

»Wow«, sagt die Wilde Violet. »Du bist wirklich ein toller Tänzer. Wo hast du gelernt dich so zu bewegen?«

Diese Bewegungen, Wilde Violet, habe ich mir in Dokumentarfilmen über die Tierwelt Afrikas abgeschaut. Diese Bewegungen sind nämlich nichts anderes als die Todeszuckungen einer Impala-Antilope, die gerade bei lebendigem Leibe von einer Meute hungriger Löwen verspeist wird. »Ach, ich weiß nicht«, sage ich. »Ich habe nur versucht der Musik zu folgen.« Und dann frage ich sie: »Kennst du Mindy Fairchild und Toby Walsh?«

»Nun, ich weiß, wer sie sind, aber ich glaube nicht, dass sie seit der dritten Klasse auch nur ein Wort mit mir gewechselt haben. Warum?«

»Weil ich glaube, dass sie gerade auf uns zukommen«, sage ich. Und tatsächlich: Der beste Sportler und die beliebteste Schönheit unserer Anti-Schule steuern direkt auf uns zu. Sie trägt eine lächerliche Krone aus Lametta und Mistelzweigen, mit der man sie anscheinend vor unserer Ankunft zur Ballkönigin gekrönt hat. Toby, leutselig wie immer, klopft mir auf den Rücken. »Hey, John«, sagt er. »Ich hab dich auf der Tanzfläche gesehen. Du bist ja die reinste Tanzmaschine!«

Toby, ich bin keine Tanzmaschine. Ich bin nicht einmal eine tanzende Windmühle oder ein tanzendes Wasserrad. Aber heute Abend habe ich mich mit dem Duft der abgrundtiefen Dummheit einparfümiert und dieses Wässerchen hat mir jede Angst geraubt. »Na, ja, man tut, was man kann«, sage ich.

»Was für ein tolles Kleid«, sagt Mindy zur Wilden Violet. »Grün steht dir wirklich gut.«

»Danke«, ist alles, was die Wilde Violet erwidern kann. Aber die liebenswürdigen Worte des beliebtesten Mädchens unserer Anti-Schule lassen sie zehn Zentimeter wachsen und ihr Gesicht erstrahlt wie ein Sonnenaufgang.

Mindy dreht sich zu mir um. »John, hast du Gloria schon gesehen?«

»Nein«, sage ich und halte die Hand der Wilden Violet fest. »Und ich habe auch nicht nach ihr gesucht.«

»Nun, sie wollte eigentlich kommen. Sie bringt ihren neuen Freund mit. Wollte ihn mir vorstellen. Dick soundso.«

»Schweinchen Dick, vielleicht?«, frotzelt Toby. »Oder Dick Doof?«

»Nein.« Mindy kichert und boxt ihren Freund in die athletische Schulter. »Sein Name ist Dick Woodblock oder Woodbridge oder Bridgewood oder so ähnlich. Er ist angeblich ein Footballstar an der Uni.«

»Und er macht Jagd auf Schulmädchen? Er muss es ja wirklich nötig haben«, bemerkt Toby. »Komm schon, Ballkönigin. Das Lied gefällt mir«, sagt er und zieht Mindy auf die Tanzfläche. Als er an mir vorbeigeht, flüstert er mir zu: »Pass mit diesem Punsch auf, Johnny. Ich glaube, da hat jemand was reingeschüttet.«

Aha, das würde erklären, warum der Saal sich um mich dreht. Das würde auch erklären, warum für die nächsten sechzig Minuten die ganze Tanzerei wie ein halluzinogener Wirbel an mir vorbeizieht. Und das erklärt ebenfalls, warum meine Augen wie zwei Glitzerkugeln funkeln und warum der Raum erst kleiner, dann größer und dann wieder kleiner wird. Amüsieren wir uns etwa, Wilde Violet? Ich habe fast den Eindruck. Ist das dort drüben Billy Banane, der mit Lucille dem Luftschiff tanzt? Stimmt es wirklich, dass er gerade zu mir herüberkam, sich mit mir versöhnt und mir die Hand geschüttelt hat? Und dort – ist das da nicht Andy Pearce, der in tiefem Schlummer unter einem Tisch liegt, auf dem eine Schale Punsch steht?

Um genau elf Uhr, mitten auf der Tanzfläche, renne ich plötzlich gegen eine Wand. Nein, es ist keine der Wände, die die Decke des Bürgerhauses tragen. Die Wand, in die ich hineingetanzt bin, ist beweglich – sie hat sich anscheinend nur bewegt, um sich mir in den Weg zu stellen. Die Wand, gegen die ich geprallt bin, ist in Wahrheit der breite Brustkorb eines jungen Mannes, der, so glaube ich, ausschließlich auf Anweisung seiner Begleiterin gehandelt hat. Die junge Frau, von der die Rede ist, trägt ein kostbares und ziemlich aufreizendes blaues Ballkleid. Das Kleidungsstück ist so raffiniert geschnitten, dass es gerade die Kurven und Geraden von Glory Hallelujas gut entwickeltem Körper bedeckt, ohne dabei allzu viel Stoff zu verschwenden.

»Nun schau mal, was für Lumpenpack der Wind hereingeweht hat«, sagt Glory Halleluja und lässt ihren Blick über meine zerrissenen Hosen und meine schäbigen Schuhe gleiten.

»Sei so nett und lass mich in Ruhe«, sage ich. »Ich tanze gerade mit meinem Mädchen.«

»Ich glaube, bevor hier irgendjemand weitertanzt, schuldest du mir eine Entschuldigung«, belehrt mich Glory Hallelujas bulliger Gefährte. »Du hast mich gerade umgerannt, du Pissnelke.«

»Nein«, berichtige ich ihn. »Eigentlich hast du mich umgerannt.«

Er packt mich am Kragen. »Ach wirklich? Also, ich hab gehört, dass du mal mit Gloria gegangen bist. Und ich hab auch gehört, dass du sie nicht besonders gut behandelt hast. Und wenn Dick Broadbridge so was zu hören kriegt, wird er wirklich böse.«

Doch bevor Dick Broadbridge dem noch etwas hinzufügen kann, höre ich ein Geräusch, dass ich noch nie zuvor gehört habe, besonders nicht auf einem Abschlussball. Es ist ein lautes KII-WAKK, das sich anhört, als würde ein Bambusstock in einem Hurrikan mit Ohren betäubendem Krachen entzweibrechen. Dick Broadbridge schreit auf und fängt an auf einem Bein herumzuhüpfen. Bei näherer Betrachtung war es wohl doch kein Bambusstamm, den ich habe splittern hören, sondern vielmehr den Aufprall von Violets rechtem, hochhackigem Schuh, der sich mit Wucht in Dick Broadbridges linkes Schienbein gebohrt hat. »Sie hat mich getreten!«, keucht er. »Ich kann's nicht glauben. Sie hat mich getreten. Sie hätte mir meine Karriere ruinieren können.«

»Und ich werde dich gleich noch mal treten, wenn du meinen Freund nicht in Ruhe lässt«, faucht die Wilde Violet und nimmt schon einmal vorsorglich sein rechtes Schienbein ins Visier.

Glory Halleluja tritt nach vorn. »Oh, der große John, der Fußballstar«, höhnt sie. »Musst du dich schon hinter einem Mädchen verstecken, was?«

»Ich muss mich hinter gar niemandem verstecken«, sage ich und passe auf, dass sich die Wilde Violet weiterhin zwischen mir und Dick Broadbridge befindet.

»Wenn du noch ein Wort sagst, trete ich dich auch«, warnt die Wilde Violet.

»Das würdest du nicht wagen, du, du ... Wasserbüffel. Das grüne Ding, das du da trägst, ist das ein Kleid oder ein Golfplatz?«, fragt Gloria mit einem gemeinen kleinen Lachen.

»Du kannst mich nicht beleidigen, du federnbehängtes, putengesichtiges Stück Müll«, begehrt die Wilde Violet auf. »Du bist diejenige, die sich schlecht fühlen sollte. Du hattest den besten Jungen der ganzen Schule am Haken und du hast ihn gehen lassen. Du hast ihn keine Minute lang verdient. Und jetzt zieh Leine, bevor ich dir wirklich noch einen Tritt verpasse.«

Die Wilde Violet schwingt ihr Bein zurück und Glory Halleluja und Dick Broadbridge treten hastig den Rückzug an. In sicherem Abstand von etwa fünf Metern bleiben sie stehen, deuten auf uns und diskutieren wütend darüber, wer die Verantwortung für die Niederlage trägt.

In diesem Moment fällt mein Blick auf zwei enorme Augenbrauen, die mich einkreisen wie ein Hai, der Blut gerochen hat. Möglicherweise war Dr. Whitefield Zeuge des Tretvorfalls und beabsichtigt jetzt einen erfolgreichen Abend mit einem doppelten Rausschmiss zu krönen.

»Violet«, sage ich, »es war ein toller Abend, aber ich glaube, wir sollten jetzt langsam nach Hause gehen.«

Sie schaut auf ihre Uhr. »Mensch«, sagt sie, »schon nach elf! Du hast Recht, lass uns gehen. Außerdem habe ich heute Abend so viel Spaß gehabt, wie man an einem einzigen Abend nur haben kann.«

25 Habichdich

Wer ist das junge Paar, das Hand in Hand die Straße ohne Aussicht entlanggeht und sich weder um den beißenden Wind noch um das nasse Schneetreiben kümmert? Sie scheinen alte Freunde zu sein oder frisch Verliebte – interessanterweise sind sich diese beiden Begriffe in der Sprache der Lashasa Palulu sehr ähnlich.

Der Schnee liegt mittlerweile zentimeterhoch auf den Dächern, den Bürgersteigen und den Vorgärten, glitzernd und rein wie ein weißer Teppich, der ihre Schritte verschluckt und ihre Worte zu einem Flüstern dämpft. Daher ist es schwer zu verstehen, worüber sie sich unterhalten. Ich bin mir sicher, dass sie nichts als Unsinn reden, aber sie scheinen nichtsdestotrotz ziemlich glücklich zu sein.

Sie erreichen ein Haus, das so aussieht, als müsse es sich zwischen den anderen Häusern vor dem eisigen Wind verstecken. »Möchtest du noch mit reinkommen?«, fragt die Wilde Violet. »Meine Eltern sind bestimmt schon im Bett. Ich könnte uns heiße Schokolade machen und wir könnten im Keller noch etwas fernsehen.« Deine Augen, Wilde Violet, glänzen im Mondlicht.

Aha, der Bursche gerät in Versuchung. Aber er hat ein oder zwei Dinge in seinem jungen Leben, das kein Leben ist, gelernt. »Ich würde sehr gerne«, sagt er, »aber es ist schon spät. Und du hast ja selbst gesagt, dass man unmöglich noch mehr Spaß an einem Abend haben kann. Also lass uns Gute Nacht sagen.«

»Okay«, sagt sie. »Okay.« Sie zögert. Der Mond versteckt diskret sein Gesicht hinter einer Wolke. »John, würdest du mir einen Gutenachtkuss geben?«

»Ich weiß nicht, ob das eine gute Idee ist«, versuche ich sie zu warnen. »Ich bin ein notorischer Nasenbeißer. Ein Lippennipper und vielleicht sogar ein Zungenverschlinger.«

»Es ist bestimmt eine gute Idee«, erwidert sie, schließt ihre Augen und nähert ihr Gesicht dem meinen.

Wilde Violet, ist dies ein Kuss? Es fühlt sich so weich und warm an. Ich wusste gar nicht, dass es Küsse auch in dieser Geschmacksrichtung gibt. Aha, das ist also der Grund, warum sich die Leute gerne küssen. Jetzt verstehe ich. Jetzt verstehe ich es!

»Gute Nacht, Violet. Hier, das Jackett deines Bruders.«

»Gute Nacht, John.«

Wer ist der junge Kerl in schäbigen Schuhen und ausgefransten Kordhosen, der über die Straße ohne Aussicht nach Hause schwebt? Wie ist es möglich, dass er durch frisch gefallenen Schnee läuft, ohne Fußspuren zu hinterlassen? Er muss ein Luftkissenboot sein, das so tut, als sei es ein vierzehnjähriger Junge, und dieses fröhliche Pfeifen wird anscheinend durch einen offenen Kessel hervorgerufen, dem Dampf entströmt. Komisch nur, dass der Dampf des Luftkissenbootes die Melodie des Tubasolos aus *Das Liebeslied des Ochsenfrosches* pfeift.

Der Junge kommt in seine Straße, die keine Straße ist, stolpert über den Bordstein und fällt der Länge nach in den Neuschnee. Aha, also bin ich es doch. Ich sehe aus wie ein Schneemann und lache über meine eigene Tollpatschigkeit, glücklich wie ein Kind am Weihnachtsabend. Nein, ich glaube, es ist noch mehr als das – ich glaube, was ich empfinde, ist Freude. Eine ziemlich gefährliche Angelegenheit. Wenn man sich im Kriegsgebiet bewegt, gibt es kaum eine tödlichere Kombination als das Gefühl von Freude, ein leichter Schwips und das Eau de Toilette mit der Duftnote *Abgrundtiefe Dummheit*.

Ich nähere mich meinem Haus, das kein Haus ist. Ich bin so voller Freude, dass ich die üblichen Vorsichtsmaßnahmen außer Acht lasse. Ich öffne einfach die Eingangstür und mache einen Schritt nach vorn, als mich auch schon eine Hand packt und mich mit einem schmerzhaften Griff am Arm nach innen zerrt. »Habichdich!«, sagt eine Stimme und ich rieche den whiskeygeschwängerten Atem des Mannes, der nicht mein Vater ist.

Nein, das passiert gar nicht. Genauso wenig wie ich der Wilden Violet in ihren Keller gefolgt bin und den Zorn des Gorillavaters auf mich gezogen habe, genauso wenig vernachlässige ich die notwendigen Vorsichtsmaßnahmen beim Betreten meines Hauses, das kein Haus ist. Wie ich bereits vor ein paar Minuten erwähnt habe, habe ich die ein oder andere Sache in meinem Leben gelernt, das kein Leben ist. Zunächst fällt mir auf, dass der Laster des Mannes, der nicht mein Vater ist, nicht vor dem Haus steht. Ein sehr gutes Zeichen. Dann umkreise ich das Haus und spähe durch die Fenster ins Innere. Die Zimmer sind dunkel und der Fernsehapparat ist abgeschaltet. Ein weiteres gutes Zeichen.

Ich laufe noch einmal halb um das Haus herum und kann kein Lebenszeichen entdecken. Mein Haus, das kein Haus ist, liegt still und verlassen da, allem Anschein nach völlig leer. Ich betrete den Hinterhof, gehe am Apfelbaum vorbei, der in Wahrheit ein Graublattbaum ist, und stapfe durch den knöcheltiefen Schnee zur Hintertür. Leise steige ich die Stufen hinauf, öffne die Tür und schlüpfe hinein. Doch als ich die Hand ausstrecke, um das Licht einzuschalten, werde ich mit einem schmerzhaften Griff am Arm gepackt. »Habichdich!«, sagt eine Stimme und ich rieche den whiskeygeschwängerten Atem des Mannes, der nicht mein Vater ist.

Ich versuche mich loszureißen, aber aus seinem Griff gibt es kein Entkommen. »Hallo, John. Weißt du zufällig, wie spät es ist?«, fragt er mit gespielter Höflichkeit. Ich werde das Gefühl nicht los, dass er ziemlich viel getrunken hat.

»Nach elf«, sage ich und schaue mich um, ob ich jemanden entdecke, den ich um Hilfe bitten könnte. Oder einen Fluchtweg. Oder auch eine Waffe. Aber wir sind allein im hinteren Teil meines Hauses, das kein Haus ist.

»Kannst du dir vorstellen, woraus mein Abendessen bestand?«, fragt er mich.

Wenn ich um Hilfe riefe, würde der Schnee meine Schreie wahrscheinlich so sehr dämpfen, dass mich niemand hören würde. Und ich weiß, dass ich keine zweite Chance bekomme.

»Nein«, sage ich, »ich weiß nicht, woraus dein Abendessen bestand.«

»Aus nichts«, sagt der Mann, der nicht mein Vater ist, mit einem Lachen. Und dann drückt er seine Faust fester und immer fester zusammen. »Aus rein gar nichts.«

»Im Kühlschrank sind Lebensmittel. Du hättest dir selbst was kochen können . . .« Ich breche ab, als er mir mit einem Ruck das Gelenk verdreht.

»Wenn du mir dumm kommst, machst du es nur noch schlimmer für dich. Wo warst du die ganze Nacht?«

»Auf einem Ball«, keuche ich.

»Ja, klar, als ob irgendjemand mit dir tanzen würde. Ich werde dir schon beibringen mir zu gehorchen. Ich werde dich schon das Tanzen lehren.« Und er zerrt mich den Flur entlang auf die Kellertür zu.

Eine höchst lebendige Erinnerung an unseren letzten gemeinsamen Ausflug in den Keller springt mir in den Sinn – ich fühle, wie sein dicker Ledergürtel auf meinen Rücken und meine Schultern peitscht, während ich versuche mein Gesicht vor den Schlägen zu schützen. Mein Körper begehrt angesichts dieser Vorstellung auf und ich stemme mich ihm entgegen. Irgendwie gleitet seine Hand von meinem Arm – und dann ist sie ganz weg. Ich bin frei.

»Weg!«, tippt der kleine Mann in seinem Drehstuhl vor der Schalttafel in meinem Gehirn in Höchstgeschwindigkeit auf seiner Tastatur. »Beine, bewegt euch. Arme, schwenkt aus. Es geht um Leben und Tod. Macht schon!«

Aber meine Freiheit ist nur eine Illusion. Ich habe mich nicht aus dem Griff des Mannes, der nicht mein Vater ist, losgerissen. Er hat lediglich für kurze Zeit seine Finger gelockert, um mich dann nur noch fester zu packen. Seine rechte Hand schießt vor, und noch bevor ich einen Schritt machen kann, werde ich an den Haaren vom Boden emporgehoben. Ich schreie laut vor Schmerzen und meine Füße strampeln in der Luft.

Ich weiß nicht, ob du jemals erlebt hast, dass deine Kopfhaut dein gesamtes Körpergewicht tragen musste. Es ist entsetzlich. Ich werde von der Schwerkraft skalpiert.

Der Mann, der nicht mein Vater ist, macht einen Schritt auf den Keller zu. Dann noch einen. Wir nähern uns der Tür, die zur Kellertreppe führt. »Tanzen, was? Ich werde dich lehren«, sagt er wieder. Sogar in meiner Qual dreht mir sein Whiskeyatem den Magen um. Er ist völlig betrunken.

Plötzlich höre ich ein Knurren. Der Mann, der nicht mein Vater ist, lässt mich so unvermittelt los, dass ich mit voller Wucht zu Boden falle. Dann sehe ich, dass mein treuer Hund Sprocket das Bein des Mannes, der nicht mein Vater ist, geschnappt hat und heftig darauf herumnagt. Der Mann, der nicht mein Vater ist, versucht Sprocket mit Fußtritten abzuwehren. Als ihm das nicht gelingt, packt er den Hund an seinem Hinterlauf und schleudert ihn gegen die Wand. Sprocket fällt zu einem Häufchen zusammen und gibt ein schreckliches Winseln von sich – ich fürchte, dass er nicht noch einmal zu meiner Verteidigung kommen kann.

Aber er hat mir einige wertvolle Sekunden verschafft. Dieses Mal ergreife ich die Flucht. Ich drücke mich an meinem kurzzeitig abgelenkten Folterknecht vorbei und stürze auf die Eingangstür zu. »Bleib stehen!«, schreit der Mann, der nicht mein Vater ist. »Bleib sofort stehen oder, bei Gott, du wirst es bereuen.«

Ich höre, wie er mir nachkommt. Anscheinend humpelt er. Immerhin hat Sprockets Angriff etwas genutzt.

Ich komme mir auf einmal so vor wie einer dieser Teenager in einem schlechten Horrorfilm, der von einem hinkenden, mordgierigen Monster durch sein eigenes Haus gejagt wird. Man sollte ja glauben, dass ich einem Mann, dem gerade ein Hund das halbe Bein abgekaut hat, mit Leichtigkeit entkommen könnte, aber ich scheine in Zeitlupe zu rennen. Der Mann, der nicht mein Vater ist, ist dicht hinter mir, spuckt Obszönitäten aus und kommt mit jedem Schritt näher.

Ich erreiche die Eingangstür. Sie ist verriegelt. Meine Finger fummeln hektisch an der Tür herum, und dann, schließlich, fliegt sie auf.

Der Mann, der nicht mein Vater ist, packt mich von hinten. Er wirbelt mich herum. WHUMMPF. Der Schlag seiner flachen Hand auf meinem Kopf lässt mich Sternchen sehen. Meine Ohren klingeln.

Aber ich habe eine Überraschung für ihn. Ich halte eine Waffe in den Händen. Leider ist es weder ein Messer noch eine Pistole. Es ist nur der Kugelschreiber, der sich als Zuckerstange verkleidet hat und der mir heute Abend auf dem Ball als Willkommensgeschenk überreicht wurde. Ohne darüber nachzudenken, was ich da tue, packe ich ihn fest und stoße damit nach dem Gesicht des Mannes, der nicht mein Vater ist. Ich ziele auf sein Auge, aber in der Dunkelheit verfehle ich mein Ziel. Ich fühle, wie der Stift in das weiche Fleisch der Wange eindringt.

Der Mann, der nicht mein Vater ist, schlägt die Hände vors Gesicht. Sogar im Dämmerlicht kann ich erkennen, dass er blutet. Es wird behauptet, dass Schläger Angst bekommen und feige werden, wenn sie selbst Schmerzen erleiden müssen oder wenn sie ihr eigenes Blut sehen. Glaub das bloß nicht. Der Mann, der nicht mein Vater ist, zeigt eine völlig gegenteilige Reaktion – er gerät so in Rage, dass er jegliche Kontrolle über sich verliert. Er schreit auf und verpasst mir einen Fausthieb.

BA-BAMM. Ich wurde noch niemals von der geschlossenen Faust eines erwachsenen Menschen geschlagen. Die Wucht hebt mich von meinen Füßen. Die gute Nachricht ist, dass ich in die Richtung fliege, in die ich sowieso laufen wollte – ich segele aus der Tür hinaus und lande auf der Veranda. Die schlechte Nachricht ist, dass ich einen abgebrochenen Zahn und Teile meiner blutigen Lippe im Mund spüre. Ich habe keine Zeit für eine gründlichere Inventur meiner Blessuren, denn der Mann, der nicht mein Vater ist, stürzt mir nach.

Es gibt keinen Ausweg – er ist schneller als ich. Ich kann ihn nicht überwinden – er ist viel stärker als ich. Ich kann ihn auch nicht austricksen, denn er ist viel raffinierter und gemeiner als ich. Außerdem kann er wohl auf jahrzehntelange Kampferfahrung zurückblicken.

Leider habe ich keine weiteren Alternativen.

Bei den Lashasa Palulu – dem Stamm, der kein Stamm ist – gibt es ein Sprichwort, das dem Ausdruck »bis zum letzten Blutstropfen kämpfen« sehr ähnlich ist. Es kommt nur in äußersten Notfällen zur Anwendung, wenn die Situation völlig ausweglos erscheint, man es mit einem besonders grausamen Feind zu tun hat, der zu keiner Verhandlung bereit ist, und auch eine göttliche Intervention in Form einer Mondfinsternis ausgeschlossen werden kann.

Vielleicht behaupten einige, es sei der Gipfel der Dummheit, gegen einen so deutlich überlegenen Gegner anzukämpfen, und dass es den Schmerz nur unnötig verlängern und intensivieren würde. Einige glauben vielleicht, dass ich vielmehr um Gnade winseln oder mich zusammenrollen, meine Augen schließen und mich in mein Schicksal ergeben sollte. Aber die Lashasa Palulu sind der Meinung, dass man, wenn man von einem wahrhaft unbarmherzigen Feind in die Ecke gedrängt wurde und keine Möglichkeit zur Flucht oder Rettung in letzter Sekunde mehr hat, genauso gut tapfer und hoch erhobenen Hauptes untergehen kann.

Ich möchte noch einmal darauf hinweisen, dass ich immer noch den Duft der abgrundtiefen Dummheit an mir riechen kann, was bei diesem Vorhaben durchaus hilfreich ist. Außerdem bin ich immer noch ein wenig berauscht durch die hochprozentige Zutat im Weihnachtspunsch. Und schließlich hat man heute Abend ein sehr nettes Mädchen sagen hören, dass ich der beste Junge der ganzen Schule sei. So verrückt diese Behauptung auch sein mag – die Worte und der Ton ihrer Stimme klingen mir noch immer im Ohr.

Anstatt davonzulaufen, mache ich einen Schritt vorwärts, um die Herausforderung des Mannes, der nicht mein Vater ist, anzunehmen. Ich versuche noch einmal nach seinem Gesicht zu stechen. Er hat nicht erwartet, dass ich ihm entgegentreten würde. KA-WUMM. Unsere Körper prallen plump aneinander und die Wucht seines Gewichts lässt uns hintenüber die steinernen Stufen der Veranda herab- – BUM, BUM, BUM – und in den Schnee fallen.

Der Sturz trennt uns . . . und wir kommen etwa gleichzeitig wieder auf die Füße. Er lässt tief in seiner Kehle ein Brüllen frei – ein brutaler, wütender und tierischer Ton reiner Bosheit. Ich schreie aus voller Lungenkraft zurück. Es sind keine Worte, die ich herausschreie, es ist der pure Hass. Als er nach mir greift, renne ich nicht vor ihm weg, sondern vielmehr auf ihn zu und versuche ihn von den Füßen zu schlagen. Wie Windmühlen wedeln meine Arme ihm entgegen und ich spüre, wie meine rechte Faust etwas trifft, von dem ich hoffe, dass es sein Gesicht ist.

Aber auch der Mann, der nicht mein Vater ist, landet einen Treffer. Sein Schlag legt mich flach auf den Rücken. Alle Luft entweicht aus meinen Lungen. Ich versuche herumzurollen . . . aufzustehen . . . aber es ist unmöglich, sich zu bewegen, wenn man nicht atmen kann. Plötzlich nagelt er mich mit seinem Gewicht auf die Erde und würgt mich mit beiden Händen.

Ich kann ihn nicht abwerfen. Ich trete gegen seinen Rücken und versuche mit schwindenden Kräften ihn zu kratzen. Er ist ein Mann und ich bin ein vierzehnjähriger Junge. Ich sehe seine Faust kommen. Sie sieht so groß und so schwer aus wie ein Punchingball. BA-BUM! Der Hieb bricht mir die Nase. Ich höre, wie die Knochen knirschen.

Er bringt mich um. Die gute Nachricht ist, dass es nicht halb so wehtut, von jemandem umgebracht zu werden, den man hasst, wenn man nicht kampflos untergeht. Ich trete immer noch um mich und versuche mich zu wehren, aber mein Gesicht ist jetzt derart von meinem eigenen Blut bedeckt, dass ich nichts mehr sehen kann. Dann höre ich plötzlich eine Stimme: »Aufhören, Sie Mistkerl. AUFHÖREN, HABE ICH GESAGT!«

Jemand versucht den Mann, der nicht mein Vater ist, von mir herunterzuziehen. Die winzige Ecke meines Gehirns, die noch funktionstüchtig ist, vermag die Stimme als die von Mr Steenwilly zu identifizieren. »AUFHÖREN!«, brüllt Mr Steenwilly noch einmal. »Ich habe die Polizei gerufen. Sie sind bereits unterwegs. RUNTER VON IHM!«

Ich glaube, der Mann, der nicht mein Vater ist, greift Mr Steenwilly an. Es ist lautes Schreien zu hören und das Geräusch von Schlägen und Hieben, aber ich kann mittlerweile nicht mehr genau erkennen, was um mich herum vor sich geht.

Ich höre das lang gezogene, rhythmische Jaulen einer Polizei-
sirene, die schnell näher kommt. Tiefer und tiefer versinke ich in
diesem heulenden Ton und die dunkle, kalte Nacht schließt sich
über mir.

26 Wer ich bin

Nein, ich bin nicht tot. Ich befinde mich lediglich auf dem Grund eines Teichs. Es ist ein tiefer Teich und scheinbar bin ich hier ganz allein.

Auf den Grund des Tümpels meines Bewusstseins, an seine tiefste Stelle, dringen Licht und Geräusche nur sehr undeutlich. Die Lichter blenden nicht und die Geräusche sind angenehm gedämpft, wenn man sich in dieser Tiefe befindet. Alles ist friedlich.

Lass mich bitte eine Weile hier bleiben. Mir gefällt es hier auf dem Grund des Teichs. Ich habe noch niemals ein Seerosenblatt von unten gesehen. Bitte hole mich noch nicht an die Oberfläche zurück.

»John? John?«

Langsam, ganz langsam gleite ich nach oben. Auf dem ganzen Weg begleiten mich winzige, goldene Luftbläschen. Ich durchbreche die Oberfläche des Sees meines Bewusstseins und sehe strahlend helle Lichter und Gesichter. Ach, hallo, Doktor. Hallo, Herr Polizist.

Der Schmerz trifft mich wie ein Hammer.

Ich kann mich nicht aufsetzen und nicht einmal meinen Kopf bewegen, weil man mich wie Gulliver mit dutzenden von Bändern und Seilen ans Bett gefesselt hat. Schnüre und Draht, Gipsverbände und Schläuche scheinen jeden Teil meines Körpers zu bedecken oder zu durchdringen.

Meine Nase fühlt sich an, als würde sie jetzt an der Seite meines

Kopfes sitzen, und über einem meiner Augen liegt ein dicker Verband. Ich kann noch nicht genau sagen, ob ich noch Zähne im Mund habe, denn meine Zunge ist entweder betäubt oder eingegipst.

»John? Kannst du mich hören? Können wir mit dir reden? Drücke meine Hand, wenn du Ja sagen willst.«

Ich schwebe zwischen Bewusstsein und Ohnmacht. Ich versuche dem Polizisten zuzuhören und seine Fragen zu beantworten, aber ich weiß nicht, ob ich eine große Hilfe für ihn bin. Anscheinend haben sie schon ohne mich angefangen und eine beeindruckend umfangreiche Untersuchung durchgeführt. Sie fanden jede Menge gestohlener Fernsehapparate im Laster des Mannes, der nicht mein Vater ist. Sie haben auch die Waffe in seiner Sockenschublade gefunden. Es stellt sich heraus, dass er ein Strafregister hat. Sie fragen mich, ob es stimmt, was ein Lehrer vermutet, dass er mich schon seit einer ganzen Weile misshandelt.

Ich drücke eine Hand und sinke weg, weg von all den Fragen.

Auf Wiedersehen, Herr Polizist. Auf Wiedersehen, lieber Doktor. Ich werde mich noch ein wenig auf dem Grund des Tümpels niederlassen.

»John? John?« Ich gleite wieder hinauf, gegen meinen Willen. Stunden mögen vergangen sein, vielleicht sogar Tage. Die Menschen in meinem Zimmer sind jetzt andere. Meine Mutter beugt sich über mich. Ich habe noch nie einen solch besorgten Ausdruck auf ihrem Gesicht gesehen.

Hinter ihr, durch ein schmales Fenster in der Tür, glaube ich andere vertraute Gesichter zu erkennen, die vor dem Zimmer warten. Vielleicht phantasiere ich, aber das scheinen tatsächlich die Wilde Violet und Mr Steenwilly zu sein und, wenn ich mich nicht sehr täusche, auch die gute alte Mrs Mondgesicht mit einem Strauß Blumen in der Hand.

»John? Oh mein Gott! Hast du Schmerzen?«

Ich kann nicht sprechen, Mutter. Ich kann nicht einmal nicken. Ich werde mit meinem gesunden Auge blinzeln. Da. Das ist deine Antwort. Ja, ich habe Schmerzen.

»Liebling, sie sagen ... die Polizei sagt, dass das schon ... eine ganze Weile so geht. Das ist doch nicht wahr, oder? Das kann doch nicht wahr sein, oder doch?«

Ein Blinzeln. Hast du das verstanden, Mutter?

»Oh mein Gott! John, warum hast du mir nichts gesagt?«

Ein freundlicher Doktor tritt von hinten an sie heran. »Gnädige Frau, ich glaube, das ist genug für heute.«

Meine Mutter ignoriert den Arzt. Sie hält mich an den Schultern fest und wiederholt ihre Frage: »Warum hast du mir nichts gesagt?« Ihre Stimme wird lauter. Es ist fast ein Aufheulen. »Warum, warum bloß hast du mir nichts gesagt?« Ihr Gesicht ist nur Zentimeter von meinem entfernt und einen Moment lang glaube ich, dass sie gleich anfängt mich zu schütteln. Aber sie ist diejenige, die es schüttelt. *»Warum hast du mir nichts gesagt?«*, fordert sie hartnäckig. In ihre Stimme mischen sich Angst und Wut.

Etwas sehr Seltsames geschieht. Ich glaube nicht, dass ich noch einen einzigen Zahn im Mund habe, und ich bin mir nicht einmal sicher, ob meine Zunge noch da ist, wo sie hingehört. Meine Kiefer sind verdrahtet. Ich kann keinen Ton von mir geben. Und meine Arme sind verbunden und vergipst, sodass ich keinen Muskel bewegen kann. Und doch schaffe ich es, sie am Rücken zu packen, meinen Mund zu öffnen und ihre Frage mit einem kaum hörbaren Krächzen zu beantworten. Nur eine einzige Silbe. »Ihn.«

»Ihn was? Was willst du mir sagen?«

Irgendwie gelingt es mir, vier Wörter zu bilden, langsam, eins nach dem anderen und jedes mit ungeheurer Kraftanstrengung. »Du ... hättest ... ihn ... gewählt.«

Drei Ärzte haben sich jetzt an sie geklammert und versuchen mit vereinten Kräften sie von mir wegzuziehen, ohne jeden Erfolg. »Nein«, sagt meine Mutter und schüttelt ihren Kopf. *»Niemals! Wie kannst du das nur denken?«*

Ich kann nicht mehr laut sprechen, also antworte ich ihr wortlos. Ich schaue ihr direkt in ihre viel zu früh gealterten, schmerzerfüllten, liebevollen, zornigen Augen. »Du hast ihn doch schon gewählt«, sage ich zu ihr. »Du liebst ihn. Du hast ihn in unser Haus gebracht. Du wirst ihn heiraten.«

Meine Mutter schreit nicht mehr und schüttelt mich auch nicht, aber sie hält mich immer noch sehr fest. Obwohl ich nichts davon laut gesagt habe, hat sie mich gehört und verstanden. »Weißt du es denn nicht?«, fragt sie mich. »Weißt du nicht, wer du bist?« Tränen rinnen ihre Wangen herab und fallen auf mein Gesicht. Ich hatte keine Ahnung, wie heiß sich die Tränen eines anderen Menschen anfühlen. »Du bist ein Teil von mir«, sagt sie, so als sei dies die tiefste Wahrheit, die ihr bewusst ist. »Du bist die einzige Familie, die ich habe. Die einzige Person, auf die ich mich verlassen kann. Du bist Fleisch von meinem Fleisch und Blut von meinem Blut, mein einziger Liebling, und nichts kann dem auch nur im Entferntesten nahe kommen. Nichts.«

Dann gehen ihr die Worte aus. Sie klammert sich nur noch an mich und selbst die stärksten Ärzte der Welt könnten sie nicht vom Fleck bewegen. Ich schaue sie an. Ja, ich habe Schmerzen, ja, ich fühle mich völlig erschlagen, aber ich habe im Augenblick kein Bedürfnis, auf den Grund meines Teichs zurückzukehren. Ich empfinde etwas, das stärker ist als Schmerz oder Freude.

Ich konnte die Wahrheit in ihrer Stimme hören und ich sehe die Wahrheit in ihren Augen, aus denen immer noch heiße Tränen auf mich niederströmen.

Es scheint, als hätte ich mich die ganze Zeit lang geirrt. Von An-

fang an – angefangen bei den ersten vier Worten dieser zornigen Leidensgeschichte – hatte ich Unrecht.

Oh, meine gepeinigte Mutter, du mit deiner verlorenen Jugend
und deiner verblassten Schönheit, deinen enttäuschten Hoffnungen und deinen zerschlagenen Sehnsüchten nach Liebe und
einer Familie mit dem Mann, der mein wirklicher Vater war, du
mit den tausend und abertausend Stunden ungeliebter Arbeit
in der Fabrik, du, der jede Minute mehr Qualen bereitet als die
Minute davor, du, der jeder Tag und jede Woche eine zusätzliche Last bedeutet – ich schaue in deine Augen und kann darin
die Wahrheit erkennen. Ich muss zugeben, dass ich mich die
ganze Zeit geirrt habe.

Du kennst mich also doch, Mom.

Du kennst mich wirklich.

Epilog – was immer das auch heißen soll

Jede Menge Leute haben sich anlässlich des Weihnachtskonzerts versammelt. Ich habe alle mit einer wundersamen Genesung überrascht und mich so weit erholt, dass ich meinen angestammten Platz zwischen den Bläsern einnehmen konnte, die Tuba halte, die keine Tuba ist, und Mr Steenwilly beobachte, wie er die Eröffnungssequenz seiner Komposition *Das Liebeslied des Ochsenfrosches* dirigiert.

Als der Moment meines Solos näher rückt, bin ich unglaublich nervös, weil ich Angst habe, dass meine abgebrochenen Zähne und mein mit Draht durchbohrter Kiefer die Qualität meines Vortrags beeinträchtigen könnten, aber ich habe die zauberischen Heilkräfte der Musik unterschätzt. »Spiel einfach und alles wird gut«, versicherte mir Mr Steenwilly, bevor wir die Bühne betraten, und tatsächlich: Genau das geschieht, als ich anfange zu spielen. Fünfhundert Menschen werden Zeuge meines makellosen Tubasolos. Als meine letzte, lang gezogene, kehlige Note verklingt, wartet das Publikum erst gar nicht, bis das Stück zu Ende ist. Sie springen auf, applaudieren und jubeln mir zu. »John! John! John!«

Leider ist nichts davon wahr. Tatsache ist, dass das Weihnachtskonzert stattfindet und das Orchester auch *Das Liebeslied des Ochsenfrosches* spielen wird, aber ich sitze nicht mit all den anderen Mitgliedern des Orchesters auf der Bühne. Es ist unmöglich, Tuba zu spielen, wenn einem ein Drahtgestell in den

Kiefer montiert wurde und ein dicker Verband einen Großteil des Gesichts verdeckt. Ich kann immer noch keine feste Nahrung zu mir nehmen. Ich kann nicht pfeifen. Ich kann nicht summen. Und ganz sicher kann ich nicht *Das Liebeslied des Ochsenfrosches* auf meiner Tuba spielen, die jetzt tatsächlich eine Tuba ist.

Meine Tuba wurde zu einer Tuba, weil sie nun von einem der bedeutendsten Musikwissenschaftler aller Zeiten gespielt wird. Und das kam so:

Offenbar haben mehrere Lokalzeitungen darüber berichtet, wie schwer mich der Mann, der nicht mein Vater ist, misshandelt hat. Der alte Professor Kachooski hat gelesen, was mit mir geschehen ist, und der Mann mit dem golden Ohr hat bewiesen, dass er auch noch ein goldenes Herz hat. Er rief Mr Steenwilly an, um herauszufinden, in welchem Krankenhaus ich lag, und hat mich besucht, um mich zu fragen, ob er die Ehre haben dürfe, an meiner Stelle während des Weihnachtskonzerts zu spielen.

»Es gibt eine lange und ehrwürdige Tradition, dass Musiker in Notfällen füreinander einspringen, damit die Vorstellung stattfinden kann«, erklärte er. »Die Tuba war eines meiner ersten Instrumente. Und Arthur hat so hart an seinem Stück gearbeitet – wir müssen uns unbedingt bemühen ihm gerecht zu werden. Also lassen wir diesen Frosch singen! Wenn es dir nichts ausmacht.«

Ich bezeugte meine Zustimmung mit einem Nicken. *The Show must go on.* Immer wieder habe ich mir diese grundlegende Tatsache während meines schmerzvollen Heilungsprozesses vor Augen gehalten. Zahlreiche Operationen, die mir mithilfe plastischer Chirurgie mein Gesicht wiederherstellen sollten, haben mir nicht enden wollende Nächte voller pochender Qualen beschert.

»Aber ich stelle eine Bedingung«, fügte Kachooski unvermittelt hinzu. »Weil du dieses Stück so intensiv geübt hast und weil ich vermute, dass das Solo extra für dich geschrieben wurde, möchte ich es gerne auf deiner eigenen Tuba spielen – sozusagen als eine Art Anerkennung deiner Mühe. Wenn du nichts dagegen hast.«

Ich hätte Kachooski gerne mitgeteilt, dass meine Tuba tot war und er sogar leibhaftig Zeuge jenes Akts der Selbstzerstörung gewesen war. Aber ich behielt diese Information doch lieber für mich. Schließlich ist er einer der bedeutendsten Musikwissenschaftler der Welt, der Mann mit dem goldenen Ohr, und ich bin nur ein vierzehnjähriger Junge mit einem zermatschten Gesicht.

Jetzt sitze ich also in der fünften Reihe auf der Tribüne der Turnhalle unserer Anti-Schule. Neben mir sitzt meine Mutter und an meiner anderen Seite hat Violet Hayes' Gorillavater Platz genommen. In der Reihe vor uns sitzt die gute alte Mrs Mondgesicht, deren Fuß im Rhythmus des Marsches von John Philip Sousa wippt, den unser Schulorchester gerade zum Besten gibt. An diesem kalten Winterabend hört sich unser Orchester bemerkenswert gut an. Es ist schon komisch – ich habe nie besonders viel auf meiner Tuba geübt und ich habe auch nur im Orchester mitgespielt, weil ich auf höheren Befehl dazu gezwungen worden war, aber jetzt stelle ich fest, dass ich mir wünsche da oben auf der Bühne sitzen zu können.

Arthur Flemingham Steenwilly spießt das Ende des Sousa-Marschs mit einem letzten Stoß seines Taktstocks auf und dreht sich dann zum Publikum um. Er trägt ein neues, schwarzes Jackett mit glänzenden Knöpfen. Seine Schnurrbartenden, die er offenbar für dieses bedeutende Ereignis gestutzt und eingeölt hat, machen einen Satz nach unten, um die Seite auf seinem Notenständer umzublättern, und springen dann wie von einer gespannten Feder gezogen an ihren Platz zurück. Er lächelt uns an und für alle ist klar und deutlich zu erkennen, dass er seinen undankbaren Kreuzzug zum Erfolg geführt und sehr viel Licht ins Dunkel unserer Anti-Schule gebracht hat.

»Wir möchten Ihnen noch ein letztes Stück darbieten«, sagt er. »Ich bitte um Nachsicht – dieses Stück wurde nicht von einem berühmten Komponisten geschrieben, sondern von einem jungen Mann, der noch viel zu lernen hat. Es heißt *Das Liebeslied des Ochsenfrosches*.« Er wendet sich halb dem Orchester zu, hält inne und räuspert sich. »In diesem Stück kommt ein Tubasolo vor, das für einen begabten jungen Musiker unseres Orchesters geschrieben wurde, der heute Abend nicht mitspielen kann. Doch er befindet sich im Publikum und wir würden dieses Stück gerne ihm widmen. John, würdest du bitte aufstehen?«

Damit habe ich nicht gerechnet. Ich möchte wirklich nicht aufstehen. Mein Gesicht – das sogar in seinen besten Zeiten kein Kunstwerk gewesen ist – schillert immer noch in Grün und Blau von den Hieben des Mannes, der nicht mein Vater ist. Ich fürchte, dass einige der wichtigsten Partien verschoben wurden und wohl niemals an ihren ursprünglichen Platz zurückkehren werden. Ein großer Verband verdeckt den schlimmsten Schaden und ich habe mir bereits gewünscht, dass die Bandage noch ein bisschen größer wäre – dass sie vielleicht am besten mein gesamtes Gesicht verbergen würde, bis auf ein Atemloch und zwei Augenschlitze. Das Beste, was man mit einem solchen Gesicht machen kann, ist, es gut zu verstecken.

Aber alle schauen mich an.

»Du bist gemeint, Johnny«, bemerkt der Berggorilla.

»Mach schon«, sagt meine Mutter. »Steh auf.«

Plötzlich stehe ich auf meinen Füßen. Ich neige meinen Kopf zu einer oder zwei verkrampften Verbeugungen und setze mich so schnell ich nur kann wieder hin. Die Menge ist so dankbar, dass sich der Junge mit dem zermatschten Gesicht so rasch wieder gesetzt hat und dass das Konzert jetzt weitergehen kann, dass sie anfängt zu applaudieren.

»Der Applaus gilt dir«, sagt meine Mutter.

Nein, Mutter, die Leute klatschen nicht wegen mir. Sie applaudieren sich selbst, um ihr eigenes Schuldgefühl zu beruhigen, weil sie nichts getan haben, um das Unglück, das mir geschehen ist, zu verhindern. Deswegen steht Dr. Whitefield auf und klatscht so fest in die Hände, dass seine dichten Augenbrauen wie tropische Gewächse im Sturmwind erzittern. Deswegen applaudiert sein sadistischer erster Offizier, Mr Kessler, mit denselben Händen, mit denen er mich durch die Gänge gezerrt hat. Auch Glory Halleluja steht auf, aber ich glaube nicht, dass sie klatscht – ich glaube vielmehr, dass sie die Gelegenheit nutzt, um ihr neues, raffiniertes Kleid vorzuführen, das möglicherweise gar kein Kleid ist, sondern Körperbemalung.

Meine Mutter lehnt sich unerwartet zu mir herüber und küsst mich. Sie berührt mich nicht direkt, sondern küsst nur eine Ecke meines Verbandes. Ich drehe mich weg und sage »Mom«, denn öffentliche Zurschaustellungen von mütterlicher Zuneigung sind an unserer Anti-Schule strengstens verboten. Trotzdem ist es wohl nicht das Schlechteste, dass sie ihren Sohn liebt.

Mr Steenwilly wendet sich wieder dem Orchester zu und hebt seinen Taktstock. Sein Arm saust nach unten und das Stück beginnt. Zu meiner Rechten kann ich spüren, wie sich der Berggorilla verkrampft, aber er muss sich keine Sorgen machen. Die Wilde Violet mit ihrem Saxofon meistert die Ouvertüre souverän. Sie sieht heute Abend besonders hübsch aus in ihrem langen blauen Kleid und mit dem roten Band in ihrem Haar. Höchstwahrscheinlich ist die Waranechse, die so tut, als sei sie ein Saxofon, genauso von ihrem Zauber eingenommen wie ich.

Andy Pearce schließt sich mit seinem Trommelsolo an. Einige kleinere Kollisionen sind nicht zu vermeiden. Ich höre Reifen quietschen. Eine knirschende Stoßstange lässt Mr Steenwilly zusammenzucken, als wäre aus der Kesselpauke ein Frettchen geschlüpft und hätte ihn ins Fußgelenk gezwickt. Aber Andy hat schon weitaus schlimmere Vorstellungen abgeliefert.

Mein Tubasolo schwimmt auf Professor Kachooski zu wie ein riesenhafter Rochen, der sich bereitmacht ein paar tausend Volt freizusetzen. Aber sogar von hier aus kann ich sehen, dass der bedeutendste Musikwissenschaftler aller Zeiten sich weder vor Soli noch vor Rochen und schon gar nicht vor einer Tuba fürchtet, die in Wirklichkeit ein toter Frosch ist. Kachooski ist ein Profi. Er wartet genau die richtige Millisekunde ab und beginnt sein Solo.

Seltsamerweise kommt keine Musik aus seiner Tuba, die eigentlich meine Tuba ist. Kein Liebeslied erklingt. Stattdessen höre ich die körperlose Stimme eines toten Froschs, eine geisterhafte Stimme, die mir wie durch tiefes Wasser über die Köpfe der Zuhörer entgegenschwebt und zu mir spricht, zu mir ganz allein. »Es war einmal ein Junge, der glücklich einen Krieg überlebte. Aber er war zu dumm, um sein Glück zu erkennen«, sagt die Stimme. »Sein Gesicht war zerschlagen und er versuchte es vor aller Welt zu verbergen. Die Leute applaudierten ihm, doch er erinnerte sich nur an vergangenes Unrecht. Närrischer Kerl! Da hatte er einen Krieg überstanden und erwartete jetzt, dass sich die Welt auf einmal in einen wunderschönen und friedlichen Ort verwandeln würde.

Aber«, fährt der körperlose Frosch fort, »ein Kriegsgebiet bleibt immer ein öder, trostloser Ort, auch wenn die Waffen schweigen. Der richtige Vater des Jungen wird nicht plötzlich wieder auftauchen – wahrscheinlich sitzt er im Gefängnis oder ist tot. Algebra ist immer noch Algebra, ein Biest mit haarigen Beinen und giftigem Stachel. Seine Freunde werden ihn immer noch von Zeit zu Zeit einen toten Mann nennen und zweifellos aus gutem Grund. Anti-Schule bleibt Anti-Schule. Die Mitglieder der geheimen Schwesternschaft hübscher, vierzehnjähriger Mädchen werden immer noch bei seinem Anblick die Nase rümpfen, wenn sie ihn überhaupt wahrnehmen.«

Kachooski nähert sich dem Ende des Tubasolos. Sein altes Gesicht ist vor lauter Anstrengung und heftiger Atmung rot geworden, aber trotz all seiner Mühen bringt er immer noch keine Musik hervor. Der körperlose Frosch spricht jetzt schneller und seine Worte werden freundlicher. »Aber dennoch sollte der Junge nicht völlig verzweifeln«, sagt die Stimme. »Gelegentlich schimmert auch in der tiefsten Dunkelheit ein kleines Licht: Fette Fliegen, die von Zeit zu Zeit die Seerosen in der Abendbrise umkreisen. Mathematiklehrer mit narbigen Gesichtern und guten Herzen. Tapfere Haustiere, die ihre menschlichen Freunde ohne Rücksicht auf das eigene Leben beschützen und die ihnen in den schweren Zeiten der Genesung geduldig Gesellschaft leisten. Mütter, die ihre kranken Sprösslinge mit einer Partie Dame aufmuntern wollen und ihnen Witze erzählen, die sie in der Fabrik aufgeschnappt haben. Saxofonistinnen mit Schleifen in den Haaren und großen, weichen Augen wie Schokoladentaler. Und wenn der Junge diese Augenblicke erkennt und schätzen lernt, so selten und vergänglich sie auch sein mögen, könnte er dem ganzen Theater, das man Leben nennt, vielleicht doch noch eine gute Seite abgewinnen.«

Kachooski spielt eine letzte, lang gezogene, kehlige Note und setzt meine Tuba ab. Die Menschen, immer noch still und stumm wie Steinfiguren, lauschen dem Ton nach, als ob ein Zauberbann sie erfasst hätte. In der Turnhalle muss eine Menge Staub herumfliegen, denn ich merke, dass meine Augen nass sind. Mr Steenwilly unterstreicht die abschließenden Noten seines Meisterwerks mit einem letzten, dramatischen Schwung des Taktstocks. Dann wendet er sich dem Publikum zu und verbeugt sich.

Die Leute stehen auf und klatschen. Ich bleibe sitzen, will nicht noch einmal meine Kratzer und Prellungen und diesen lächerlichen Kopfverband zur Schau stellen. Meine Mutter, die sich bisher nicht als große Musikliebhaberin geoutet hat, springt auf die Füße und applaudiert, als hätten ihre Handflächen Feuer gefangen und sie würde versuchen die Flammen zu erschlagen. Auch der Berggorilla erhebt sich und hämmert seine großen Pfoten aneinander. Dabei strahlt er seine Tochter voller Stolz an. Die Wilde Violet schaut mit leuchtendem Gesicht von der Bühne zu ihm empor. Ihr Blick schweift von dem Berggorilla zu mir und einen Moment lang halten wir ein kleines, stilles Zwiegespräch, nur wir beide. Vielleicht ist es gar nicht so schlecht, dass ich einen dicken Verband über dem Gesicht trage, denn ich fürchte, ich werde feuerrot.

Bei den Lashasa Palulu, dem Stamm, der kein Stamm ist, bekommen Kriegshelden, die im Kampf verwundet wurden, keine Medaillen. Sie tragen ihre Narben als Beweis ihrer Tapferkeit. Bei Dorffesten sitzen sie auf einem Ehrenplatz und es wird von ihnen erwartet, dass sie die Festivitäten eröffnen.

Trotz des zermatschten Gesichts und trotz allem anderen stehe ich ebenfalls auf und applaudiere. Während ich die feuchten Pfützen in meinen Augen wegblinzele, die ich zweifellos nur den dicken Staubflocken in der Turnhalle zu verdanken habe, muss ich zugeben, dass Mr Steenwilly echtes Gefühl eingefangen und in Dur und Moll zum Ausdruck gebracht hat. Und Kachooski hat ihm das Tubasolo zum Geschenk gemacht. Und ich begreife endlich, dass das Stück, auch wenn es sich am Anfang einsam, verzweifelt und zaghaft angehört haben mag und in der Mitte ziemlich chaotisch und qualvoll war, zum Schluss doch noch ein Liebeslied geworden ist.